浙江省高校重大人文社科攻关计划项目"曼特尔小说伦理思想研究"（编号：2021GH016）

Calling for Light in the Abyss:
Ethical Resistance and Moral Vision in Hilary Mantel's Fiction

站在黑暗中呼唤光明：
希拉里·曼特尔伦理思想研究

严春妹◎著

上海交通大學出版社
SHANGHAI JIAO TONG UNIVERSITY PRESS

图书在版编目(CIP)数据

站在黑暗中呼唤光明：希拉里·曼特尔伦理思想研
究/严春妹著. —上海：上海交通大学出版社，2025.
5. —ISBN 978 - 7 - 313 - 32547 - 1

Ⅰ. I561.074

中国国家版本馆 CIP 数据核字第 2025XN9561 号

站在黑暗中呼唤光明：希拉里·曼特尔伦理思想研究
**ZHANZAI HEIAN ZHONG HUHUAN GUANGMING：XILALI·MANTEER LUNLI
SIXIANG YANJIU**

著　　者：严春妹

出版发行：上海交通大学出版社　　　　　　　　地　　址：上海市番禺路 951 号

邮政编码：200030　　　　　　　　　　　　　电　　话：021 - 64071208

印　　制：苏州市古得堡数码印刷有限公司　　　经　　销：全国新华书店

开　　本：710mm×1000mm　1/16　　　　　　印　　张：12.75

字　　数：230 千字

版　　次：2025 年 5 月第 1 版　　　　　　　　印　　次：2025 年 5 月第 1 次印刷

书　　号：ISBN 978 - 7 - 313 - 32547 - 1

定　　价：78.00 元

Contents　目　录

Foreword 前 言

　　希拉里·曼特尔(Hilary Mantel)是英国跨越 20 世纪和 21 世纪的著名作家,无论是在历史小说还是现代小说领域,都取得了卓越的艺术成就,在当代英国文学界占据着举足轻重的地位。从 2008 年开始,我便一直关注这位女作家:从撰写《狼厅》(*Wolf Hall*)的书评,到发表相关学术论文,再到完成专著《希拉里·曼特尔小说研究》,十几年来,我始终与曼特尔保持着心灵上的亲密联系。我阅读她的作品,聆听她的获奖感言,感受她的成就感与人生意义。可以说,研究曼特尔已经成为我生活中重要的一部分。然而,2022 年 9 月 22 日,70 岁的曼特尔在家中突然离世,这对英国文学界来说是一个巨大的损失。人们不会忘记她留下的那些经典之作,尤其是她塑造的"克伦威尔"形象将永远鲜活地存在于读者心中。我对这位心爱的作家的离去感到非常伤心,因此想要再次系统全面地整理她的人生和思想,以感谢她为我的学术研究提供的宝贵素材,也表达我对她深深的怀念之情。

　　曼特尔一生共创作了 17 部作品,包括 12 部长篇小说、2 部短篇小说集、2 部自传、1 部文集。她凭借历史小说《狼厅》和《提堂》(*Bring Up the Bodies*)两次斩获布克文学奖,成为英国历史上第一位两度获此殊荣的本土女作家。此外,她还获得了许多其他重要奖项,如温尼伯·霍尔比纪念奖、切尔滕纳姆奖、英国南方文学奖和霍桑奖,展现出她杰出的文学才华。

　　国外对曼特尔的研究始于 20 世纪 80 年代,最初的重点是解读其处女作《每天都是母亲节》(*Every Day Is Mother's Day*),视角多集中在其创作思想和艺术特色上。随着曼特尔两度荣获布克文学奖，研究者们开始聚焦其获奖小说《狼厅》和《提堂》。这些研究主要借助新历史主义、女性主义等理论，从主题、情节、人物形象重塑等角度进行解读。讨论涉及"道德的模糊"和"政治生活的不确定性"(Brown，2012)，探讨了都铎王朝紧张的君臣关系和一代权臣的荣辱兴衰(Nance，2012)。有学者认为曼特尔对历史现实提出质疑，并重塑了共情悲悯的权臣形象(Nora，2019：197-207)。还有人从女性主义角度剖析以安妮·博林为代表的女性生存困境(Murphy，2015)。随着研究的不断深入，《希拉里·曼特尔》和《阅读希拉里·曼特尔》两部专著相继问世，涉及伦理创伤、社会救助、民族意识、国家安全等多个视角(Pollard & Carpenter，2020；Arnold，2020)。

在国内，对曼特尔的研究主要始于她首次获得布克奖之后，起初主要是书评、译介及报纸评论。曼特尔再度获布克奖后，国内关于她的研究逐渐升温。迄今为止，已发表的与曼特尔有关的研究论文超过200篇，硕博论文30篇左右。多数研究成果从新历史主义视角聚焦小说主人公克伦威尔(罗超扬，2014；张桃桃，2017；徐坤，2020)；从女性主义视角评论《狼厅》和《提堂》中女性的生存困境和女性的他者地位(张松存，2017；方宏哲等，2019)。也有少量研究成果聚焦于权力话语和人性(余俊，2021)。曼特尔研究的相关专著，仅有本人在2016年出版的《希拉里·曼特尔小说研究》一书。该书以文学叙事的伦理艺术本质及英国民族身份认同危机为切入点，以英格兰特性内涵的理解和阐释为重点，以曼特尔的小说《狼厅》和《提堂》及其评论为主要研究对象，以历史、文化及政治认同为关键因素，探索其作品所透视的叙事伦理价值及民族特性，审视希拉里·曼特尔的人文情怀与民族意识。

总体上，目前国内外对曼特尔的创作和作品的系统、细致的学术研究还很欠缺，所进行的大多仍是一些具体的作品分析和随感性的散论，深入研究相对不足，单一性问题较为明显。一是研究对象单一：研究对象多局限于"克伦威尔三部曲"的前两部，对其他作品的研究不多，不利于全面了解曼特尔的文学创作。二是研究成果形式单一：曼特尔研究更多以单个小说文本为研究对象，研究成果大多是学术论文或硕士学位论文,缺乏以专著形式进行的深入研究,不利于系统性地掌握曼特尔的创作思想。三是研究视角单一:大部分研究主要聚焦于"新历史主义""叙事策略""女性生存困境"等视角,较少从文学伦理学视角对曼特尔作品展开系统解读,不利于整体了解曼特尔的伦理思想。

作为当代知名的历史小说家,曼特尔每创作一部历史小说,都在与过去做一次伦理沟通(De Groot,2016:35)。创作过程中,她既要坚持历史的真实性,又要追求故事的虚构性,因此不断面对形式上的伦理问题。实际上,曼特尔多数现代小说致力于描写谋杀、暴力、欺骗、死亡等主题,呈现出忠诚与背叛、善与恶、记忆与遗忘的对立与冲突,蕴含着深刻的伦理问题与伦理关怀。

伦理是人际关系的产物,而伦理学作为"一门以道德为研究对象的独立科学"(罗国杰,2014:1),在人类文明发展史上,始终同人类社会的精神文明建设密切相关。以柏拉图和亚里士多德为代表的文学伦理观,强调文学作品中蕴含的伦理价值对人生的指导意义,将作品的道德主题视为人文教育的重要来源。我国的聂珍钊教授提出了文学伦理学批评方法,主张从伦理道德的视角研究文学存在的各种关系和问题,"对存在的文学给予伦理和道德的阐释"(聂珍钊,2014:6)。可见,东西方的研究者们都关注到文学审美与伦理的关系。自曼特尔获得布克奖以来,学界对她作品的研究日渐增多,视角也愈加多样。然而,从文学伦理学角度切入的研究成果仍然较为有限,针对曼特尔伦理思想的系统研究也才刚刚起步。

本书延续了《希拉里·曼特尔小说研究》的思路,将曼特尔的小说总体归为"历史小说、家庭小说、超自然小说、女性小说"四类,并在此基础上研究她在四类小说叙事中的伦理思想。第1章主要分析曼特尔的文学创作背景、国内外研究现状及本书的主要研究内容和方法。第2章探讨当代英国伦理思想的发展趋势及曼特尔伦理叙事的内涵。第3章和第4章在马克思主义文艺观的指导下,运用社会学、伦理学、历史学、阐释学、译介学等相关理论,采用文学伦理批评、文本细读、原型批评、心理分析、审美观照等方法,集中研究曼特尔小说中的伦理思想,侧重剖析历史小说、家庭小说、超自然小说、女性小说等文学作品中的伦理与道德因素,挖掘其伦理思想在作品中的具体表现及成因。文学既是审美的,也是伦理的。曼特尔的小说不仅具有较高的艺术审美价值,而且在四类小说叙事中蕴含着丰富的伦理思想。这不仅体现了曼特尔作为当代伟大作家对社会历史和现实生活的严肃思考,也反映了她创作的思想深度。曼特尔高超的写作技巧令人惊叹,她以细腻而惊心动魄的笔触,带领读者进入历史的场景和人物的内心。正如布斯(Booth,1988:108)所言:"表达手法和写作策略的选择从来都是对道德因素的选择。"曼特尔的文学创作及其伦理思想为我们提供了一种新的认识世界的方式。

在美国书评家梅尔·鲁宾(Merle Rubin)看来,曼特尔的小说中弥漫着强烈的恐怖氛围,但其目的远不止单纯的惊吓效果。她认为这种氛围是曼特尔世界观的表征:世界不仅充满危险,还充满了恶意(Rubin,2000)。显然,鲁宾精准地概括了曼特尔的创作风格和主题,深入挖掘了其作品中"黑暗"底色背后的伦理意义。曼特尔对世界的独特看法不仅提升了其作品的深度和复杂性,还帮助读者更好地理解她的创作意图,同时激发了读者对人性、社会和文学更深层次的思考。曼特尔的作品仿佛是在黑暗中呼唤光明:通过对人性阴暗面的深刻描绘,曼特尔不仅揭示了世界的复杂性和残酷性,还表达了对希望和救赎的渴望。在她笔下,即使是最黑暗的时刻,也总有一线光明在闪烁,引导读者看到人性的另一面。这种对光明的呼唤,使得曼特尔的作品不仅仅是对现实的批判,更是对未来的期许和对人性的深刻反思。

第1章

希拉里·曼特尔研究概述

随着社会伦理问题不断凸显,伦理思想日益受到重视,并逐渐成为指导人们行动、决策、立法、教育、科技、家庭和全球协作的伦理基准,推动当今社会更为公正、和谐、可持续地发展。在文学研究领域,一些名人名家的伦理思想备受关注,相关研究成果日趋丰富。《"在德不在辩":辜鸿铭伦理思想研究》(吴争春,2021)从道德文明观、西方近代文明观、儒教观、政治伦理观、女性伦理观等五个角度深入探讨了辜鸿铭的伦理思想;《鲁迅家庭伦理思想研究》(王丽萍,2018)从家庭伦理思想的理论基础和鲁迅的恋爱伦理思想、婚姻伦理思想、家庭教育伦理、家庭伦理思想的价值等方面呈现了鲁迅对家庭伦理的深度思考,同时也展现了其作为社会改革者的思想光辉对家庭观念的前瞻性影响以及对现代家庭伦理的启示;《"和"的正向与反向:谭恩美长篇小说中的伦理思想研究》(邹建军,2008)通过探讨谭恩美5部长篇小说中的文化身份、家庭关系、移民体验、母女代际隔阂与和解等主题,深入探索谭恩美的伦理思想。此外,国外一些作家的伦理思想也引起了学者们的重视。《哈代小说伦理思想研究》(丁世忠,2008)围绕哈代的"性格和环境小说",采用伦理批评、文本细读、原型批评等方法,分析哈代小说伦理叙事内涵,系统讨论哈代的伦理思想;《王尔德创作的伦理思想研究》(刘茂生,2008)剖析了王尔德艺术实践中所体现出的伦理理想、伦理特征以及伦理与艺术相融合的特点,探讨了王尔德作品中的道德内涵。上述研究为后来的伦理思想研究提供了方法和思路。对人物的思想研究是一个全面探索的过程,不仅涉及对其哲学思想、伦理观念和社会观点的深入探讨,还要扩展到其思想的萌芽、成长、与外界的对话以及与后世回响的复杂互动。对曼特尔伦理思想的研究,必然要探讨其思想体系的内在逻辑与演变,将其置于相关的历史与文化语境中,解析其个人经历与心理因素,并重点剖析其作品和言论中所体现的伦理思想。伦理是一种生命感觉,曼特尔正是通过个人经历的叙事提出了关于生命感受的问题,建构了具体的道德意识和伦理诉求。

1.1 希拉里·曼特尔的创作背景

2009年之前，尽管曼特尔已经出版了多部文学作品并获得了诸多文学奖项，但她尚未跻身英国一流作家行列，在我国更是鲜为人知。2009年，历史小说《狼厅》荣获布克奖和全美书评人协会奖，2012年，其续集《提堂》再次摘得布克奖和科斯塔文学奖。曼特尔成为第一位两度获得布克奖殊荣的英国女性作家。2013年，曼特尔入选《时代》周刊年度全球100位最具影响力人物榜单，并因其智慧和才华而被誉为英国最出色的小说家之一，备受国内外各界的瞩目。

曼特尔经历丰富，多才多艺，创作题材广泛。在她70年的人生中，共创作了12部长篇小说、2部短篇小说集、2部自传和1部文集，作品类型各异，涉及题材广泛。无论是通过长篇小说、短篇故事还是评论文章，曼特尔对周遭社会的细致观察始终贯穿其中。她理性地思考社会的方方面面，通过揭露"假恶丑"来表达对"真善美"的渴望与追求。她总是多维度地深入探讨伦理道德问题，并尝试构建一个基于共同体的伦理秩序。她注重个体与共同体之间的互动和相互依赖，通过文学创作积极表达"理性思考与人性关怀"的伦理思想，不断推动"个人自由与社会秩序和谐发展"的伦理共同体的构建。通过研究曼特尔小说中的伦理问题及伦理秩序建构，可以更好地理解伦理与共同体之间的紧密关系，并为当代社会的伦理建设提供有益的启示。

从《每天都是母亲节》中异化的母女亲情，到《狼厅》中"人对人是狼"的残酷世界，再到《暗杀》中的杀人想象，曼特尔借助细腻的人物刻画、敏锐的细节观察以及那些隐藏于日常生活背后令人毛骨悚然的故事，探讨了家庭与社会的伦理问题及其解决之道。哥特式风格的创作体现了曼特尔在黑暗中呼唤光明的伦理诉求。没有"黑暗"的衬托，如何体现"光明"的可贵？没有对"假恶丑"的深刻剖析，如何切身体会"真善美"的珍贵？在追求自由与秩序的道路上，曼特尔绝不含蓄犹豫，而是坚定信念，迎难而上，以正面或反讽的方式直抒胸臆，爱恨情仇，善恶自现。作家创作的伦理目的，无论是公开的还是隐含的，都是为了唤醒人们对不公正和压迫的认识，激励人们用理性约束欲望，发挥灵魂的省思和矫正功能，追求美好的共同体生存图景。伦理存在于个人、团体、社区和社会层面。人们不仅有责任培养良好的个人品格，对其生活的社区也负有责任(Volbrecht，2002:303)。共同体社会价值体系的重构有赖于每个伦理主体的清醒选择和人性建设的有力支撑。

要厘清曼特尔的伦理思想,不仅要探索造就她独特而难以捉摸的写作形式和风格的原因,更要关注与梳理促使其伦理精神养成的人生成长轨迹及其内心世界,毕竟整体关怀式的主体生存至关重要。

1.1.1 家庭与成长

1)原生家庭

希拉里·曼特尔于 1952 年 7 月 6 日出生于英国德比郡小镇格洛索普的一个普通劳工阶层家庭。父亲亨利·汤普森在当地法庭担任书记员,工资微薄。祖母和母亲从十几岁起便在工厂当织工。当时,这种现象相当普遍,很多十几岁的女性一离开学校就去工厂谋生。曼特尔本名叫希拉里·玛丽·汤普森,是家中长女,下面还有两个弟弟。7 岁时,一个名叫杰克·曼特尔的男人搬进了她们家,从此曼特尔和两个弟弟、母亲、父亲以及母亲的情人杰克共同生活。这种情况维持了四年,使曼特尔幼小的心灵备受困扰。为了避免异样的眼光和恶意的提问,童年时期的曼特尔甚至常常称病不去学校。曼特尔 11 岁时,全家为了逃避流言蜚语,搬到了柴郡的罗米利。从那时起,她的生父再也没有出现过,杰克·曼特尔成为她的继父,她也从姓"汤普森"改姓为"曼特尔"。从回忆录中可以看出,童年时期的曼特尔对生父感情很深,即便父亲后来选择离开,人们也能在曼特尔笔下找到关于他的一些痕迹。继父并不喜欢曼特尔这个继女。他脾气暴躁,经常对她大吼大叫,平时除了发火也不怎么与她说话,反而更喜欢那两个对生父没有多少印象的弟弟。因此,曼特尔在家里的日子过得并不舒心。于她而言,童年的生活及家庭的成长环境并没有多少值得留恋的回忆。家庭的变故和不连贯的童年生活使她变得警觉、敏锐,也更加善于观察。她甚至变得有些刻薄,不爱说话,但她会仔细倾听大人们的谈话,用心感受他们的言行与内心真实想法之间的差异。童年的境遇使她成了一个坚定的反传统者。曼特尔早期的小说,如《每天都是母亲节》,聚焦紧张的母女关系,多少折射了她童年生活的晦暗,带着一种苍凉的黑色幽默感。

2)身份信仰

曼特尔出生于一个信奉爱尔兰天主教的家庭,因此她从小就对爱尔兰文化和传统有着深厚的认同感。她的童年在英格兰德比郡的一个爱尔兰移民社区度过。尽管曼特尔从未在爱尔兰生活过,但爱尔兰文化对她的生活和写作产生了深远的影响。曼特尔甚至将她的家庭定义为"一个移居英格兰的爱尔兰家庭",因为他们的生活方式、习惯和信仰与英格兰民族存在差异。正因如此,曼特尔总有一种"流离失所"的感觉,总觉得自己像一个局外人。她在一次采访中曾表露了这种感受:

"我出生在一个天主教家庭,一个贫穷的家庭,一个爱尔兰家庭,这些事情总是联系在一起。在我所在的地区,天主教的定义几乎就是来自爱尔兰的背景。总有一种方式会让人被社会边缘化,被排挤出社会中心。"(Galván,2001:31)正是这种爱尔兰背景使曼特尔从小就觉得自己与周围其他孩子不一样,以至于她那时候更喜欢和"意大利孩子,家里说难民语言的孩子,亚麻色金发的乌克兰孩子和一群讨厌的、孤独的波兰孩子"(Mantel,2004:75)玩游戏,而不是和其他信仰基督教的孩子一起玩耍。

曼特尔11岁时随家人搬到柴郡生活。随着祖母的大多数亲戚相继去世,再加上父母离异,曼特尔与父亲那边的爱尔兰亲属失去了联系,不得不跟随信奉英国新教的继父生活。至此,曼特尔与她爱尔兰家庭分离了。多年后,她走访爱尔兰,看到爱尔兰作家的作品,回想起自己童年的经历和信仰,爱尔兰意识重新"觉醒"。她从作家的角度反思爱尔兰文化,创作《巨人奥布莱恩》(The Giant, O'Brien)时,还专门深入了解过爱尔兰的历史。她始终认可自己的爱尔兰文化背景,认定自己是北方作家,而非英国作家。爱尔兰后裔的身份和爱尔兰意识也影响着曼特尔创作主题的选择。在短篇小说《比利王是位好绅士》(King Billg Is a Gentleman)及《刺杀撒切尔》(The Assassination of Margaret Thatcher)中,她探讨了移民的话题——移民有何责任? 移民与故土有何联系? 与移入国的文化是否存在疏离感? 是什么让人们与自己的先祖联系在一起?

童年时期的曼特尔是一名天主教徒,但在12岁那年,她放弃了长期困扰她的宗教信仰,然而天主教文化仍然在她心中留下了永久的印记。她的意识中存在着另一个世界,那里住着无所不能的上帝,她经常想象与之对话,尽管现实中看不到耶稣,但她坚信耶稣的存在如同邻家叔叔一般真实。小时候,"罪恶感"一直萦绕在她心头,她始终觉得自己存在严重的问题或者做错了什么事,但却无力改变。即使在她放弃天主教信仰之后,这种罪恶感仍然折磨着她,她总是担心自己是导致父母分离和家庭畸形的原因。

小时候,曼特尔常常感觉家里闹鬼。特别是有一次在她家的后花园里,她突然感觉到门外草丛里有什么东西:"我看不到任何东西,或者来不及看:只有微弱模糊的移动,空气的异动……这使我胃里翻江倒海。我可以感觉到——在我各种感官之外,我可以感觉到这个生物的维度……"(Mantel,2004:93)。这种诡异的现象和毛骨悚然的感觉让她好几年都生活在阴影中,一定程度上也改变了她的世界观,使她感受到更多的不确定性。实际上,对于曼特尔来说,宗教信仰以及与天主教信仰的分离使她一直生活在一种矛盾的状态中。她的内心世界充满困惑,有许多问题无法得到理解和释怀,以至于她在后来的文学创作中用了大量的笔墨来描绘处于信仰危机中的人物,比如《弗勒德》(Fludd)中的安格温神父。

3）教育经历

曼特尔小时候在德比郡的哈德菲德的磨坊村长大，就读于当地的圣查尔斯罗马天主教小学，接受了严厉而古板的教育，这让曼特尔从上学第一天起就讨厌同学和老师，认为同学们是一群神经病，而老师们则更像是一群恶毒和愚蠢的看管者。因此，她从一开始就厌恶学校，拒绝回答那些没有答案的问题。定居柴郡后，曼特尔改随继父的姓氏，并就读于当地的哈里敦修道院学校。尽管她的成绩不佳，但她独爱历史，并在那里遇到了一位好的历史老师玛丝兰小姐。玛丝兰小姐从未因曼特尔的早熟而贬低她，这增强了她的写作信心。《狼厅》的灵感正是来源于这段时间学习到的英格兰历史。

18岁时，曼特尔义无反顾地离开家搬到伦敦，考入伦敦政治经济学院攻读法律。但由于无力支付学费，她中途退学，随后转入谢菲尔德大学继续学业。1973年，曼特尔大学毕业，获得法学学士学位，同年她嫁给了地质学家杰拉尔德·麦克尤恩（Gerald McEwen）。实际上，学习法律的经历为曼特尔后来重塑历史人物克伦威尔以及法国革命家德穆兰等人的形象提供了坚实的基础。大学毕业后，为了通过工作积累知识，曼特尔找到了一份社会工作助理的工作，领着微薄的工资，在斯托克波特国家卫生服务局的养老院以及曼彻斯特的肯德尔斯百货公司开始了她的职业生涯。

4）婚姻家庭

实际上，曼特尔16岁时就已经认识了杰拉德·麦克尤恩，20岁时两人成婚。麦克尤恩是一位地质学家。1977年，他在非洲南部的博茨瓦纳共和国谋得一份差事，曼特尔一同前往。在博茨瓦纳生活期间，曼特尔通过阅读医书确认自己患上了子宫内膜异位症，不得不返回英国做手术，切除了卵巢、子宫以及部分膀胱和肠道，从此再也无法生育。当时曼特尔只有27岁，她的丈夫也非常年轻。面对生活突如其来的变故以及生育问题所带来的困扰，这对夫妇感到前所未有的迷茫与无助。最终，在1981年，他们做出了离婚的决定。但是，即便是在分开的日子里，两人依然意识到彼此在心中的重要位置。因此，在1982年，他们决定重新走到一起。为了新的开始，这对夫妇共同前往沙特阿拉伯，并在那里生活了四年。2011年，曼特尔与她的丈夫搬到了英格兰西南部德文郡的海滨小镇巴德利·萨尔特顿（Budleigh Salterton）。他们在一幢三层公寓的顶层安了家，曼特尔的写作空间设有一台面向大海的电脑，每当她抬头望向窗外，映入眼帘的便是广阔无垠的海景。从此，两人便在这里开始了他们新的生活。曼特尔对于居住在伦敦这样的大都市并不感兴趣，她不喜欢那些可能分散她注意力、令人疲惫又乏味的社交活动。相比之下，她更倾向于留在家中专心写作，享受那份宁静与专注。

5) 身体疾病

曼特尔的一生中长期遭受病痛的折磨,体质一直较为虚弱。幼时她就总是生病,经常发烧,因此被医生戏称为"永远不舒服小姐"(Miss Neverwell),这使得她的童年充满了痛苦。进入青春期后,曼特尔开始遭受一系列健康问题的困扰,其中包括严重的痛经、异常的大量出血,以及多种不明原因的疼痛,于是她便开始四处求医问药。在那个时期,英国的大多数妇科医生都是男性,而且当时医学界对于女性特有的健康问题认识不足。因此,曼特尔的症状被错误地归因于心理因素,并被开了抗抑郁药和用于精神疾病的药物。药不对症,再加上吃药产生的副作用,曼特尔的病情不见改善,再去求诊,医生开出更多不对症的药物,造成更多的副作用。如此的恶性循环使她身心俱伤,苦不堪言,她也逐渐意识到未来自己择业的机会在变少。1977 年曼特尔跟随丈夫到博茨瓦纳生活。在那里,她的身体状况依然没有好转。1979 年,为了减轻病痛折磨,她回到英国做了紧急子宫切除术,从此以后失去了生育能力。此后,曼特尔面对的是持续终身的疼痛和疲惫。她此生都不得不服用药物,大量激素导致她的身体从不足百磅激增到她无法辨认自己的程度。对于一个女性作家来说,终身服药、身体肥胖、无法生育,每一件都是灾难性的。与自我身体的持续抗争影响着曼特尔的人生观、世界观和价值观。对曼特尔而言,生活是一场需要付出全部勇气和意志的斗争,她竭尽所能用笔记录身体的疼痛,用文学作品表达内心的痛苦。身体的变形,无论是字面还是隐喻层面,成为曼特尔一生的写作主题。她将自己一系列艰难的体验转化为创作的动力,她的作品因此充满了对个人经历和社会议题的深刻洞察。通过她的文字,人们得以一窥女性患者所面临的生理和心理挑战,以及她们如何在这种困境中寻找力量与意义。

曼特尔的一生充满着挑战与挣扎,这些挑战源自多个方面:畸形的原生家庭环境、身份认同的困惑、复杂的宗教信仰、长期的疾病折磨,以及未能实现的当母亲的梦想。这些黑暗如同幽灵般萦绕着她,足以摧毁任何一个人的精神世界。曼特尔也曾因此陷入迷茫与自我怀疑之中,甚至与外界隔绝。然而,她并未被这些苦难击倒。相反,她以坚定的意志和敏锐的洞察力,借助活跃的想象力和犀利的文笔,勇敢地与现实抗争。曼特尔将自己置身于一个独特的创作空间,通过不懈的努力,完成了多部作品,赢得了包括布克奖在内的众多荣誉,确立了自己在文学界的卓越地位。尽管经历了种种磨难,曼特尔始终没有放弃为那些处于社会边缘的人发声,为弱势群体争取尊严。她的文字不仅传递了深邃的思想,还蕴含着温暖的情感与光芒,仿佛是在无尽的黑暗中点亮了一盏明灯。这种坚持与奋斗,正是曼特尔一生的真实写照。

1.1.2　创作发展

1）创作优势

曼特尔原本的梦想是成为一名历史学家,但身体的疾病迫使她放弃了传统的工作模式,转而投身于写作。尽管她未曾接受正规的写作教育,却凭借自身的天赋与努力,在文学领域取得了显著成就。曼特尔的创作之路始于她对阅读的热爱,她常读的书有莎士比亚的《裘力斯·凯撒》(*Julius Caesar*)、夏洛蒂·勃朗特的《简·爱》(*Jane Eyre*)以及罗伯特·路易斯·史蒂文森的《绑架》(*Kidnapped*)等。她还看过很多剧本,特别喜欢德国戏剧家布莱希特(Brecht)。除了阅读文学作品,她还实实在在地阅读过马克思的作品。广泛的阅读帮助曼特尔积累了深厚的知识底蕴,培养了她敏锐的批判性思维能力。相对而言,曼特尔更喜欢阅读历史故事。对法国大革命的兴趣激发了曼特尔创作《一个更安全的地方》(*A Place of Greater Safety*)的灵感,该书不仅展现出她对历史题材的驾驭能力,也为她后来进一步的历史小说创作奠定了坚实的基础。曼特尔对历史的热爱贯穿了她的整个创作生涯。她从小迷恋莎士比亚的历史剧,并积极从中汲取灵感,思考如何将历史事件以戏剧化的方式呈现给读者。这种对历史的深刻理解和独到见解,最终促成她创作出"克伦威尔三部曲",并以此赢得了学界的广泛认可。此外,曼特尔对超自然现象的敏感也是她创作的一个重要特征。受天主教文化影响,曼特尔从小就习惯于思考现实世界之外的可能性。这种思考方式反映在她的一些作品中,如《每天都是母亲节》《弗勒德》以及《黑暗之上》,这些作品凭借"鬼屋""幽灵""灵媒"等意象深入探讨了人性、道德和信仰的深层次问题。曼特尔通过不断的自我训练,锤炼了自己的写作技巧。从 11 岁到 18 岁,她每天在上学的路上都会在心中练习"描述天气",从而积累了丰富的词汇,完善了句子的构造,久而久之形成了自己独特的写作风格。这种持续不断的自我提升,使她在写作上达到了高度的专业水准。从初次尝试写作到两次荣获布克奖,曼特尔克服了病痛折磨、情感挫折和职业挑战,最终成为当代最杰出的历史小说家之一。她的人生经历表明:即使在逆境中,通过坚持不懈的努力,人们也能创造出辉煌的艺术成就,实现个人的自我价值。

2）创作阶段

总体而言,作为唯一一位两次获得布克奖的女性作家,曼特尔的创作之路并非一帆风顺。曼特尔的一生经历了严重的疾病、离婚与复婚等诸多波折,但在最艰难的时刻,她也没有放弃阅读与写作。伴随着这些起伏的人生经历和心路历程,曼特尔创作的轨迹经历了从受挫到稳定,最终达到高峰的过程,呈现出明显的上升趋势。同时,她的作品特点鲜明。首先是体裁多样,涵盖了现代小说、历史小说、短篇故事等形式;其次是题材丰富,涉猎广泛,从个人经历到历史事件,再到社会问题,无不展现了其深厚的文学功底;再次,作品中的叙事时间和地点跨度广泛,展现了极大的延展性和包容性。最重要的是,她的多数作品在文学形式上不断创新,在内容上触及深刻的社会与伦理议题,其鲜明的态度和立场贯穿始终。

(1)初期受挫阶段。曼特尔的早期创作遇到了不少挑战和障碍,但这些经历显然为她后来的成功奠定了坚实的基础。尽管在大学期间主攻法学专业,曼特尔却对写作情有独钟。1974年标志着曼特尔写作生涯的开端。这一年,她着手创作了一部讲述法国大革命中三位传奇革命家故事的历史小说——《一个更安全的地方》。曼特尔曾表示,她发现许多关于法国大革命的历史小说都忽略了"理想主义的革命者"这一群体及其背后的故事,于是决定亲自填补这一空白(美国《巴黎评论》编辑部,2021:174)。从22岁开始,曼特尔用了五年多的时间,历经多次修改与努力,终于在1979年12月完成了这部作品。尽管她对自己的创作很有信心,但出于对女性作家和历史小说的偏见,当时并没有出版社愿意出版该作品。此外,作为一名英国作家却创作了一部关于法国大革命的小说,这也让她受到了不少质疑。首部作品的受挫给曼特尔带来了不小的打击,她甚至称这部作品为"魔鬼般的书"(美国《巴黎评论》编辑部,2021:183),将其束之高阁。然而,这部小说毕竟是曼特尔的第一部文学作品,如果不出版,就意味着她多年的心血将付诸东流,并且她的职业生涯也将始于一个"巨大的错误"(美国《巴黎评论》编辑部,2021:183)。因此,尽管遭受挫折,她内心仍然抱有希望,期待有一天能够出版这部作品。直到1992年,曼特尔已经发表了四部小说,并在评论界赢得了一定的口碑,《一个更安全的地方》才终于得以出版,并且获得了当年的《周日快报》年度小说奖。这一迟来的认可不仅为曼特尔的早期创作画上了圆满的句号,也为她后续的文学成就奠定了坚实的基础。

在充满恐怖、暴力和血腥的法国大革命中,何处能成为"一个更安全的地方"?正如曼特尔所言,"革命的本质就是触犯法律"(Mantel,2006:479)。在推翻旧制度、建立新世界的进程中,暴力与危机无处不在,私刑甚至被视为一种"人道的选择"(Mantel,2006:212)。然而一旦"革命"这个潘多拉魔盒被打开,邪祟与魔鬼便难以控制,所有人都可能成为受害者。这是一个极其生动的伦理隐喻。在波诡云涌的革命风暴中,似乎只有"断头台""死亡"和"坟墓"才能让一切归于平静,成为那个"更安全"的地方。曼特尔以外国作家的身份,以辩证和理性的视角审视法国大革命,更为客观地探讨了革命与暴力、法治和人性之间的复杂关系,表达了对民主和法治社会的深切渴望。通过她的创作,曼特尔揭示了革命的双重性质:它既是推翻暴政、追求自由的必要手段,又是滋生新暴行和不公的温床。她的小说意在提醒人们，真正的安全与和平不应依赖于暴力的终结，而应建立在法治和正义的基础上。只有在一个法制健全、民主自由的社会中，人们才能真正找到"一个更安全的地方"。

（2）中期稳定阶段。随着创作经验的积累和个人风格的逐步成熟，曼特尔的作品逐渐得到认可。虽然第一部历史小说《一个更安全的地方》被出版社拒之门外，但曼特尔并没有轻言放弃，反而迎难而上，尝试创作其他类型和题材的小说。1985 年，她出版了小说《每天都是母亲节》，这是她真正意义上的处女作。这部作品最初在非洲动笔，后来在她在沙特生活期间得以完成。受第一部历史小说艰辛的出版之路的影响，曼特尔对这本书的出版并不抱太多信心，但好在一切进展顺利。书稿完稿后，她找到了合适的经纪人和出版人，最终顺畅地完成了整个出版过程。《每天都是母亲节》的成功给了曼特尔极大的鼓舞，一年后，她就又出版了续集《空白财产》。《每天都是母亲节》为曼特尔带来了两千英镑的收入，《空白财产》则让她赚到了四千英镑。这两部小说不仅为她打开了文学圈的大门，也让她逐步成长为一个成熟的作家。1987 年，曼特尔成为《旁观者》杂志的影评人，随后又陆续为其他出版物撰写评论。渐渐地，她掌握了写作的节奏，形成了自己独特的风格，并连续出版了多部作品，如《变温》《爱的实验》《巨人奥布莱恩》等。随着这些作品的问世，曼特尔逐渐进入文学创作的稳定期，所获各类文学奖项也不断增多。

（3）后期高峰阶段。最终，凭借《狼厅》《提堂》等作品，曼特尔赢得了布克奖评委的肯定，两度获得大奖，达到了创作生涯的顶峰。实际上，2009 年《狼厅》的出版标志着曼特尔职业生涯的一个重要转折点，从此以后，曼特尔奠定了自己在文学界的地位。曼特尔一生在文学领域的最大成就莫过于在对历史人物克伦威尔的重新塑造上。随着"克伦威尔三部曲"《狼厅》《提堂》和《镜与光》(The Mirror & the Light)的相继出版与获奖，曼特尔赢得了广泛赞誉，得到了中外学界的认可，进入了创作高峰期。实际上，曼特尔在 2005 年的时候就开始创作历史小说《狼厅》。此前，她虽然已经出版了多部作品，也拿过不少文学奖项，但平时因身体原因鲜少出门，也不怎么爱上电视，加上创作的小说体裁跨度较大，从黑色喜剧到历史小说再到社会现实主义，着实难以将其归类，所以读者也不多，几乎没有什么知名度，生活也有些窘迫。对于曼特尔来说，选择都铎王朝那段历史进行创作实在是一个巨大的挑战。像她这样一个无名之辈，如何能超越这一领域的大家菲利帕·格雷戈里(Philippa Gregory)、安东尼娅·弗雷泽(Antonia Fraser)和艾莉森·威尔(Alison Weir)呢？然而，曼特尔用事实证明了她的实力。2009 年《狼厅》出版，并获布克奖，全球销量超过 150 万册，创下了历史小说的一个奇迹，以至于续集《提堂》预售前送给评论家审读，出版社都要求他们先签署保密协议。这一

"待遇"往往只给好莱坞大片。以《狼厅》改编的电视剧,收视率达 400 万,是 BBC 电视二台 10 年来最成功的原创剧集。

曼特尔曾坦言,成为小说家是因为她无缘成为历史学家(美国《巴黎评论》编辑部,2021:174)。那么,成为"历史小说家"也许是曼特尔实现夙愿的最好选择。实际上,在"克伦威尔三部曲"问世前,曼特尔已经发表了两部历史小说——一部是以法国大革命为背景的《一个更安全的地方》,另一部则是对爱尔兰神话进行重新诠释的《巨人奥布莱恩》。这两部作品都巧妙地融合了"虚构"与"史实",展现了曼特尔高超的写作技艺。显然,曼特尔的文学之路始于历史小说,随后虽转向其他文学类型,但最终又回到历史小说这一领域。从早期受挫到后来的创作巅峰,历史小说不仅成就了曼特尔的职业生涯,也圆了她成为历史学家的梦想。凭借丰富的想象力和精湛的写作技巧,曼特尔灵活地利用现有历史资料,实现了讲述精彩的故事与保持历史真实性的完美融合。

由此可见,曼特尔的创作生涯不仅是一段女性个人奋斗的传奇,更是文学创作与个人生活经历紧密交织的生动写照。她以坚韧不拔的精神和非凡的才华,克服了人生旅途中无数的挑战与障碍,最终在文学创作上取得了傲人的成就,成为当代文学领域中不可或缺的重要人物。曼特尔的人生故事激励着每一位追求梦想的人,证明了无论面对多大的困难,无论身处何种艰难的困境,只要拥有坚定的意志,经过不懈的努力,就能够创造出属于自己的辉煌。

1.1.3 伦理向度

在现代西方社会,"个人主义"的盛行使得个体间的"生存竞争"变得异常激烈。作为小说家,曼特尔深切感受到了个体生命的力量,渴望在社会中追求最大限度的自由。然而,她在生存竞争中所遭遇的种种挑战与挫败引发了深刻的焦虑与不安,进而产生了一种"异化感"。这种感觉激发了她文学创作中的双面性:一方面是对自由与光明的不懈追求和呼喊,另一方面则是在自由难以实现时,对社会现状进行全面而深刻的批判。这种双面性特征深刻地映射了曼特尔个人的生存体验,塑造了其独特的创作视角:站在黑暗中呼唤光明。曼特尔的小说不仅是对她个人经历的真实写照,也是对现代社会中普遍存在的矛盾与冲突的深刻反思。

当然,曼特尔并未受制于自我生存体验"视角的有限性"影响,也并未局限于从不同层面去展现个体的"生命异化感"。相反,她选择成为一个具有高度"道德觉识"的作家,以"整体观照"和"具体把握"的辩证态度思考"社会观"和"人性论"。作为当代英国作家,曼特尔清楚地认识到,自己无法脱离具体的生活经验来把握和理解所处的社会过程,但她具备一种"超然"的能力,即从社会的精神文化层面"透视和理解"社会,这正是一种"整体性"文化观。通过文学叙事教人成为自己,而不是进行乏味的说教,这正是曼特尔文学创作"整体文化观"的体现。人类的生存需要基本的物质保障、秩序化的生活、精神层面的沟通,以及独立思考的能力。作为既具"整体文化观"又具"独立意识与反思能力"的作家,曼特尔深知自己的文学创作不能脱离自己的生存空间和生活体验,同时也不应被既定的社会现实所束缚。相反,她需要从意识上提升自己,站在历史发展的制高点上,对社会的现实状况进行诊断,并提供精神上的出路。如此一来,无论是曼特尔的思考还是具体的创作过程,就都具备了伦理的向度。她的作品不仅仅是对个体命运的深入描绘,更是对社会现象的深刻剖析与反思,旨在引导人们在复杂多变的社会现实中找准自我的位置,实现精神上的成长和超越。

无论是情感纠葛的原生家庭,还是分分合合的婚姻家庭,无论是国内还是国外,无论是过去还是当下,曼特尔的生活始终沉浸在各种伦理关系和社会关系之中,不可避免地关注人与人、人与自然以及人与社会之间的关系。个人生活在对其品格发展有重大影响的社区中,既能够得到培养,也可能遭受损害。因此,人们不仅有责任培养良好的个体品格,而且有责任对其集体发展的社区负责(Volbrecht,2002:303)。作为当代颇有影响力的作家,曼特尔在发展自我良好品格的同时,也肩负着揭露社会问题、审视道德危机、探索共同体道德建设路径的责任。伦理必然是她关注的重要对象和主要内容,是其创作过程中绕不开的主题思想。发现文学经典的伦理价值,并从中获取伦理教诲,培养经典研读和文学批评视野中的伦理意识,是知性人类在经历伦理选择过程中必然的理性需求和价值取向(吴笛,2014:20)。可见,文学不能脱离伦理价值而存在,只有从伦理学的角度入手阐释作品的伦理问题,探索作家的伦理思想,才能系统把握其文学创作的本源,进而审视小说家借助文学创作表达自身的伦理思考,促进人类道德提升的行为。伦理秩序是根据人与人之间的关系构建的观念标准,带有自觉性,依靠内在机制约束人的行为(刘海杰,2017:107)。与带有强制性、依赖外在关系约束行为的法制手段相比,伦理秩序更为根本。只有从作家伦理思想内涵中提取其构建伦理秩序的理念、路径和方法,才能更深层次地开展文学作品中所包含的道德现象和伦理问题与社会伦理秩序体制建设之间的双向阐释和支撑,进而服务于当下的社会伦理治理建设。研究曼特尔经典作品中蕴含的伦理思想,探索作家构建伦理秩序的途径,不仅有助于拓宽曼特尔小说研究的思路,加深对"文学伦理学"这一理论视角的内涵理解,唤醒当代人对伦理和人性迷失问题的关注,并提出战胜兽性、摆脱黑暗、重拾伦理、回归人性的方法,而且有助于加深人们对后现代伦理秩序建构可能性的认识和理解,为我国新时代社会伦理秩序的建构提供新的思路。

物质越是发展，就越需要精神文化的指引。对于共同体的建设和发展而言，更重要的是精神维度的健康和丰盈，道德价值引导人性建设是人类精神发展历程中永恒的命题。

曼特尔的小说大多聚焦各类伦理问题。《每天都是母亲节》聚焦紧张的母女关系，深刻反思了家庭伦理问题，有力批判了社会性别角色和家庭结构；《爱的试验》通过三位女大学生的故事深刻探讨了女性在男权社会中的地位和伦理困境；《黑暗之上》中的专业灵媒艾莉森代表了游走在现实世界中的虚幻性和表象性的"伦理载体"，一生都在试图消除生活中的伦理困境和道德负担；历史人物克伦威尔则被塑造成既忠于史实又与伦理道德紧密相连的艺术形象。曼特尔针对道德危机和伦理问题的创作倾向，深受其家庭背景、成长历程、社会环境等因素的影响。研究她的创作背景，旨在从不同视角和层面发掘其作品中丰富的伦理意蕴，同时也是对作家道德观念和伦理倾向的系统梳理和探究。通过这种研究，不仅可以更全面地理解曼特尔作品的深层含义，还可以揭示文学创作在伦理道德领域的独特价值和作用。

总体上，曼特尔历史小说、家庭小说、女性小说以及超自然小说四类小说交织着错位的伦理关系、纠结的伦理困境、异化的伦理选择，无不蕴含着深刻的伦理思想，主要体现在以下几个方面。一是对历史人物的道德责任及其道德阐释。在"都铎三部曲"中，历史人物托马斯·克伦威尔被塑造为一个善恶并存的人物形象，伦理意蕴尤为浓厚。曼特尔通过对克伦威尔复杂性格的刻画，探讨了历史人物在道德责任和政治权谋之间的抉择。《巨人奥布莱恩》中的亨特医生则成为作者从伦理道德角度强烈抨击的对象，通过这一角色，曼特尔旗帜鲜明地表达了自己的道德评价标准，揭示了人性中的贪婪与冷酷。二是对家庭离崩危机及幸福家庭生活的构建与想象。《空白财产》《变温》等作品都探讨了婚姻破碎、家庭离散等伦理问题。曼特尔不仅揭露了婚姻道德和家庭责任的危机，还努力构建和想象和谐的家庭伦理关系，展现了对美好家庭生活的向往和追求。三是对边缘化的女性他者及对两性伦理问题的多重思考。《加沙大街上的八个月》《爱的试验》等小说深刻揭露了女性在男权社会中的痛苦、屈辱和悲哀，同时肯定了女性的忍耐、克制和牺牲精神。在探讨两性关系中的伦理困境和道德选择过程中，曼特尔对女性的欲望和诉求给予了理解和赞扬。四是对信仰危机及对灵魂的思索与救赎。曼特尔多部作品探讨了"魔力"和"超自然"主题。《弗勒德》《黑暗之上》等作品不仅批判了僵死的宗教教条和陈腐的宗教教义，还肯定了抑恶扬善、改邪归正的道德价值。这些作品通过超自然元素，探讨了信仰危机和灵魂救赎的深刻主题。

四类小说中，作者以真实的人性，自我生命与他者的共存、共在、共享以及对话的模式为根基，重构后现代伦理秩序。首先，曼特尔以虚构与真实错综并存构建历史伦理秩序。曼特尔的创作总体以历史小说见长,她尤其擅长通过虚构历史人物的故事来引领人们穿透历史的波诡云谲,触摸到人性的真实面向。历史人物克伦威尔被塑造成善恶并存的人物形象,既秉持了历史伦理传承,又以虚构的形式呈现了一个边缘化小人物自我的伦理秩序;《一个更安全的地方》重现了法国大革命前社会及政治制度的崩塌以及恐怖统治巅峰时期的种种历史事件,彰显了伦理秩序的自由化表达。其次,曼特尔以"爱与责任"构建家庭伦理秩序。《每天都是母亲节》中紧张的母女关系,《变温》中夫妻之间的背叛和谎言、兄弟之间的疏离与冷漠,彰显了亲情伦理、婚姻伦理、代际伦理等方面遇到的问题。作者以血缘关系为事实基础,以道德责任作为伦理生命的理性承担,构建和谐家庭伦理秩序。再次,曼特尔以品德和精神构建女性伦理秩序。《加沙大街上的八个月》《爱的试验》等小说中描写的女性,虽然身体、精神以及行为都遭受了严格控制,但依然进行了不同方式的抗争,肯定了女性的忍耐、克制、牺牲等品德,批评压抑女性个性、限制女性自由的两性伦理秩序。同时,曼特尔以信仰与救赎构建灵异伦理秩序。《弗勒德》和《黑暗之上》探讨人们在压抑的宗教环境、异化的家庭环境、病态的社会环境和混乱的伦理身份的生存夹缝中的生存状态,以及生活在荒诞、诡异的伦理环境中的人类在处理人与家庭、人与社会和人与自我的矛盾关系时所展现的人性的变态与扭曲。

1.2　希拉里·曼特尔及其作品在中国的研究

曼特尔凭借"克伦威尔三部曲"的前两部《狼厅》和《提堂》两次斩获布克文学奖,第三部《镜与光》也曾入围第 25 届英国女性小说奖及 2020 年布克文学奖长名单。"三部曲"自出版以来就备受欢迎,全球销量已超过 500 万册,并被翻译成 40 多种语言。曼特尔以敏锐的智慧、大胆的创作风格和非凡的历史洞察力,跻身当代英国文坛最重要的小说家之列。自处女作《每天都是母亲节》至今,曼特尔一生共创作了 17 部作品。她的创作取材广泛、主题丰富,但重心集中在历史小说体裁。从讲述法国大革命的处女作《一个更安全的地方》,到以 18 世纪真实历史人物查尔斯·奥布莱恩为原型创作的《巨人奥布莱恩》,再到确立其文坛声誉的都铎王朝小说"克伦威尔三部曲",曼特尔对历史小说创作的热情始终不减,且渐入佳境。她的作品不仅赢得了广泛的读者群,也获得了文学界的高度认可,使她成为双料布克奖得主,关注度持续上升。

在 2009 年获得布克奖之前,曼特尔在我国还鲜为人知,对其作品进行研究的学术成果屈指可数。然而，随着其布克奖获奖小说的热卖和推广，国内逐渐开始关注曼特尔及其创作。凤凰网、新浪网、澎湃新闻网等网络媒体平台先后零星推介与曼特尔相关的信息资料，主要包括作品评论、采访资料、小说片段译介等。随后，一些高校学者也陆续展开了相关作品的译介和研究工作，研究的深度和广度逐渐加大，研究成果日益丰富。从图 1.1 可以看出，曼特尔在国内的关注度起伏明显。2009 年开始被关注，2010 年和 2017 年的关注度指数达到最高峰。尽管近年的关注度指数有所下降，但仍处于相对稳定的阶段。本书拟对 2009—2023 年这 14 年间中国大陆学者对曼特尔及其作品的研究现状进行一次系统性梳理。相关数据主要从中国知网、中国国家图书馆、亚马逊网、当当网及北京大学图书馆产生。

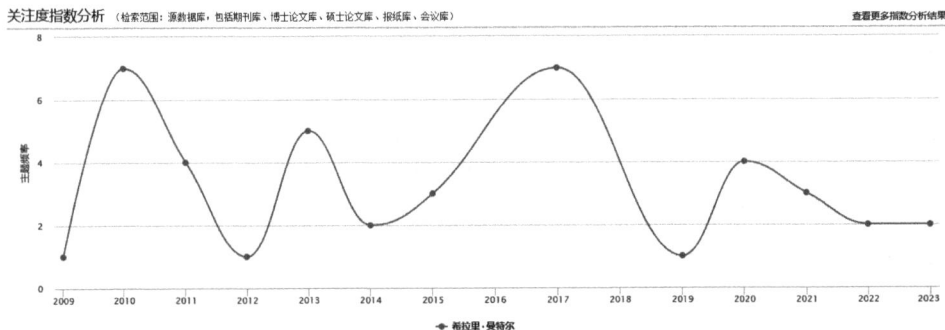

图 1.1　希拉里·曼特尔在中国知网的关注度指数分析

1.2.1　希拉里·曼特尔作品在中国的译介

曼特尔的文学创作生涯始于 20 世纪 80 年代，虽然她一直持续写作，但长期以来并未广为人知。直到她的第 10 部小说《狼厅》在 2009 年荣获布克奖，她才获得了公众的广泛认可，被誉为"当代文学领域富有创作性和趣味性的作家"（Pollard & Carpenter，2020：9）。自此，曼特尔受到了国内外读者、评论家和学者们的高度关注，国内对曼特尔作品的系统译介工作也正式拉开序幕。

从表 1.1 可见[1]，国内关于曼特尔作品的译介工作呈现如下特点。一是相关译著数量较少。曼特尔发表的 17 部作品中，目前有中译本的只有 6 部，占比仅为 35.29%。这表明国内对曼特尔作品的译介工作还有很大的发展空间。二是系统译介工作起步较晚。1990 年以来是英美文学在中国翻译界备受关注、特别活跃的发展时期（卢玉玲，52）。然而，曼特尔的作品在我国受到翻译界关注的时间大

----

① 表 1.1 中没有出现译者姓名和出版社名称的小说在国内还未有中译本。

大推迟,最早的中文译著是 2010 年出版的《狼厅》,与其处女作发表相隔了 25 年。这反映出曼特尔作品在国内的传播和接受相对较慢。三是译介作品类型不均衡。译者多聚焦于曼特尔的历史小说和短篇小说。6 部中文译著中,4 部是历史小说,2 部是短篇小说集,未见其他类型的小说译著呈现。这种类型的不均衡可能导致读者对曼特尔作品的了解不够全面,影响对其整体创作特色的认识和把握。四是译著出版主体比较单一。国内承担曼特尔作品译著出版工作的仅有上海译文出版社一家,未见其他出版单位介入。由此表明,出版机构对曼特尔作品的兴趣和投入还不够广泛,可能会限制译著的多样性和市场推广力度。

表 1.1　希拉里·曼特尔作品在我国的译介情况

出版时间	原著书名	类型	中文书名	译者	出版社
1985	*Every Day Is Mother's Day*	长篇小说	《每天都是母亲节》	/	/
1986	*Vacant Possession*	长篇小说	《空白财产》	/	/
1988	*Eight Months on Ghazzah Street*	长篇小说	《加沙大街上的八个月》	/	/
1989	*Fludd*	长篇小说	《弗勒德》	/	/
1992	*A Place of Greater Safety*	长篇小说	《一个更安全的地方》	徐海铭	上海译文出版社
1994	*A Change of Climate*	长篇小说	《变温》	/	/
1995	*An Experiment in Love*	长篇小说	《爱的试验》	/	/
1998	*The Giant, O'Brien*	长篇小说	《巨人奥布莱恩》	/	/
2003	*Learning to Talk*	短篇小说集	《学说话》	马丹	上海译文出版社
2003	*Giving Up the Ghost*	自传/回忆录	《气绝》	/	/
2005	*Beyond Black*	长篇小说	《黑暗之上》	/	/
2009	*Wolf Hall*	长篇小说	《狼厅》	刘国枝	上海译文出版社
2010	*Ink in the Blood: A Hospital Diary*	自传/回忆录	《血染的墨水:医院日记》	/	电子书

（续表）

出版时间	原著书名	类型	中文书名	译者	出版社
2012	*Bring Up the Bodies*	长篇小说	《提堂》	刘国枝	上海译文出版社
2014	*The Assassination of Margaret Thatcher*	短篇小说集	《暗杀》	黄昱宁	上海译文出版社
2020	*The Mirror & the Light*	长篇小说	《镜与光》	刘国枝 虞涛	上海译文出版社
2020	*Mantel Pieces*	文集	《曼特尔文集》	/	/

总体而言，国内对曼特尔作品的译介工作虽然取得了一定的进展，但仍然存在数量少、起步晚、类型不均衡、出版主体单一等问题。这些问题不仅影响了读者对曼特尔作品的全面了解，也限制了其在国内的传播和研究。未来，可以通过增加译著数量、拓展译介作品类型、引入更多出版机构等方式，进一步推动曼特尔作品在国内的译介和传播。

1.2.2　希拉里·曼特尔作品在中国的研究

国内各大网媒平台的零星译介、书评以及相关译著的面世，为国内对曼特尔及其作品的广泛、深入研究奠定了良好的基础。自 2012 年起，这位擅长历史小说写作、两度获得布克奖、两次入围 BBC 短篇小说奖短名单的英国女作家在国内的研究热度逐渐升温，相关的研究成果日渐丰富。为了更全面、更细致地了解曼特尔作品在我国的研究状况，借助中国知网、万方、维普、龙源等数据资源，以"希拉里·曼特尔""《狼厅》""《提堂》""布克奖"等为关键词对相关研究论文进行系统梳理显得尤为必要。

迄今为止，国内对曼特尔的学术研究专著较为有限，仅见笔者在 2016 年出版的《希拉里·曼特尔小说研究》一书，该书从共同体文化视角对曼特尔及其作品开展了较为系统的研究。相较于专著，曼特尔作品在国内的中文研究论文在数量上占据绝对优势。从表 1.2 可见，国内关于曼特尔及其作品的研究主要呈现如下特点。一是研究滞后。在《狼厅》获奖之前，曼特尔的作品在国外已经热销，尽管她的声望还无法与同时代的伊恩·麦克尤恩(Ian McEwan)、马丁·艾米斯(Martin Amis)、萨尔曼·拉什迪(Salman Rushdie)等人比肩，但也已引起学界的关注，相关研究成果不断涌现。而在我国，曼特尔获布克奖之前，人们对她并不熟悉，其代表作《狼厅》的系统翻译也在获奖一年后才开始。受此影响,国内对曼特尔的研究表现出明显的滞后性。二是研究成果不多。2010 年至 2023 年间,我国对曼特尔及其作品的研究论文总量为 79 篇,其中期刊论文 50 篇,硕博论文 29 篇。自 20世纪 90 年代以来,英美文学领域有 20 多位布克奖作家及其作品引起了国内学者的关注,曼特尔位列其中。然而,作为布克奖史上唯一一位两度获奖的女作家,曼特尔及其作品在国内的研究无论在数量上还是质量上都相对有限。2012 年是研究成果的空窗期,其他年份每年的相关研究论文数量在 2 篇至 10 篇之间,其中2017 年最多,也仅有 12 篇。三是研究对象分布不均衡。在 79 篇论文中,聚焦《狼厅》《提堂》等"克伦威尔三部曲"作品的研究成果多达 71 篇,涉及《秋天里的灰姑娘》的研究论文仅 2 篇,关注《气绝》《巨人奥布莱恩》《爱的试验》《学说话》等作品的成果各 1 篇,其他曼特尔的小说如《一个更安全的地方》《变温》《弗勒德》《加沙大街上的八个月》等几乎未被学者涉足。可见,国内大部分论文主要关注"克伦威尔三部曲",研究重心依然集中在曼特尔的布克奖小说上。

表 1.2　希拉里·曼特尔及其作品在我国的中文研究论文情况

时间 (年)	作品	期刊 论文 (篇)	硕博 论文 (篇)	小计	共计	备注
2010	《狼厅》	5	0	5	6	/
	《秋天里的灰姑娘》	1	0	1		2009 年曼特尔发表在英国《卫报》上的短篇小说
2011	《狼厅》	2	1	3	3	/
2012	/	/	/	/	/	/
2013	《狼厅》	1	1	2	8	/
	《提堂》	2	0	2		/
	"都铎王朝"系列	2	0	2		两部曲
	曼特尔作品比较研究	2	0	2		与莫言作品、《红高粱家族》比较
2014	《狼厅》	2	2	4	7	/
	"都铎王朝"系列	2	1	3		两部曲
2015	《狼厅》	3	0	3		/
	《提堂》	0	1	1		/

（续表）

时间	作品	期刊论文（篇）	硕博论文（篇）	小计	共计	备注
2015	《学说话》	0	1	1	7	短篇小说集
	《秋天里的灰姑娘》	1	0	1		/
	国内曼特尔研究综述	1	0	1		/
2016	《提堂》	0	1	1	2	/
	"都铎王朝"系列	1	0	1		两部曲
2017	《狼厅》	6	2	8	12	/
	"都铎王朝"系列	1	1	2		/
	《巨人奥布莱恩》	1	0	1		/
	访谈录	1	0	1		摘自莫娜·辛普森对曼特尔的访谈内容
2018	《狼厅》	0	1	1	2	/
	《提堂》	0	1	1		/
2019	《狼厅》	0	1	1	3	/
	《提堂》	1	0	1		/
	"都铎王朝"系列	0	1	1		/
2020	《狼厅》	3	2	5	9	/
	《提堂》	0	1	1		/
	"都铎王朝"系列	0	1	1		/
	"克伦威尔三部曲"	1	0	1		/
	布克奖作品研究述评	1	0	1		包含曼特尔的两部曲
2021	《狼厅》	3	1	4	10	/
	"都铎王朝"系列	1	3	4		/
	"克伦威尔三部曲"	0	1	1		/
	《爱的试验》	1	0	1		/
2022	《狼厅》	1	1	2	5	/
	《镜与光》	0	1	1		/
	"克伦威尔三部曲"	0	1	1		/
	《气绝》	1	0	1		/

（续表）

时间	作品	期刊论文（篇）	硕博论文（篇）	小计	共计	备注
2023	《狼厅》	1	2	3	5	
	"克伦威尔三部曲"	1	0	1		
	研究述评	1	0	1		
/	合计	50	29	/	79	/

1.2.3　希拉里·曼特尔布克奖小说在中国的研究

　　作为以"反映历史人物和事件为核心"的小说（高继海，2006：2），历史小说写作在英国拥有悠久的历史。以英国文坛风向标著称的"布克文学奖"似乎对历史小说也特别青睐，截至 2012 年《提堂》获奖时，其评选史上已经有 17 部历史小说获奖。曼特尔继承了英国文学中历史小说的写作传统，连续创作了呈现 16 世纪英国都铎王朝历史的非凡性、多样性、复杂性的"克伦威尔三部曲"小说，前两部《狼厅》和《提堂》"作为一种具有批判性的历史形式"（Brannigan，2016：255）先后获得布克奖，是历史小说取得成功的重要标志，也使曼特尔从此跻身英国文坛一流作家之列。自 2010 年起，我国学者就开始关注曼特尔的布克奖小说，研究成果逐渐丰富。

　　从表 1.3 可见，国内学者对曼特尔的研究主要聚焦在其布克奖获奖作品《狼厅》和《提堂》。其中，与《狼厅》相关的研究成果数量明显超过《提堂》的研究成果。图 1.2 和图 1.3 来自中国知网的《狼厅》和《提堂》关注度曲线图也印证了这一点。从研究时间来看，关于《狼厅》的研究起步更早，研究趋势已经延伸至当下，而《提堂》的相关研究则起步较晚，最新的研究成果已止步于 2022 年。从关注度指数来看，《狼厅》的关注度指数上下起伏较大、变化明显、热议不断，相较之下，《提堂》的热度则显得低迷而平稳。就研究数量而言，上述图表显示，直接在标题中标明研究《狼厅》的论文有 47 篇，研究《提堂》的论文有 14 篇，还有 5 篇论文虽未直接明言，但具体内容仍以讨论布克奖获奖作品为主。就研究对象而言，对"克伦威尔"进行全方位、多角度分析的成果占据最大比例，对作品中女性生存状况关注度次之。就研究角度而言，新历史主义理论及其关键词应用最多，文学伦理学理论视角次之，还有不少论文关注了小说的叙事策略和技巧。从研究主体看，高校师生居多，其中相关硕士论文有 23 篇，其他成果也多为高校研究者的作品，其中张松存、周冠琼、严春妹等学者的研究成果在数量和视角上较为突出。从发表的期刊上看,核心期刊论文只有 13 篇,其他为普刊论文,研究成果的质量有待进一步提升。

表 1.3　希拉里·曼特尔布克奖小说在我国的研究情况

时间	论文题目	来源出处	作者	关键词	研究视角
2010	英国女作家曼特尔的《狼厅》获布克文学奖	世界文学(北大核心)	田冬青	/	书评(获奖信息及作品简介)
	成败皆在国王婚姻——解读希拉里·曼特尔小说《狼厅》	作家(北大核心)	/	/	书评(故事简介)
	克伦威尔其人其事的现代版演绎——评希拉里·曼特尔的《狼厅》	山花(北大核心)	左燕茹	/	书评(叙述手法、人物形象)
	重塑的魅力——评希·曼特尔的获奖小说《狼厅》	外国文学动态(CSSCI)	刘国清	/	书评(克伦威尔形象的重塑)
	"人对人是狼"——《狼厅》的世界	全国新书目	刘国枝	/	书评(故事简介、主题简析)
2011	都铎王朝演绎"新"篇章——浅析希拉里·曼特尔《狼厅》	科技信息	谈烛明、徐建纲	新历史主义;"新"克伦威尔;第三人称	新历史主义、克伦威尔形象、叙述视角
	权力的颠覆与抑制:对《狼厅》的新历史主义解读	湖北大学硕士论文	李静娴	新历史主义;权力;颠覆;抑制	新历史主义、克伦威尔自我塑形
	都铎王朝的血性男儿——对《狼厅》里托马斯·克伦威尔的形象解读	名作欣赏(北大核心)	罗伦全	克伦威尔;血性男儿;亨利八世;有情有义	克伦威尔形象
2013	从概念隐喻角度解读《红高粱家族》与《狼厅》	电影评介	马丽娣	/	概念隐喻角度、对比研究
	新历史主义视角下希拉里·曼特尔的《狼厅》研究	哈尔滨师范大学硕士论文	隋艳影	新历史主义;文本的历史性;历史的文本性	新历史主义

（续表）

时间	论文题目	来源出处	作者	关键词	研究视角
2013	论希拉里·曼特尔的新作《死尸示众》	山东外语教学（北大核心）	高继海	托马斯·克伦威尔；都铎王朝；历史小说	书评（故事简评）
	游走在虚实之间——曼特尔"都铎王朝"系列的新历史主义解读	湖北第二师范学院学报	杨艳	新历史主义；文本的历史性；历史的文本性	新历史主义
	王室婚姻，政坛名臣——读希拉里·曼特尔的小说《提堂》	外国文学动态（CSSCI）	严春妹	/	书评（故事简评）
	Wolf Hall——狼性与人性	新东方英语	陈榕	/	书评（故事简评）
2014	共同体文化的重构——《狼厅》和《提堂》中的克伦威尔形象	当代外国文学（CSSCI）	严春妹	克伦威尔；英格兰特性；共同体文化	英国性；共同体文化；克伦威尔形象
	历史的重塑：希拉里·曼特尔《狼厅》的新历史主义解读	河南大学硕士论文	刘焕	重塑；历史的文本性；文本的历史性；修辞技巧	新历史主义；克伦威尔形象的重塑
	新历史主义视角下对《狼厅》的研究	广西大学硕士论文	罗超扬	新历史主义；历史的文本性；文本的历史性	新历史主义；克伦威尔形象的重塑
	《狼厅》：托马斯·克伦威尔的多面性	英语沙龙（锋尚版）	任佳怡	/	书评（克伦威尔形象）
	《狼厅》中的神话与颠覆	鸡西大学学报	张建荣	神话、颠覆	新历史主义；克伦威尔形象的重塑
	希拉里·曼特尔的协商——新历史主义视角下托马斯·克伦威尔形象的重塑	河南大学硕士论文	孟喜华	曼特尔；克伦威尔；人物；重塑；协商	新历史主义；克伦威尔形象的重塑
	"完美政治家"的多面性——"都铎系列"之克伦威尔性格解读	作家（北大核心）	尹丽莉	克伦威尔；多面性；狼性；人性	克伦威尔形象的多面性

（续表）

时间	论文题目	来源出处	作者	关键词	研究视角
2015	从新历史主义角度看《狼厅》中的自我形塑	牡丹江大学学报	郭娟	曼特尔；克伦威尔；凯瑟琳；自我形塑	新历史主义；克伦威尔形象的重塑
	《狼厅》的"家庭"建构与共同体形塑	齐齐哈尔大学学报（哲学社会科学版）	严春妹	曼特尔；克伦威尔；家庭共同体	共同体形塑
	历史的另一副面孔——读曼特尔历史小说《狼厅》	社会科学论坛(CSSCI)	章燕	/	历史元小说；质疑历史；重塑历史
	论《提堂》前卫的叙事特点	重庆师范大学硕士论文	赵越	叙事时间；聚焦；叙事情境	叙事特点
2016	在每一段历史下面，都有另一段历史：论希拉里·曼特尔《提堂》的反历史性	广西师范大学硕士论文	卢秋韵	历史小说；重塑；微观叙事；反历史	新历史主义；反历史
	《狼厅》与《提堂》内聚焦视角的伦理意义研究	校园英语	严春妹	内聚焦视角；伦理意义	伦理叙事
2017	从新历史主义视角解读曼特尔的《狼厅》	佳木斯职业学院学报	张桃桃	新历史主义；历史的文本性；文本的历史性	新历史主义
	希拉里·曼特尔《狼厅》的历史文本意识	岭南师范学院学报	王艳萍	历史的文本性；情节编织；叙事视角；神话	新历史主义
	空间化历史、斯芬克斯因子与王权伦理：《狼厅》的伦理意义	外国文学研究(CSSCI)	严春妹、束少军	空间化历史；斯芬克斯因子；王权伦理	文学伦理学
	话轮转换视角下的《狼厅》主角克伦威尔性格探析	长江大学硕士论文	陈颖蝶	会话分析；话轮转换；人物性格	话轮转换理论；克伦威尔的性格
	叙事、历史和视觉的共建：曼特尔的都铎王朝——以《狼厅》《提堂》为例	广西师范大学硕士论文	顾冰琳	文学性；历史文学化；文学视觉化	文学特质和艺术特色；新历史主义

（续表）

时间	论文题目	来源出处	作者	关键词	研究视角
2017	历史下权力的协和——新历史主义视阈《狼厅》探析	西安外国语大学硕士论文	韩雪	文本历史性；颠覆；抑制；协和	新历史主义
	新历史主义视角下《狼厅》的宗教文化解读	四川文理学院学报	张松存	新历史主义；历史的文本性；文本的历史性；宗教文化	新历史主义
	新历史主义视角下《狼厅》的人物分层研究	浙江外国语学院学报	张松存	新历史主义；复线小写历史；人物分层研究	新历史主义
	论《狼厅》中女性的"他者"地位	海外英语	张松存	女性形象；女性主义；"他者"理论	女性主义的"他者"理论；女性形象及其命运
	论曼布克文学奖得主曼特尔的历史小说——以《狼厅》《提堂》为例	名作欣赏	刘琼	历史小说	历史小说写作；英国性
2018	《狼厅》中边缘人物的新历史主义解读	沈阳师范大学硕士论文	张桃桃	新历史主义；边缘人物；权力；话语	新历史主义；权力话语；边缘人物
	从荣格的自性化理论视角研究《提堂》中的克伦威尔	新疆大学硕士论文	吕雪华	自性化；情结；人格面具；阴影；阿尼玛；自我	自性化理论；克伦威尔的心理
2019	"翻译"历史与贱民发声——新历史主义视角下的《狼厅》	华中师范大学硕士论文	魏田田	"翻译"历史；贱民；新历史主义	新历史主义
	《狼厅》与《提堂》的狂欢化书写研究	陕西师范大学硕士论文	韩笑	狂欢化；两重性；乌托邦理想	狂欢化理论；人物形象塑造
	权力话语视阈下《提堂》中女性的生存困境	长春理工大学学报（社会科学版）	方宏哲、刘晓晖	权力话语；女性；压制；反抗；顺服	权力话语理论；女性生存困境

（续表）

时间	论文题目	来源出处	作者	关键词	研究视角
2020	曼特尔《狼厅》文学叙事下的"可能世界"	长春理工大学学报（社会科学版）	陈亚明、刘晓晖	文学叙事；"可能世界"	叙事技巧
	集体记忆视阈下《狼厅》中英格兰民族认同建构研究	大连外国语大学硕士论文	陈亚明	集体记忆；英格兰民族认同	集体记忆理论；英格兰民族认同
	《狼厅》和《提堂》中克伦威尔身份认同及其伦理蕴意	中国财经政法大学硕士论文	陈修鸿	文学伦理学批评；伦理身份	文学伦理学批评；伦理身份
	《狼厅》中的都铎历史再现与修辞性叙事策略研究	郑州大学硕士论文	徐晨昉	修辞性叙事学；都铎王朝	叙事策略
	基于新历史主义的《狼厅》人物解读	宁波大学学报（社会科学版）	徐坤	新历史主义；克伦威尔；宗教改革	新历史主义；克伦威尔形象
	压制、反抗与规训——权力话语视阈下《提堂》中女性生存困境研究	大连外国语大学硕士论文	方宏哲	权力话语；女性；生存困境	权力话语理论；女性生存困境
	希拉里·曼特尔"克伦威尔三部曲"中的偏见书写	郑州航空工业管理学院学报（社会科学版）	周冠琼	偏见书写	性别偏见；阶级偏见；宗教偏见
2021	历史人物重塑的人文表达——希拉里·曼特尔《狼厅》叙事研究	集美大学学报（哲学社会科学版）	王艳萍	自我主体；女性命运；叙事研究	主要人物的形象重塑
	希拉里·曼特尔"都铎王朝三部曲"中的女性话语权力研究	西北师范大学硕士论文	李国燕	女性；权力话语	女性的生存困境
	反思与重塑——《狼厅》中的克伦威尔形象与当代英国情感结构的重构	上海外国语大学硕士论文	孙佳凡	克伦威尔；情感结构	克伦威尔形象重塑；情感结构理论
	权力话语视域下的《狼厅》和《提堂》	浙江工商大学硕士论文	余俊	克伦威尔；权力话语	权力与话语的关系

（续表）

时间	论文题目	来源出处	作者	关键词	研究视角
2021	从叙事角度看历史小说《狼厅》的现代意味	名作欣赏	韩小锐、王艳荣	叙事;历史小说;现代意味	人物话语;现代意义
	希拉里·曼特尔《狼厅》《提堂》中的国家空间生产与空间正义	西北工业大学学报(社会科学版)	南健翀、赵欣	国家空间生产;空间正义	空间叙事
	希拉里·曼特尔历史小说《狼厅》的叙事策略	山西大学硕士论文	韩小锐	英国小说;叙事策略;现代性	叙事策略
2022	从心智上构建共同体——《狼厅》中的对话教育与心智培育	浙江外国语学院学报	严春妹	共同体;对话教育;心智培育	心智培育与共同体构建
	《狼厅》中的元史学书写研究	宁夏大学硕士论文	蒋阳	现实性;可能性;真实性	新历史主义
	希拉里·曼特尔"克伦威尔三部曲"中的英格兰民族神话重述	复旦外国语言文学论丛(CSSCI)	周冠琼	神话重述;当代意义	民族共同体
	希拉里·曼特尔"克伦威尔三部曲"的民族共同体形塑	英美文学研究论丛(CSSCI)	周冠琼	民族共同体	民族共同体
2023	希拉里·曼特尔"克伦威尔三部曲"的声誉经济	外国语文研究	南健翀、赵欣	克伦威尔三部曲	声誉经济
	国内希拉里·曼特尔研究述评	鲁东大学学报(哲学社会科学版)	赵欣、南健翀	希拉里·曼特尔	研究述评
	婚姻中的"他者"——《狼厅》女性形象研究	内蒙古大学	孙超然	狼厅	女性形象
	基于空间叙事视角对《狼厅》中历史重写的研究	东北师范大学	杨曼	狼厅	空间叙事
	文学伦理学视角下《狼厅》中的历史再现与重塑	今古文创	王芮欣	狼厅	文学伦理学

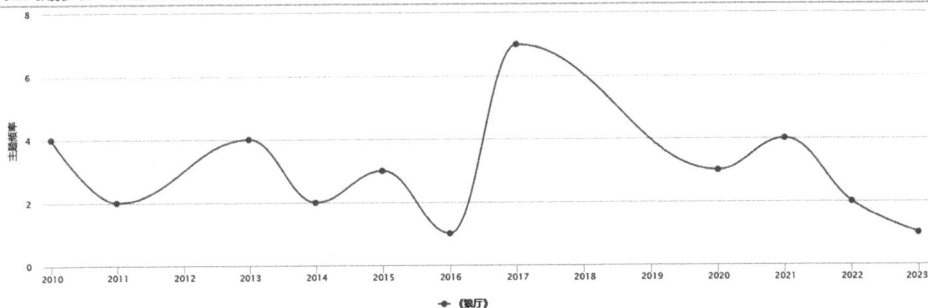

图 1.2 《狼厅》在中国知网的关注度指数分析

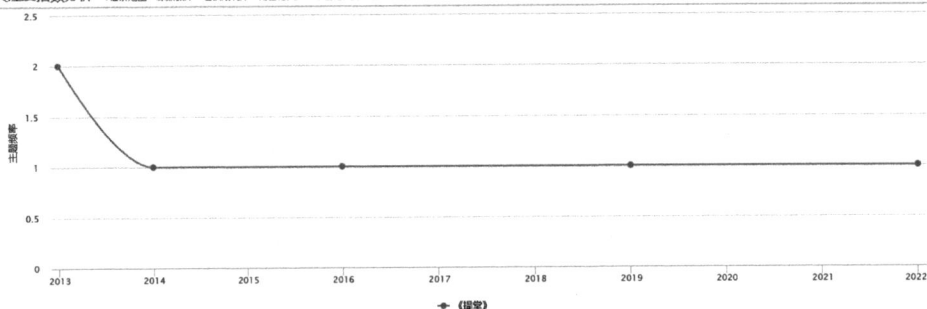

图 1.3 《提堂》在中国知网的关注度指数分析

显然，总体上，国内对曼特尔的研究主要集中在《狼厅》和《提堂》两部作品上，尤其以《狼厅》的研究最为丰富。研究角度多样，主要集中在新历史主义理论和文学伦理学理论。未来可从研究对象的多样性、研究成果的质量等方面多下功夫，进一步推动曼特尔作品在国内的学术研究。

1.2.4 研究的不足和展望

总体而言，我国对曼特尔的研究主要有两种形式。一是开展相关作品的译介与出版。曼特尔的重要作品已经在国内得到翻译和出版，如"克伦威尔三部曲"的三本小说、《一个更安全的地方》上下册等。这些工作促使更多的中国读者有机会接触到曼特尔的作品，从而为曼特尔及其作品在我国的进一步研究奠定了良好的基础。二是进行大量的学术研究。在我国，学者们从文学批评角度、历史叙事视角、女性主义分析等方面探讨曼特尔的作品。这些研究不仅加深了人们对曼特尔作品的理解，同时也为国内学术界进一步研究曼特尔提供了思路和方法。

1) 不足

尽管曼特尔及其作品的研究在我国已经取得了较大进展,不足之处依然明显。

首先,研究对象极端不均衡。到目前为止,无论从译介层面还是从学术研究层面,国内学者的关注点都集中在《狼厅》《提堂》《镜与光》等几部小说上,对其他作品的研究成果比较有限,甚至于对《弗勒德》《黑暗之上》等作品的研究鲜有涉及。这种不均衡不仅限制了对曼特尔作品的全面理解,也影响了对其整体创作特色的深入探讨。

其次,研究视角高度雷同。虽然国内对曼特尔"克伦威尔三部曲"的研究成果较多,但大多数研究聚焦于解读主人公克伦威尔的形象上,还有一些关注点放在作品中的女性形象上,对其他对象的分析较少。同时,新历史主义和文学伦理学是学者们解读曼特尔作品的主要理论视角,其他视角的切入则相对较少。这种研究视角的单一性在一定程度上限制了对曼特尔作品的多维度解读和深入分析。

再次,研究的深度和广度有限。尽管我国学界不断开展对曼特尔及其作品的研究,但整体上,学术研究成果仍然较少。对于曼特尔作品的多样性和复杂性还有待更全面的探索,研究的深度和广度需要进一步扩展。

最后,曼特尔文学作品的翻译工作仍有较大的拓展空间。在曼特尔的 17 部作品中,目前只有 5 部有中译本,还有 12 部作品尚未被翻译成中文。这不仅限制了国内研究者对曼特尔及其作品进行系统深入的解读,也影响了我国读者对曼特尔的全面了解。

2) 展望

可见,国内对曼特尔的研究仍有待进一步拓展。

首先,要加强曼特尔作品的译介工作。优秀的外国文学作品译介到中国,不仅能为广大读者提供具有异域特色的高质量文化产品,还能让我国研究者从世界各国文学家的创作中得到滋养和启迪。系统翻译曼特尔的全部作品的意义便在于此。通过翻译和阅读译作,国内学者可以更深入全面地了解曼特尔的创作背景及思想传承,并架起更多了解世界文学的桥梁。因此,未来除了继续提升"克伦威尔三部曲"、《一个更安全的地方》等现有译著的翻译质量,还可以开展对曼特尔其他作品,如《每天都是母亲节》《巨人奥布莱恩》《加沙大街上的八个月》等小说的翻译工作。这将使我国读者更加全面地了解曼特尔的创作特色和艺术成就。

其次,要扩展研究范围。对曼特尔作品的研究不应局限于其布克奖获奖作品,还需拓展到其他重要作品。布克奖小说固然重要,但曼特尔的其他作品也各具特色。只有全面深入地解读曼特尔的多数作品,探索其中的历史、政治、社会等方面的意义,才能系统地把握她的创作思想,从而更深入地理解当代英国作家的创作风格和特点。

最后，要拓展研究视域和方法。当代外国文学研究因其丰富复杂与纷纭变化对我国研究者提出了前所未有的挑战。要想独具慧眼，在眼花缭乱的文学表象下探索其本质，就需要具有广阔的视野与科学的方法。对曼特尔作品的研究，不应局限于新历史主义、文学伦理学、空间叙事学等批评方法，也不应局限于克伦威尔、女性形象等研究对象，而应着眼当下，了解前沿，认准方向，聚焦深入，变一两个文本为多个文本，变单一视角为交叉视角，采用多学科交叉的研究方法，如文化研究、性别研究、后殖民理论等，以更深入地挖掘曼特尔作品的多重意蕴。随着曼特尔的逝世，其作品将更会受到学界的重视和珍惜。国内外学者将以"全面""细致""深入"为方向，开展学术探索和研究。

1.3　希拉里·曼特尔及其作品在国外的研究

作为两度卫冕布克奖的英国女作家，曼特尔在国外的影响力远胜于国内。从商业效应来看，"克伦威尔三部曲"备受读者青睐，纸质图书和电子图书销量可观，曼特尔获"畅销小说家"头衔实至名归。"三部曲"中的第一部《狼厅》在进入布克奖长名单之前，其精装本就已售出 13 129 本；公布长名单六周内，其销量再增 11 000 册；进入短名单之后，作品又相继售出 42 217 本。至 2012 年《提堂》问世前，《狼厅》的精装本纸质图书销量已达 22.5 万册，平装本和电子书的销量也颇为可观。"三部曲"中的第二部《提堂》比《狼厅》更受关注，进入长名单期间卖出 9 万册，接下来六周内又售出了 17 000 册，在 2012 年 11 月获奖小说名单公布之前的六周内再次售出 22 000 册。这些数据同样仅是精装本的销售额。获布克奖之后，仅在英国，《提堂》就已经售出 22.7 万册，外加 7 万本电子书。"三部曲"中的最后一部《镜与光》没有打破布克奖历史纪录、为曼特尔赢得第三次获奖机会，但同样深受人们的喜爱。小说仅开售三天，销量就达 95 000 本，平均每 2.7 秒就售出 1本。"克伦威尔三部曲"的畅销不仅证明了其广泛的吸引力，还极大地推动了国内外对曼特尔研究的兴趣。可以说，进入 21 世纪的第二个十年之初，众多读者、评论家及学者已形成共识：曼特尔是当代文学领域中最具创新性和魅力的作家之一。

相比较而言，国外对曼特尔的学术研究起步更早，范围更广。从时间上来说，国外对曼特尔的研究始于 20 世纪 90 年代，她的第一部历史小说《一个更安全的地方》受到了较多关注，随后不断有零星的对其他相关作品的评论和推介。《狼厅》和《提堂》相继获得布克奖,将曼特尔研究推向了高峰。学界对她的历史小说进行了浓墨重彩的分析和点评,同时也适度关注了曼特尔的其他作品,相关的学术论文和学位论文数量不断增长。截至 2024 年,EBSCOhost 数据库和 ProQuest 数据库的资料显示,研究希拉里·曼特尔及其作品的学术论文已有数百篇,硕博论文也有数十篇。在这些论文中,除了对历史小说《狼厅》和《提堂》的研究外,国外研究者还关注了作家的生活经历、作品主题、写作技巧等。在硕博论文中,少数是关于曼特尔的综合性研究,其他多数则聚焦《狼厅》和《提堂》开展研究。总体上,国外对曼特尔及其作品的学术研究主要集中在以下几个方面。一是人物形象分析:对曼特尔作品中的人物形象进行深入分析,特别是对克伦威尔等历史人物的多维度解读。二是文本主题分析:探讨曼特尔作品中的主题,如历史、政治、社会、伦理等。三是历史小说的文学性研究:分析曼特尔历史小说的文学价值和艺术特色,探讨其在历史小说创作中的创新之处。四是曼特尔的写作风格和技巧剖析:研究作者的叙事手法、语言运用、结构安排等技巧,探讨其小说创作的独特风格。这些研究不仅丰富了对曼特尔作品的理解,也为国内外学者提供了宝贵的研究参考和启示。

1.3.1　人物形象研究

国外学界非常重视曼特尔历史小说中的人物形象塑造,尤其是"克伦威尔三部曲"中的主人公克伦威尔。事实上,《狼厅》能够在国际文坛脱颖而出,一个重要原因就是曼特尔对克伦威尔这个人物的发掘与塑造。在《狼厅》之前的历史剧中,托马斯·克伦威尔要么只是鲜有戏份的配角[1],要么被刻画成奸诈、阴险的小人[2],而《狼厅》则颠覆了这些单一或者妖魔化的程式,塑造出"一个百折不挠、冷酷中暗含温情、奸诈中不乏忠诚的更加立体丰满的主人公,呈现了一部自我锻造、自我发展、自我扩张,从乡野草根到荣光之巅的传奇"(刘国枝,2023:3),令读者耳目一新并且更能够产生深刻共情。一直以来,国外曼特尔研究者主要围绕克伦威尔的"善"和"恶"两个维度展开讨论。梅里特·莫斯利(Merritt Moseley)认为克伦威尔"冷酷但不卑鄙",有心机但也不乏温情。在早期新教徒的生命和财产无法保障时,他却勇敢与之来往;他善待家人,对已逝的妻女也多情思念(Moseley,2010:435)。帕特里夏·斯诺(Patricia Snow)则认为克伦威尔是一位慈爱的父亲

---

① 例如莎士比亚的《亨利八世》和在美国有线频道 Showtime 播出的电视剧《都铎王朝》(*The Tudors*)。

② 例如 1966 年的电影《日月精忠》(*A Man of All Seasons*)。

和忠实的丈夫,也是卑微艺术家的赞助人和穷人的朋友,对于这些人,他极为看重,并想方设法为他们辩护(Snow,2017)。德里克·威尔逊(Derek Wilson)从另一个角度出发,认为克伦威尔是一个"马基雅维利式"人物,其所作所为全看事情是否于他有益,而非出于道德或情感因素(Wilson,2012)。诺拉·哈梅莱宁(Nora Hämäläinen)从道德层面分析克伦威尔的形象,认为不能简单地以"好"或"坏"来评价这个角色,因为他是人性与社会环境相互作用的产物,体现出了人性的复杂(Hämäläinen,2019)。苏珊·斯特雷勒(Susan Strehle)将曼特尔的"三部曲"定义为"修复英雄主义"(recover heroism)的历史小说,认为克伦威尔手持火炬,担当了开创英国民主和自由之责,其行为体现出显著的英雄主义色彩(Strehle,2020:25)。雷克洛塔·雷姆斯(Raclota Remus)指出曼特尔笔下的克伦威尔具有现代性蕴意,其形象类似于20世纪50年代社会流动小说(social mobility fiction)中的社会推动者(social jumpstart)(Remus,2021)。大卫·肯尼(David Kenny)从法律实用主义角度分析克伦威尔,认为他的怀疑论、经验主义、宿命论和实践智慧无不展示出实用主义的力量和缺陷(Kenny,2022)。桑杰·普拉萨德·潘迪(Sanjay Prasad Pandey)和阿卜杜勒·瓦希德·瓦尼(Abdul Wahied Wani)认为曼特尔在《狼厅》中为克伦威尔塑造了一个非常公正、站得住脚、毫无偏见的形象(Pandey & Wani,2020:1435)。可见,曼特尔对历史人物进行了重新想象,颠覆了克伦威尔多年来在历史和文学中奸佞、恶棍的固有形象,彰显出他善良、正义的一面,这一观点得到了较多学者的肯定。

除了克伦威尔,研究者还关注了"三部曲"中亨利八世(Henry VIII)、安妮·博林(Anne Bolyne)、托马斯·莫尔(Thomas More)等人物形象。亨利八世被描绘成一位易怒多疑的国王,性格如同伦敦的天气般阴晴不定,反复无常。露西·莱斯布里奇(Lucy Lethbridge)认为亨利八世本身就是一个矛盾体,既温柔多情又冷酷无情,既睿智英明又冲动易怒,既深谋远虑又反复无常(Lethbridge,2012)。安吉拉·阿莱莫·奥唐奈(Angela Alaimo O'Donnell)则认为,曼特尔笔下的亨利是一个40多岁的痴情种,几经情场起伏,蓦然意识到自己的中年危机——没有子嗣继承王位(O'Donnell,2013)。阿曼达·S.尼科尔森(Amanda S. Nicholson)对比了曼特尔笔下的亨利八世与史料中的形象,挖掘出小说中更丰富、更复杂的亨利形象(Nicholson,2020)。相比亨利八世,托马斯·莫尔的形象在研究中争议较多。特蕾莎·雷·贝克(Theresa Rae Baker)从野心、骄傲、残忍等多方面性格因素分析《狼厅》中的莫尔,认为曼特尔笔下的莫尔应当被视作"国家英雄"(Baker,2015)。克里斯托弗·鲁尔(Christopher Rule)对比罗伯特·博尔特(Robert Bolt)执导的电影《日月精忠》(*A Man for All Seasons*)中的莫尔和曼特尔作品中的莫尔形象,发现他从一个为信仰自由而牺牲的悲剧人物,变成了一个充满仇恨的宗教狂热者(Rule，2015)。彼得·考夫曼(Peter Kaufman)则认为，曼特尔在作品中扭曲了莫尔的形象，她忽视了莫尔不肯向世俗低头的真正因由，从而错误地强调了莫尔所谓的"残忍"形象(Kaufman，2017)。此外，研究者们还特别关注作品中的女性形象，积极从女性主义视角解读安妮·博林等人物。罗德斯(Roders，2014)探讨了安妮·博林在《狼厅》中的形象，认为她是一个复杂多面的女性，既是权力斗争的工具，又是主动争取自身权益的女性。就连作品中的玛丽·巴顿(Mary Barton)等女配角在男权社会中的地位和抗争行为也受到关注。这些研究不仅丰富了对曼特尔作品中主要人物的理解，还从多个角度探讨了这些人物在历史和文学中的多重面貌，为读者提供了更全面、更深入的解读。

1.3.2　作品主题分析

作为一种文学叙事模式，小说有助于人们理解以往的经验和未来的可能性，并更好地应对当前存在的一些问题。小说叙事是一种建构性的过程，它建立在个人的认知和社会角色之上，尝试将这些认知和角色转化为有意义的故事。曼特尔的小说创作也是如此，曲折的人生经历和丰富的社会阅历决定了她小说叙事主题的复杂性和多样性。

从学习法律到从事写作，从英国到非洲，从钟情莎士比亚到熟读法国大革命文献，曼特尔一直煞费苦心地展示她对政治、权力、转变、进化和革命的专注(Arias，1998)。她的作品大都围绕这些主题展开叙事。"转变"，或者说"改变"，是曼特尔竭力表达的重要主题，成为学界的关注点之一。例如，爱德华·多德森(Edward Dodson)以曼特尔等作家为例，研究了英国当代文学在后帝国时期英国性转变的体现。罗莎里奥·阿里亚斯(Rosario Arias)在访谈中与曼特尔讨论了非洲生活对她产生的巨大影响，这种影响甚至"转变了她的思考方式，使她成为一个不一样的作家"(Arias，1998:286)。

此外，曼特尔还比较关注信仰、身份认同、迷失等问题(Hernández，2017:109)，此类主题在《变温》《弗勒德》等作品中尤为突出。尽管曼特尔已是英国主流作家，但她来自一个爱尔兰天主教家庭，总觉得自己并不真正属于"英国人"。同时，她婚后跟随丈夫短暂定居国外，归属感和身份认同问题常常困扰着她。有学者认为《变温》是"对不公正、丧亲之痛和失去信仰的复杂而高度智慧的描写"(Blake，2005:7)。席尔瓦·加西亚·埃尔南德斯(Silvia García Hernández)结合精神分析理论，探索了《变温》中主人公一家应对身份认同困境和丧子之痛的方式(Hernández，2017:109 - 124)。桑杰·普拉萨德·潘迪(Sanjay Prasad Pandey)和阿卜杜勒·瓦希德·瓦尼(Abdul Wahied Wani)认为，身份仍然是贯穿《狼厅》

的一个主题，从受铁匠父亲毒打的少年到亨利八世的左膀右臂，曼特尔塑造了一个较为公正的克伦威尔形象。他们还运用拟像（simulacra）和超真实（hyperreality）理论探讨了曼特尔作品中的异化主题，认为无论是普通人家，还是宫廷王室，人与人之间都没有表现出应有的关爱与忠诚，反而都在承受着彼此的疏离（Pandey & Wani，2021：1432－1436）。

国外学界还格外重视曼特尔作品中的鬼魂主题。曼特尔特别善于挖掘鬼魂的隐喻潜力，她曾说过，"当我们谈论鬼魂时，就是在用层层叠叠的隐喻说话……我们用鬼魂这种不确定的东西来表达那种有时会压倒自己的失落感，是对某种我们无法命名的事物的怀旧"（Mantel，2007：4）。一直以来，鬼魂意象和哥特元素贯穿于曼特尔的多部作品中，《每天都是母亲节》中被亡灵萦绕的房子、《黑暗之上》那些平凡而又爱捉弄人的灵魂、《弗勒德》中神出鬼没的炼金术士弗勒德、《气绝》中童年曼特尔与"另一个世界"继父鬼魂相遇，等等。艾琳诺·伯恩（Eleanor Byrne）把《每天都是母亲节》《空白财产》称为"社会服务哥特式"（social work gothic）小说，认为它们运用了鬼屋、幽灵和灵媒世界的哥特式主题，从而对英国文化和社会中的"国家状态"（state-of-the-nation）提供了批判性的观点（Byrne，2018：13）。沃尔夫冈·芬克（Wolfgang Funk）从鬼魂元素的角度对《每天都是母亲节》《空白财产》《狼厅》和《提堂》做了整体研究，把它们归类为"幽灵现实主义"（spectral realism），认为这种"幽灵书写"（ghostliness）无论是对过去还是未来，都是一种"未尽事业"（unfinished business）（Funk，2018：9）。在芬克看来，曼特尔的"幽灵现实主义"植根于"一种反现代主义的认识论"（anti-modernist epistemology），对不可见的事物给予优先对待，由此"对20世纪晚期和21世纪早期的超现实主义和猖獗的消费主义进行了反驳"（Funk，2018：87）。芬克（Funk，2013：157）在另一篇文章中分析了《弗勒德》和《黑暗之上》之后认为，曼特尔小说中的鬼魂确实是德里达意义上的幽灵，是对想象的挑战，是来自一个超越真理和现实世界的召唤，具有明显的不确定性（uncertainty），而曼特尔拥抱这种不确定性和偶发的幽灵并不是屈服于对过去的怀念，而是一种预示未来的姿态。此外，维多利亚·斯图尔特（Victoria Stewart）、埃斯特·皮伦（Esther Peeren）、露西·阿诺德（Lucy Arnold）等学者也都不同程度地探讨过曼特尔作品中的幽灵问题。

总体来看，学界普遍认为曼特尔通过哥特风格和鬼魂元素揭示了小说人物所承受的创伤。这些创伤往往被忽视或遗忘，唯有借助不可见的鬼魂意象，才能引起人们的注意，并促使社会反思其背后的原因。这些原因包括但不限于撒切尔时代的新自由主义改革、亨利八世时期的社会变革、沙特阿拉伯的政治体制，以及现代西方认识论中的二元对立等。

1.3.3　"真实性"与"虚构性"的讨论

曼特尔的作品题材多样,难以归类,但如今她更多还是被视作历史小说家,尽管她的作品远非传统意义上的历史小说。曼特尔擅长于将那些隐蔽的、支离破碎的史料用高超的想象力和"虚构"技艺连贯起来,实现"让小说围绕我掌握的事实来灵活变化"(美国《巴黎评论》编辑部,2021:174)的创作目标。她的代表作《狼厅》聚焦 16 世纪英国国王亨利八世的离婚案,《一个安全的地方》描绘了 18 世纪的法国大革命,《巨人奥布莱恩》展现了 18 世纪伦敦的商品展览,《弗勒德》的故事背景设定在 20 世纪 50 年代英国北方的一个小乡村,《爱的试验》的主要故事情节发生在 20 世纪六七十年代英国的大学校园里。即便是当代小说《变温》和《黑暗之外》,其核心内容亦涉及遥远过去的事件。由此可见,曼特尔的文学兴趣在于讲述"过去"的故事,尤其是历史人物和历史事件,这使得小说与历史之间建立了紧密的联系。小说不仅创造了叙事,还使历史的叙述成为可能,引发了关于历史小说"真实性"与"虚构性"的持续讨论。

在众多历史小说中,"克伦威尔三部曲"无疑是学界研究的焦点。曼特尔将叙事置于 16 世纪的都铎王朝——一个对现代英国的形成至关重要的转型期。通过重新塑造历史人物托马斯·克伦威尔,曼特尔不仅重构了历史模式,还对宗教改革和民主发展的历史进行了"虚构性修复"(Strehle,2020:37)。实际上,三部作品讲述了一段个人既受制于历史又创造历史的故事,这一主题与当下其价值意义被重新挖掘的传记小说(biofiction)的特征相吻合。虽然"传记小说"是在 20 世纪后期首次出现的术语,但当前该领域的学者对揭示传统传记和历史小说之间的关系越来越感兴趣。总体上,传记(历史)小说以写实的传记、日记、回忆录、书信等资料为基础,以相关历史时期为背景,结合作者的想象力和创造性,将"真实性"与"虚构性"巧妙融合,旨在探索艺术、生活、历史和社会之间的复杂关系。在"克伦威尔三部曲"中,曼特尔通过对克伦威尔、亨利八世、安妮·博林等历史人物生活的重构,深入探讨了个人、家庭和社会之间的心理、情感、历史及意识形态层面的联系与断裂,同时反思了小说在接收、描述、塑造、创造和传承历史方面的责任。曼特尔虽未能成为历史学家,但她始终坚守着"对历史忠实的理想"(Simpson,2015)。在她的作品中,基于历史细节的虚构叙事占据了核心地位。在小说《巨人奥布莱恩》中,科学和启蒙理性主义的宏大叙事与小说的虚构情节形成了鲜明对比。背景设定在 18 世纪的伦敦,这是一个真实的历史时期,主要角色查尔斯·奥布莱恩(即"爱尔兰巨人")是一个真实存在的人物。他因身高异常而成为公众关注的焦点,去世后他的骨骼被制成标本保存在亨特博物馆。小说中涉及的 18 世纪医学和解剖学知识也符合当时的时代背景和技术水平。然而，小说中的故事是多孔的，适度的伸缩和弯曲是为了适应不同的观众和地点，其"真相"是相对的（Pollard & Carpenter，2020：7）。许多情节和事件是曼特尔根据历史背景和人物特点虚构的。例如，奥布莱恩与医生约翰·亨特之间的关系，以及他们之间的互动和冲突，还有他们的内心世界、感受和动机，这些在史料中鲜有记载，大多是作者为了增强故事的戏剧性和深度而创作的。通过这种真实性和虚构性的巧妙结合，曼特尔不仅再现了 18 世纪伦敦的社会风貌，还深入探讨了人性、道德、科学、伦理等主题。《巨人奥布莱恩》因此成为一部既有历史厚重感又充满人文关怀的小说。在《一个更安全的地方》中，曼特尔通过丹东脸上的一个伤疤，巧妙地构建了对丹东的叙述，以此弥补历史档案记录的不足或不准确之处。以小说为恢复叙事的文学手段赋予历史人物以鲜活的生命力（Chadwick，2020：164 - 181）。曼特尔对历史细节的敏锐洞察力和浓厚兴趣以及对准确性的严格要求促使她进行了广泛的档案研究，这使她的作品在历史小说领域独树一帜。就连布克奖的评委会主席彼得·斯托瑟德（Peter Stothard）也认为曼特尔重写了历史小说的规则，她的作品不仅仅是对历史的再现，更是对历史的深刻反思和再创造。

1.3.4　希拉里·曼特尔的写作风格和技巧

曼特尔的小说中弥漫着强烈的怪诞感，但其目的远不止于单纯的惊悚效果。曼特尔将世界视为一个充满危险和恶意的地方。她以讽刺幽默和精致的文笔来描绘这个失序的世界，形成了自己独特的黑色幽默写作风格，与二战后英国文学中诸多作品蕴含的黑色幽默脉络相吻合。曼特尔的创作风格和技巧不仅赋予她的作品高度的文学价值，还使读者在面对历史的残酷和现实的冷漠时，能够找到一丝温暖和慰藉。她的黑色幽默不仅是一种文学手法，更是一种对现实的深刻反思和批判。通过这种风格，曼特尔带领读者进入一个个充满矛盾和冲突的世界，同时提醒人们在黑暗中寻找光明的重要性。在她的作品中，曼特尔通过对历史细节的敏锐洞察和对人物内心的深刻剖析，展现了人性的复杂性和社会的阴暗面。她不仅再现了历史的残酷，还在其中注入了对人性的同情和对未来的希望。站在黑暗中呼唤光明，这种无情嘲讽假丑恶、竭力呼吁真善美的能力，使她的作品不仅具有文学上的魅力，更具有深刻的社会意义。曼特尔的创作不仅仅是对过去的再现，更是对现实的深刻反思，引导读者在复杂多变的世界中寻找到希望和光明。

玛格丽特·阿特伍德（Margaret Atwood）认为曼特尔一如既往地充满智慧且语言娴熟，她的文学创新从未让人失望过（Atwood，2012）。曼特尔能够通过细腻的描写和深刻的洞察力，将读者带入历史场景，让人仿佛身临其境。她对历史的描绘准确且生动,让读者感受到历史人物的性格和当时的社会风貌。她能够巧妙地表现过去与现在的分离,展现出强大的现实主义风格。罗萨里奥·阿里亚斯(Rosario Arias)认为《狼厅》和《提堂》做到了"把都铎王朝异域化"(Exoticising the Tudors),从而激发当代人对一个并不熟悉的古代英国社会产生兴趣,同时用现代英语降低了读者了解历史事件和人物的难度(Arias,1998:280),这种写作技巧是让《狼厅》和《提堂》成为经典的重要原因。斯特尔认为曼特尔的历史三部曲最值得称道的技法在于它们对历史"残骸"的呈现,在此过程中作者并未给予读者"即刻或容易的慰藉"(Strehle,38),让读者能够更为清醒地思考历史与当下。通过黑色幽默和讽刺手法,通过展现各种权力斗争和政治阴谋揭示历史人物的内心世界,曼特尔探讨了人性的复杂性和社会的阴暗面,最终传递出希望和救赎的信息。

曼特尔赢得广泛认可的另一个重要因素是其塑造和掌控叙事节奏的能力,而贯穿于其多数作品的是一种对抗性的张力,横亘在不确定性和紧绷的控制感之间。除了都铎王朝和法国大革命这些历史上最引人注目的故事之外,曼特尔也在《弗勒德》《变温》《加扎街上的八个月》《黑暗之上》等虚构故事中制造了许多悬念和惊喜。她对叙事情节的阐述,对张力、转折和启示的掌控,无不反映出她作为曾经的影评人和后来的剧作家应有的能力。作为一个重要的原创作家,曼特尔以精巧的布局和生动的叙述吸引了不少学者的关注。对于文本的创造、传播、接收等问题,曼特尔有一种特殊的方式来塑造一种互文性,它超越了自我意识的"引用",通过探索我们如何阅读和认知的问题来实现。在《黑暗之上》中,曼特尔对莎士比亚戏剧中的幽灵形象瓦格斯塔夫(Wagstaffe)进行了创造性重构,使其成为连接文学传统与当代心理体验的互文载体。他既是莎士比亚遗产的象征,也以超现实的方式侵入主人公艾莉森的精神世界,成为引发其创作与焦虑的存在。这一叙事策略颠覆了经典形象的神圣性,揭示出创作主体和传统之间的张力。通过这种富有张力的互文实践,曼特尔在历史与当下的对话中拓展了文本意义的空间,展现了其深厚的文学创造力与思想洞察力(Bennett,2017:31)。

总体上,曼特尔的作品跨越时间、空间、想象和一般边界,具有独特的前瞻性。在她的作品中,想象和真实以微妙的方式相互渗透。她将对应于现实世界的元素和借鉴于虚构想象、叙事配置和其他认知过程的元素一并运用,创作出一部部超越性的小说。

1.3.5　女性主义视角

女性小说不可避免地"与女性主义对话",因为女主人公"似乎经常与一种新兴的女性主义意识作斗争"(Whelehan,2005:5),由此,她们也变得越来越有力量与自信。曼特尔及其作品中的女主人公们就处于这样一种状态。作为当代女性作家,曼特尔持续关注男权社会对女性气质的折磨(Mullan,2015),为 20世纪 80 年代末和 90 年代初新一代作家的成长作出了较大贡献,其《每天都是母亲节》《加沙大街上的八个月》《爱的试验》等作品因叙事质量和创新受到评论家和读者的诸多好评,成为那个年代女性小说复兴的重要表征(Bradbury,1993:445 - 446),甚至有人建议将其纳入"任何女性文学的经典或传统"(Showalter,1999:28)。

"克伦威尔三部曲"中的女主人公安妮・博林备受关注。实际上,安妮一直以来都是公众关注的焦点。对于这位美丽性感的女性,伦理评价的研究观点主要分为两类:一类是"诡计多端的恶毒安妮",另一类是"值得同情的受害者安妮"。曼特尔在两者的基础上,创造性地塑造了一个"有权掌控自己生活"的安妮。斯蒂芬妮・鲁索(Stephanie Russo)在对比分析 21 世纪众多国外历史小说中的安妮形象后指出,曼特尔笔下的安妮具有后女性主义倾向,反映出女性拥有无限的潜力来塑造自己生活的观点(Russo,2020:218)。达纳・罗德斯(Dana Roders)则认为,曼特尔在《狼厅》和《提堂》中重点描绘了安妮利用自己的身体上位但最终覆灭的抗争意象。这一意象并不是为了鼓励读者同情安妮,而是将她塑造成自己命运的主人(Roders,2014:575)。就连曼特尔本人也曾从女性主义视角评价过安妮,认为她呈现出了人们偏见中定性的多种女性形象和色彩:女巫、婊子、女权主义者、性诱惑者、冷酷的机会主义者、一个获得了典型地位和权力的真实女人、一个在贤妻良母的噩梦中游走的女人(Mantel,2012)。这种多样化的伦理身份建构,表明了女作家对安妮这一女性角色的特殊情感。

曼特尔作品中的女主人公,大都会有一些其他女性围绕着,她们之间要么是母女关系,要么是同学关系,抑或是闺蜜关系。这是作者特地为她们设置的伦理关系,意在营造一个可以让她们发声的伦埋坏境,将她们自己看到的"真相"或者自己的"思想认识"添加到各种版本的故事中,从而突出文学叙事高度主观和阐释的本质(Teo,2016)。曼特尔小说中女性与女性互动的重要性足可见证此特征。《每天都是母亲节》中伊芙琳和穆里尔之间的互动、《黑暗之上》中艾莉森和助手科莱特之间的互动、《爱的试验》中卡梅尔和卡琳娜之间的互动,这种女性之间建立起来的亲密友谊更易于凸显文学叙事高度的主观性和阐释性,如此便构建了另一段历史、另一种叙事,超越了对女性自身伦理困境的指责,并把焦点调回到过去历史让女性沉默的模式。

1.3.6 研究不足与展望

与国内研究类似,国外对希拉里·曼特尔的研究也存在研究对象不均衡、研究角度不够丰富等问题。学者们将大部分注意力集中在曼特尔的历史小说上,尤其是《狼厅》和《提堂》。这两部作品因其文学价值和历史深度而广受赞誉,但这种过度关注导致其他作品被忽视。《镜与光》《一个安全的地方》《巨人奥布莱恩》等作品虽然也是历史小说,但在研究中并未得到同等的重视,对"克伦威尔三部曲"进行详细的对比研究也不够充分。除此之外,曼特尔的其他作品也未受到足够的重视,尤其是《变温》《加沙大街上的八个月》《暗杀》《学说话》等作品,目前在学界鲜有人问津。

曼特尔在其当代社会题材小说中深入探讨和批判了英国的后帝国状况和国民性,但学界在这方面的研究尚显不足。宗教、科学、济贫院制度、撒切尔主义以及英帝国的解体对当代英国人海内外的生活产生了深远的影响,带来了难以言说和应对的创伤与迷失。《变温》《学说话》《暗杀》等作品不同程度地触及了这些议题,具有广阔的研究空间。

与此同时,国外对曼特尔的跨文化比较研究也显得不够充分。对曼特尔与其他英国作家及英联邦作家的对比研究,无论是广度还是深度上,都还有极大的探索空间。与曼特尔同时代的英国作家,如伊恩·麦克尤恩、朱利安·巴恩斯(Julian Barnes)等人,也书写了后帝国时代的英国性,并对非洲土著和英国人的境遇进行了详细描述。通过对比研究曼特尔与这些作家在处理相同题材时的共性与差异,可以更全面地理解和评价曼特尔的文学成就,推动曼特尔研究的深入发展,也有助于学界绘制当代英国文坛的整体图景。

第 2 章

希拉里·曼特尔作品的伦理维度与批评视角

希拉里·曼特尔的作品兼具历史镜像与伦理试验场的双重属性。其小说通过历史叙事、家庭关系、女性生存困境及超现实元素的多维交织，构建了一个复杂的社会伦理批判场域。一段段精彩的故事情节、一个个栩栩如生的人物形象，无不展示出个体在特定社会背景下所面临的伦理抉择及其后果。曼特尔以文学为工具，将特定历史语境中的个体命运转化为对人性、权力与道德的哲学追问。在探讨曼特尔的作品时，我们不仅是在审视一位杰出作家的艺术成就，更是在探索她如何通过文学创作来呈现和批判社会伦理现象。通过文学伦理学的视角来考察曼特尔的小说，深入剖析其中呈现的主要伦理形态及其伦理叙事内涵，不仅有助于深化对她关于"共同体"概念的深刻阐释，同时也能展示她在作品中站在黑暗中呼唤光明的伦理乌托邦理想。

这种对伦理问题的深刻关注深深植根于英国文学传统的伦理思考脉络中。英国伦理思想的发展与文学创作始终紧密交织。从启蒙时代的理性主义到维多利亚时期的道德关怀，这一传统深刻影响了曼特尔对历史与现实的审视。理解曼特尔小说中的伦理内涵，需要明晰英国伦理思想的发展趋势，从而更深入地挖掘其伦理思想的根源。

尽管曼特尔的作品主题广泛、风格各异，但伦理命题始终贯穿其中。文学能够通过情感共鸣激发读者的伦理反思，而非仅依赖抽象原则（Nussbaum，1995：72）。曼特尔选择以文学叙事而非历史档案来呈现伦理困境。她通过细腻的情感描绘和复杂的情节设计，使读者深入思考人物在特定历史背景下的道德抉择。在"克伦威尔三部曲"中，她以托马斯·克伦威尔的视角重构亨利八世时代的权力斗争图景，将伦理困境置于政治博弈的核心。克伦威尔的崛起与陨落不仅是个人命运的写照，更折射出忠诚、背叛与正义在权力漩涡中的复杂定义。《巨人奥布莱恩》深入探讨了商品经济迅速发展带来的伦理问题。主人公奥布莱恩从爱尔兰乡村来到伦敦,被迫成为街头展览品,揭示了消费社会中个体的异化和物化现象。曼特尔通过描写奥布莱恩的经历,批判了当时社会对人性的剥削与利用,并探讨了个体在商品天堂中如何保持自我认同和伦理底线。家庭作为社会的基本单位,在曼特尔笔下成为伦理冲突的微观场域。在《爱的试验》中,她描绘了青春期女孩的成长历程,揭示了家庭伦理和社会期望对个人发展的深远影响。曼特尔擅长以超现实手法探讨现实伦理议题。在《黑暗之上》中,她利用超自然元素探讨了现代社会中的孤独、恐惧与救赎主题,展现了人类面对未知时的情感与伦理困境。在《弗勒德》中,幽灵弗勒德并非单纯的恐怖符号,而是伦理变革的催化剂。小镇居民在幽灵的"胁迫"下被迫直面宗教改革的矛盾,最终选择打破传统枷锁,重构共同体伦理。这一过程暗示了伦理进步往往伴随阵痛,而个体的抉择需以集体觉醒为前提。曼特尔巧妙地融合了伦理思考与艺术表达,创造出既具深度又充满人性光辉的作品。

曼特尔小说中呈现的深刻伦理洞察力不仅增强了叙事的艺术魅力,还为理解现代社会提供了宝贵的学术视角。通过她的作品,我们得以审视历史人物在权谋与道德之间的复杂抉择,并观察家庭和社会结构对年轻一代成长的深远影响。即使在看似荒诞的情境下,人类的情感与伦理问题依然至关重要且不可忽视。曼特尔的创作始终游走于黑暗与光明之间,以人性为核心,将历史、家庭、女性、超自然等主题转化为对伦理本质的深刻探索。她既批判社会结构的压迫性,又赋予个体在黑暗中坚守光明的可能性。这种辩证的伦理视角不仅深化了文学的社会功能,也为当代读者提供了反思现实的重要参照。

2.1　英国伦理思想发展趋势

就伦理类型而言,现代西方伦理学的发展主要经历了元伦理学、规范伦理学和美德伦理学等阶段。1903 年,英国哲学家乔治·爱德华·摩尔(George Edward Moore)发表了《伦理学原理》(*Principle Ethics*),首次将伦理学区分为元伦理学和规范伦理学,标志着现代西方伦理学的开端。此后,整个 20 世纪西方伦理学领域衍生出了众多异彩纷呈的研究流派。元伦理学流派以摩尔为开端,主要关注伦理语言的意义和伦理判断的性质,探讨伦理术语的使用和伦理命题的真值条件,在许多英语国家占据着主导地位。规范伦理学关注具体的行为准则和道德规范,探讨什么是正确的行动和良好的生活,其类型细分为价值论、义务论和德性论。相比而言,美德伦理学更注重行为者的德性和整体判断,强调个人性格和品德对伦理行为的影响。与此同时,20 世纪西方伦理学还涌现出多种非理性主义和实用主义伦理学流派,前者强调个体的主观体验和自由选择,后者提倡伦理判断的实用性和经验基础。本书以英国伦理学的发展为统观角度,对当代英国伦理思想的发展趋势进行初步梳理,以揭示希拉里·曼特尔伦理思想的时代背景和思维源泉。通过这一梳理,我们可以更好地理解曼特尔作品中对伦理问题的探讨,以及她在文学创作中所体现的伦理观念。这些伦理观念不仅反映了曼特尔对历史和现实的深刻洞察,也为读者提供了丰富的伦理参考材料。

曼特尔是当代英国著名的女作家,其伦理思想更多体现在作品中对社会道德问题的深刻思考。她通过对历史人物和事件的重新解读,探讨了权力、道德、社会伦理等复杂问题。她的作品不仅再现了现实生活的残酷,还在其中注入了对人性的同情和对未来的希望。通过黑色幽默和讽刺手法,曼特尔揭示了人性的复杂性和社会的阴暗面,引导读者在绝望中寻找希望。由此可见,曼特尔不仅探讨了一般道德问题,还在共同体价值层面上对社会伦理等相关问题进行了探索。要想全面把握曼特尔的伦理思想,必须先梳理清楚当代英国伦理思想的发展脉络。只有通过系统性地研究当代英国伦理思想的发展脉络,我们才能更好地理解曼特尔的伦理思想。而要全面深入地掌握当代英国伦理思想,首先需要对"当代""英国""伦理思想"等关键词进行明确的界定,并系统性地研究其发展脉络。

(1) 对"当代"的界定。英国学者弗朗西斯·马尔赫恩(Francis Mulhern)从文化角度解析西方"当代"这个术语时指出:"大体说来,它的时间范围是 1968 年以后"(弗朗西斯·马尔赫恩,2022),学术界对此已经形成广泛共识。因而,20 世纪 60 年代后期是界定当代西方的一个重要时间节点,这段时间内,英国社会经历了巨大的社会政治、经济及文化变迁,这些变化对伦理思想产生了深远的影响。曼特尔的文学创作生涯完全契合这个节点。她的处女作《每天都是母亲节》于 1985 年出版,最后一部历史小说《镜与光》于 2020 年发表,研究曼特尔即是研究英国当代作家。然而,研究当代英国伦理思想的时间则要更早一些。学术界公认的当代英国伦理学始于 1903 年发表的《伦理学原理》(秦越存,2008:1)。这一时间点大于并包含了马尔赫恩文化视角的"当代"和曼特尔的文学创作生涯阶段。意大利哲学家吉奥乔·阿甘本(Giorgio Agamben)认为,当代的人能够以不可预见的方式读懂历史,并能根据紧急情况的需要而非个人意志来"引用它"(Agamben,2009:53)。就此而言,曼特尔正是这样一位"当代人",她善于用当代人的眼光审视历史,反思当下。从"当代人"的视角解读曼特尔的创作,可以窥见她看待世界的方式和视野(Bennett,2017:22 - 23)。

(2) 对"英国"的界定。在"当代英国伦理思想"这个短语中,"英国"作为一个限定词修饰伦理思想,强调了一个空间交织的概念。这一概念通常指根据地理、政治、经济、文化等因素划分的"英国",即指由英格兰、苏格兰、威尔士和北爱尔兰组成的联合王国(The United Kingdom of Great Britain and Northern Ireland)。这一定义既强调了地理和政治上的统一性,又突出了"英格兰特性"在英国文化中的核心地位。与此同时,"英国"的伦理思想不仅限于英国本土,还包括其他英语国家(如加拿大、澳大利亚、新西兰)学者的伦理观念。这些国家在伦理学领域也有重要的贡献,与英国伦理学相互影响、相互借鉴。"英国"作为一个历史悠久、文化深厚的国家,其伦理思想深受历史和文化传统的影响。英国伦理学不仅继承了古典伦理学的传统,还吸收了现代西方伦理学的最新成果。因此,"英国"也意味着一个跨文化比较的视野空间。英国伦理学不仅在西方文明中占有重要地位,还与"东方"文明进行对话和比较,实现东西方文明的交汇。这种跨文化比较有助于深化对伦理问题的理解,拓展伦理思想的研究视野。虽然曼特尔拒绝被简单归类为"英国"作家,但她的作品深刻反映了英国社会的伦理问题,为创建英国民族共同体作出了重要贡献。这种跨文化视角不仅丰富了对曼特尔伦理思想的理解,也拓展了对当代英国伦理思想的研究视野。

(3) 对"伦理思想"的界定。伦理学如同哲学一样,呈现出动态发展的特征。每位伦理学家的思想中都包含两部分:一部分是继承传统的思想,另一部分是发展新思想。具体继承了什么,发展了什么,取决于不同时代所面临的具体问题。由此可见,研究伦理思想的关键在于理解伦理学家们所面临的问题及其解决方法。因此,要理解希拉里·曼特尔的伦理思想,就必须弄清楚她所面临的问题以及她选择的解决方法。曼特尔的伦理思想根植于当代英国社会,深受功利主义思想的影响,并具有鲜明的个性特征。她的作品不仅反映了对传统伦理观念的批判和继承,还展现了她在应对现代社会问题时的独特见解和创新思维。通过深入分析曼特尔的作品,我们可以更好地理解她如何在继承与创新之间找到平衡,从而构建一个更加公正和道德的社会。对当代英国伦理思想的研究从对英国的哲学伦理学研究开始。中国人民大学宋希仁教授将英国自 20 世纪以来的哲学伦理学的发展划分为直觉主义理论(Intuitionism)、非认识主义理论(Non-cognitivism)、"是"与"应该"之争(the "Is-Ought" Problem)、功利主义(Utilitarianism)以及批评功利主义(Critiques of Utilitarianism)等阶段(宋希仁,2015:271)。只有把这五个方面的理论梳理清楚,才能系统掌握当代英国伦理思想,进而把握当代英国作家曼特尔的伦理思想。

第一阶段,直觉主义伦理思想。该伦理思想的主要代表人物是英国著名哲学家 G. E. 摩尔和威廉·大卫·罗斯(William David Ross)。1903 年,素有"现代伦理学之父"的摩尔出版了一部独具匠心的著作《伦理学原理》,标志着英国 20 世纪伦理学革命的开端。摩尔把"善"视作伦理学的核心问题,并在《伦理学原理》中,以独特的研究视角，对"善"及"善的事物"做了深入分析，并期望通过这些基本命题的分析来指导人们的道德实践。实际上，正是这些分析方法和认为"善"的自明性的思想（不可定义的）凸显了摩尔对伦理学的贡献。罗斯是义务论直觉主义伦理思想的代表，他视"正当"为伦理学中最核心的概念。但是"正当"并不等于是"善"。罗斯的"善"思想主要体现在他于 1930 年底出版的《正当与善》（*The Right and the Good*）一书中。在这本书中，罗斯吸收了摩尔、康德、亚里士多德等人的相关理论，参考了德性论、义务论、功利主义等学派的观点，形成了自己独特的"善"思想。其重要内容是关于"内在的"善和"工具的"善的分类。戴维・罗斯（2008：207）认为最重要的"善"是内在的善，即"德性、快乐、快乐对有德者的分配，以及知识"。他指出，"存在许多事物，它们自身就是善的（例如德性、快乐、知识和正义），因此它们的价值并不需要追溯到任何其他事物的价值上去"（戴维・罗斯，2008：6）。此外，罗斯主张通过直觉来把握"善"，并认为增进"善"是一种"显见义务"（陈江进，2009：76 - 79）。他的"显见义务论"（Prima Facie Duties）是对直觉主义理论的重要贡献。罗斯的"善"思想不仅关注个体的德性和幸福，还强调了社会正义和知识的价值，为后来的伦理学家提供了重要的思考框架。无论是摩尔的理想功利主义理论还是罗斯的显见义务论，在对"善的"和"善的事物"的认识上都采用了直觉的方法。这些基本价值判断所表达的并不是明确的、自明的真理，而是个人的偏好、感情和情绪。这种直觉主义方法强调了道德判断的直接性和直观性，为伦理学的发展提供了新的视角。

表 2.1　直觉主义伦理思想解析表

	核心问题	代表人物	代表作	基本道德理论	评价
直觉主义伦理思想	何为善？何为"内在善"？	摩尔	《伦理学原理》	理想功利论	其基本价值判断侧重于个人偏好、感情和情绪
		罗斯	《正当与善》《伦理学基础》	义务论	

　　第二阶段，非认知主义伦理思想。近几十年来，非认知主义思想在关于道德的哲学思考中一直居于中心地位。在英国，该理论主要体现在 A. J. 艾耶尔（A. J. Ayer）的情感主义伦理理论（Emotivism）和 R. M. 黑尔（R. M. Hare）的规约主义伦理理论（Conventional Ethics）中。实际上，从 20 世纪 20 年代起，英国著名语义学家 C. 奥格登（C. Ogden）和 I. A. 理查兹（I. A. Richards）提出对伦理词语进行情感解释开始，情感主义的研究便逐渐发展起来。到了罗素和艾耶尔的时代，这种伦理学理论已经得到了比较充分的发展，并在分析方法和内容上日趋成熟。该理论以逻辑实证主义为哲学基础，逐渐形成了具有自身风格的逻辑体系和理论思

想。作为英国逻辑实证主义的主要代表人物,艾耶尔对道德语言的情感表达功能和态度表达功能进行了细致的分析。经过对摩尔关于"善"的价值概念的批判性分析后,他在《语言、真理与逻辑》(*Language*,*Truth*,*and Logic*)中提出了自己的"情感主义"理论。其核心观点是,伦理学判断或道德判断具有情感上的意义,道德话语是情感的表达。艾耶尔的情感主义理论可以解释许多道德现象,为一些道德话语提供了合理的说法。然而,艾耶尔将道德判断仅仅归结为情感表达,无法解释真实的道德分歧的困惑,不能合理解答"怎样解释道德不是一种错误?""怎样避免道德上的对错完全依赖于大脑状态的问题?""怎样合理解决人们之间的道德分歧?""如何界定何种情感为道德情感?"等问题。艾耶尔坚决否认他的情感主义逻辑上蕴含着对道德问题重要性的否定,他声称自己"只是探讨了一种完满的、值得尊重的逻辑观点的后果……道德判断不是事实陈述并不等于说它们无关紧要,甚至也不是说不可能存在着支持它们的论证。只是这些论证并非以逻辑和科学论证的方式发挥作用罢了"(Ayer,1932:22)。尽管艾耶尔的情感主义思想存在诸多不尽如人意之处,但它确实指出了道德话语具有非认知的情感表达功能的事实,从而开辟了伦理学非认知主义的研究路径,对于加深人们对道德问题的研究具有重要的意义。此外,美国著名的元伦理学家和情感主义理论研究集大成者查尔斯·史蒂文森(Charles Stevenson)对艾耶尔的情感主义理论进行了修正,主张道德判断不仅仅是情感表达,也具有事实成分。他试图通过区分道德分歧和态度分歧来克服艾耶尔无法解释真实道德分歧的缺陷。史蒂文森在 1944 年出版的著作《伦理学与语言》(*Ethics and Language*)中,系统而全面地梳理了情感主义理论,提出了许多重要的观点,被认为是"迄今为止最详尽、最精确的情感主义伦理学的代表作"(路德·宾克莱,1988:88),具有重要的伦理学研究价值。总体而言,情感主义伦理理论认为道德判断主要是个人情感的表达,道德陈述不过是在表达某种情感或愿望。根据这一理论,伦理学并不是一种知识或科学,而是一种情感的表达方式。尽管情感主义在解释某些道德现象方面具有一定的优势,但其局限性也促使后来的学者对其进行进一步的修正和完善。

情感主义理论在 20 世纪 40 年代和 50 年代初期颇受欢迎,但到了 50 年代中后期,随着"规定主义"理论(有时也译为"规约主义")的提出,情感主义遭到更强烈的批评,"规定主义"成为当代英国继情感主义理论之后最有影响力的非认识主义价值理论。这一理论进一步揭示了道德话语的非认知性特征,推动了非认知主义理论的发展。规定主义以意义的使用论为基础,在价值判断的性质、意义、功能等方面开展了系统的研究。代表人物是当代西方元伦理学家黑尔。他通过对道德语言的语义分析,提出了普遍规定主义的道德语义理论(Moral Semantic Theory)。该理论面临的主要问题是:在坚持非认知主义立场的同时,如何解释道德语言的适真性(truth-aptness)特征? 黑尔的道德哲学的基本要素主要是道德语言、道德判断和道德思维,其规定主义伦理思想主要体现在三方面:一是道德语言是一种规定性的语言,其最重要的效用之一就在于道德教导(黑尔,2005:1-6);二是一切道德判断都是普遍化的,道德判断不仅仅是单一的指令,它具有道德语言的规定性,还具有"可普遍化性"(吴映平,2007:52);三是道德思维主要是建立在规定性道德语言和普遍性道德判断上的逻辑规则,关注的是道德的实际问题,是根据不同的道德目的,在具体的道德情景中,所采用的道德思想方式(任晋,2018:40)。与情感主义相比,黑尔的普遍规定主义显得更加理性,主要表现在以下方面:一是规定主义从根本上否认了价值判断是情感表达的观点;二是规定主义否认价值判断是纯粹相对的,肯定了价值判断的普遍有效性;三是规定主义否认价值判断之间的逻辑关系,把价值推理看作一个理性的过程。

表 2.2　非认知主义伦理思想解析表

	核心问题	代表人物	代表作	基本道德理论	评价
非认知主义伦理思想	道德语言道德判断	艾耶尔	《语言、真理与逻辑》	情感主义	道德语言同时具有规范性和描述性(适真性),非认知主义伦理思想无法解释道德语言的适真性特征
		黑尔	《道德语言》	规定主义	

　　第三阶段,"是"与"应该"之争。"是"与"应该"之争,是由 18 世纪苏格兰哲学家大卫·休谟(David Hume)在其著作《人性论》(A Treatise of Human Nature)中提出的一个重要哲学问题,故也称为"休谟法则"(Hume's Law)。休谟声称,"我观察到,当我在任何道德论证中发现一个'是'和一个'应该'时,我总是感到惊讶。因为这种推论似乎并不是由理性得来的"(Hume,1739:469)。此处,休谟的态度很明确,那就是从描述性陈述(关于"是"的陈述)到规范性陈述(关于"应该"的陈述)的推论是无效的。休谟的"是"与"应该"之争的主要观点体现在描述性陈述与规范性陈述的区别、逻辑上的鸿沟以及情感的作用三个方面。首先,描述性陈述强调对事实的描述,可以被经验验证,而规范性陈述是关于应当如何行动或什么是正确的,两者之间存在明显区别,前者关注事实,后者关注价值和规范。其次,休谟坚持逻辑上的鸿沟是存在的,从描述性陈述到规范性陈述的推论从逻辑上来说是不成立的。不能简单地从"是什么"推出"应该是什么"。这种逻辑上的鸿沟表明,事实陈述和价值陈述之间存在不可逾越的界限。最后,休谟指出,当人们作出道德判断时,实际上是基于人的感受和情感,而不是纯粹的逻辑推理。显

然,道德判断更多地依赖于情感而非理性,道德判断的本质在于情感表达,而不是客观的事实陈述。可见,"是"与"应该"之争揭示了描述性陈述和规范性陈述之间的逻辑鸿沟,强调了道德判断的独特性和复杂性。休谟关于"'是'与'应该'"问题的论证表明,道德判断不仅仅是一种事实陈述,而是涉及价值、情感和规范的复杂过程。这一观点为后来的伦理学研究提供了重要的理论基础,并促进了对道德语言和道德判断的深入探讨。"是"与"应该"之争不仅对伦理学有重要影响,也对整个哲学领域产生了深远的影响。它促使伦理学家们重新思考道德判断的基础,并推动了非认知主义、规定主义等理论的发展。

第四阶段,功利主义伦理思想(见表 2.3)。英国伦理学家杰里米·边沁(Jeremy Bentham)是功利主义运动的精神领袖,他的思想确定了英国功利主义伦理学的基本框架。而英国哲学家约翰·斯图尔特·密尔(John Stuart Mill)最早明确使用"功利主义"(Utilitarianism)这一术语。19 世纪,边沁和密尔建立起了系统的功利主义伦理思想体系,核心观点是把行为的动机归结为快乐和痛苦,把道德的标准归结为功利(utility),主张追求"最大幸福"(Maximum Happiness),认为判断行为是否合乎道德,应当检视行为的后果是否能最大限度地增加人们的幸福或者减少痛苦(利己主义原则),而且幸福不仅涉及行为的当事人,也涉及受该行为影响的每一个人(利他主义原则)。密尔认为,人类行为的唯一目的是求得幸福,所以对幸福的促进就成为判断人的一切行为的标准(风笑天,2009:189 - 192)。功利主义对近代英国产生了重大而深远的影响。在黑尔之前,康德主义(Kantianism)和功利主义是互为两极的观念(Charvet,1990:41)。然而,黑尔则创造性地将康德和密尔的思想结合起来,并试图通过其功利主义立场将元伦理学和实质性道德问题相贯通,在此基础上提出一种解决实质性道德问题的偏好功利主义的解决方式。黑尔没有使用"快乐"或"痛苦"之类的心灵状态术语来表达自己的功利主义思想,转而用欲望(desire)、偏好(preference)等概念将功利看作偏好的满足。人们普遍反对功利主义,因为它要求对不同的人的功利进行比较(Tettenborn,1981:117)。然而,黑尔认为,功利主义适用于所有的道德领域(宋希仁,2015:304)。他通过位置移换(role-reversal)来想象自己处于对方的地位且拥有对方相同的偏好。他的偏好功利主义体现了实质性的功利原则和形式化的可普遍化原则:前者旨在使偏好满足最大化的事物和行为(善的或应当的),后者强调一种一致的合理性,即如果你认为在某种情形下你的偏好的实现是合理的,你就得逻辑一致地承认,任何人在相似的情形下也应当实现其相似的偏好。虽然通过道德概念的语言学研究和逻辑分析,黑尔的普遍规定主义元伦理学能够为功利主义道德规范的合法性论证提供形式化的逻辑基础,但其无法弥补普遍规定主义与功利主义思维方式之间的鸿沟。此外,偏好的积聚性计算这一方式本身又缺乏逻辑根基，因此他的偏好功利主义思想只能说是一种实质性的道德规范，并不一定能通过道德语言的逻辑来化解道德分歧。不过，至少黑尔指明了一种元伦理学与规范伦理学相结合的伦理学发展方向。

根据功利原则运用的不同层次，功利主义包含行动功利主义（Act Utilitarianism）和准则功利主义（Rule Utilitarianism）。前者能为行为及其准则提供最终解释，但违反人们的道德直觉；后者符合人们的道德直觉且具有实际的可应用性，却无法为行为及其准则提供功利主义的最终解释。行动功利主义和准则功利主义都继承了传统的功利主义思想，但两派之间一直争端不断，于是黑尔的双层功利主义（Two-Level Utilitarianism）应运而生。黑尔区分了道德思维的两个层面：直觉层面（Intuitive Level）和批判层面（Critical Level）。在直觉层面，人们需要按照源于道德直觉的道德原则行动；在批判层面，人们则需要以功利原则确定不同直觉原则的优先顺序。双层功利主义通过结合直觉层面的规则指导和批判层面的功利原则，试图弥补传统功利主义的缺陷，具有一定的合理性。该理论不仅提供了更全面的道德框架，还为解决复杂的道德问题提供了新视角。

显然，边沁和密尔的功利主义思想为英国伦理学提供了坚实的基础，强调了行为后果在道德判断中的重要性。黑尔则通过结合康德和密尔的思想，提出了更加综合的伦理理论，将元伦理学和实质性道德问题相贯通，为解决复杂的道德问题提供了创新性的思考路径。这种创新不仅丰富了伦理学的理论框架，也为实际道德决策提供了更为全面的指导。

然而，到了 20 世纪下半叶，随着实质伦理学的复兴，人们对功利主义伦理思想应用于具体的、有争议的道德问题产生了新的兴趣，这进一步加深了功利主义在社会生活各个领域的影响。自 20 世纪 60 年代中期以来，英国大学中的哲学研究越来越多地转向"实践伦理学"（Practical Ethics）或"应用伦理学"（Applied Ethics），旨在对社会生活各领域进行道德审视，并探讨如何在具体情境中应用伦理原则。其中，功利主义方法的广泛应用尤为突出。乔纳森·格罗弗（Jonathon Glovor）的著作《导致死亡与拯救生命》（*Causing Death and Saving Lives*）利用了宽泛的功利主义方法评论流产、安乐死、死刑、战争等有争议的道德问题。彼得·辛格（Peter Singer）的著作《实用伦理学》（*Practical Ethics*）被视作应用伦理学的教科书，主要探讨犯罪与惩罚、流产、安乐死、人员控制、环境治理、经济领域中的公平公正以及国际关系中的道义等问题。辛格主张，幸福和痛苦不应只限于人类，而应扩展至所有的能够感受幸福与痛苦、疼痛与欢乐的生物（宋希仁，2015：323）。可见，应用伦理学研究使道德哲学的讨论从关注态度、情感、愿望转到了关注境遇、需要和利益，说明相关的理论与原则需要经受经验事实的检验。

表 2.3　功利主义伦理思想解析表

	分类	代表人物	代表作	核心观点	评价	总体评价
功利主义伦理思想	古典功利主义	边沁	《道德和立法原理导论》	避苦求乐或谋求功利是人们行为的动机，也是区别是非、善恶的标准。	最大化行为后果主义、总和取值以及主观福利主义，对幸福的理解比较主观。	功利主义是一种精致的利己主义，它把个人利益看作唯一现实的利益。然而人类行为的动机是多种多样的，功利只是人类行为的动机之一；功利主义试图以功利来概括全部人的行为动机，把快乐当作道德的唯一价值，把追求功利当作人生的唯一目标，忽略了人需要的多样性。
		密尔	《功利主义》	"最大幸福原则"，并非行为者本人的最大幸福，而是全体相关人员的最大幸福，以此区分功利主义和利己主义；个人幸福尽可能与社会整体的利益和谐一致。		
	现代功利主义	黑尔	《自由与意志》	双层功利主义：在直觉层面，人们可以像规则功利主义者一样思考，并且按照初级道德原则行事。在批判层面，人们可以像行为功利主义者一样思考，并且基于功利最大化来选择初级道德原则。	该理论为"人们提供了一种较为实际地解决人们之间利益问题的理论参照"。	

第五阶段，功利主义批评理论。长久以来，功利主义思想因其明确的目标、量化标准、实用性、灵活性等优点，在伦理学和解决实际道德问题中具有广泛的应用价值。然而，没有一种理论是万能有效的，也没有任何一种道德哲学能够直面解决所有的问题，功利主义理论也不例外地面临着诸多批评和局限性。作为一种规范性伦理，功利主义的核心在于将行为的后果或遵循行为规则的后果能否有助于当事人功利（快乐、安康、利益、益处、效用、偏好与幸福）总量最大化视为其是否合乎道德的标准（甘绍平，2010：30）。因而，理解功利主义的关键点应当在于如下几点。一是人的福利的重要性，福利被视为唯一的善。二是基于行为后果来研判行为的道德性，人的行为的道德性取决于其结果。三是将利益最大化作为行为后果的最高目标，追求最大幸福或最小痛苦是人的行为的终极目标。无论是古典功利主义、现代功利主义，还是当代功利主义，幸福的界定、幸福的计算以及最大幸福

原则都是考察功利主义的三个核心观念。从幸福的无法测量性，到功利的不可通约性，再到功利计算的不可能性，功利主义批评者们围绕这些核心问题提出了一波又一波的质疑和不同程度的批判，形成了一系列与功利主义相对立的理论，如以权利为基础的伦理学（Rights-Based Ethics）、契约论的伦理学（Contractarian Ethics）、以行为者为中心的伦理学（Agent-Centered Ethics）和德性伦理学（Virtue Ethics）。以权利为基础的伦理学驳斥了功利主义和其他以目的为基础的理论不仅允许而且主动要求个体在一定情况下为了其他人而无限制地做出牺牲。它强调个人的独特性和不可替代，认为个体拥有道德权利是重要的。契约论的伦理学将批判的矛头对准了功利主义"为了所有人的最大幸福可以牺牲一些个人利益"的基本观点，认为道德与利益是以契约观念为媒介相关联的，基于基本义务的契约符合每个人的利益。以行为者为中心的伦理学关注行为者的道德性格，批判了功利主义仅要求人们考虑行为的总体效果，而不关心行为者的"道德承诺"与"道德完整"，强调人们在作道德决定时不仅要考虑幸福与痛苦的结果，还应当考虑行为的价值。德性伦理学则把德性放到了道德的中心，聚焦道德主体，把关于人的品格的判断作为最基本的道德判断的理论。

功利主义伦理思想因本身的缺陷而招致许多批判，形成了不少功利主义批评理论。"权利""契约""道德承诺""德性"等核心概念及其思想都试图规避或弥补功利主义的某项缺陷，但同时又伴随着新的弱点的显现。一个令人满意的道德理论必须是一个复杂的混合体，能够聚焦道德思考中的实质内容，并在现代人应对伦理冲突和道德难题中发挥积极的作用。就此而言，从情感主义，到非认识主义，再到功利主义及其批评，人类的道德思维总在不断地发展与进步。

英国伦理思想，尤其是功利主义、康德主义、德性伦理学等，为我国文学伦理学批评提供了丰富的理论资源和方法论支持，促进了文学批评的多元化和深入化。然而，这种借鉴和应用也需要考虑到文化背景的差异，并进行适当的本土化调整。通过结合英国伦理思想和中国文化土壤，我国文学伦理学批评方法得以不断发展和完善，为世界文学研究提供了新的视角和工具。

2.2　文学伦理学批评视野中的曼特尔研究

2.2.1　文学伦理学与曼特尔小说的伦理维度

当前的文学批评研究方法多样，包括精神分析批评、原型-神话批评、形式主义批评、叙事学批评、接受反应批评、后现代后殖民批评、女性主义批评、新历史主义批评和文化批评等。然而,各具特色且针对性强的文学批评方法在系统深入地阐释文学作品的某些核心问题上存在局限。文学本质上是讲故事的艺术,涉及谁来讲、讲什么、讲给谁听以及讲述者的意愿等问题。针对这些问题,上述批评方法可能无法全面覆盖或深入探讨。文学伦理学批评理论通过聚焦文学作品中的伦理维度,恰好可以弥补这一不足。文学兼具审美与伦理功能。审美是文学伦理价值的实现过程,只有与教诲作用相结合,文学的审美价值才有意义。文学通过讲故事的形式为人类提供正确认识生活和社会的各种知识,为人类从伦理角度认识社会和生活提供多样的生活范例,为人类的文明进步提供道德指引。显然,文学呈现社会和人生,始终同伦理道德问题紧密结合在一起,具有鲜明的伦理和道德色彩。文学与伦理学皆因"人"的生活实践而紧密相连。文学作品中的故事和人物不仅反映了社会现实,还蕴含着深刻的伦理思考。通过具体的情节和人物,文学探讨了道德选择、伦理冲突和人性的复杂性。因此,文学伦理学批评理论应运而生,旨在系统地分析文学作品中的伦理维度,揭示其对社会和人生的深刻影响。该批评方法不仅丰富了文学研究的视角,还有助于读者更好地理解文学作品的伦理内涵,从而在现实生活中做出更明智的道德选择。

在西方,文学与伦理学很早就有着千丝万缕的联系。从人类文明发展的视角来看,伦理学作为一门以道德为研究对象的独立科学,"总是同人类社会的精神文明建设密切相关"(罗国杰,2014:1)。如果说经典伦理学多探讨人类如何生活等哲学问题,那么文学则以文字和叙事模仿具体的现实生活,通过作品的主题和形式建构特定的伦理价值观。从亚里士多德、马修·阿诺德(Matthew Arnold)、F. R. 利维斯(F. R. Leavis)、莱昂纳尔·特里林(Lionel Trilling)等人的文学伦理观,到 20 世纪 80 年代末文学研究的伦理转向,再到伊曼纽尔·列维纳斯(Emmanuel Levinas)的他者伦理学,及至亚当·牛顿(Adam Newton)和德里克·阿特里奇(Derek Attridge)各具特色的文学伦理批评实践,文学与伦理学的关系得到了系统深入的探讨,创建独特的文学伦理批评理论与方法势在必行。及至 20 世纪末,在文学研究领域,新亚里士多德主义文学伦理批评派和解构主义文学伦理批评派异军突起。前者主要探索读者如何通过与文学文本的互动交流增进伦理意识,从而提升个人美德,最终促进人类的繁荣;后者则主要研究文本的他者性、读者对他者性的体验,以及读者的伦理责任等方面的内容。21 世纪初,西方文学批评家们开始借助后结构主义理论对文学进行伦理批评,把伦理的重心从文本修辞的道德寓意移向读者的伦理责任,特别强调文学作品的内在规律以及读者的阅读责任,并通过聚焦小说中的语义含混、不确定性等策略来挖掘他者性伦理。随后,女性主义批评、后殖民批评、创伤理论等流派也积极地将伦理批评纳入各自的理论框架，借鉴伦理批评的方法重新思考文本的各种关系和问题，以拓展自己的理论空间。无论如何，从伦理的角度观照文学已经成为西方文学批评领域的常态。当今的西方文学伦理学批评仍将一如既往地在与其他理论的对话中整合新的思想资源，在多元化的理论格局下拓展新的方向，寻求新出路与新突破。

文学伦理学批评是伦理学领域与文学批评领域在后现代背景下就文学的本质、功能及其价值问题而展开的交流与对话（车凤成，2008：100）。通过将伦理学与文学紧密结合，文学伦理学批评提供了一种新的视角来审视文学作品中的道德和伦理问题。在我国，文学伦理学批评也较早进入了文论家的视线，探索新的视角来审视文学与伦理学之间的关系成为重要的文学批评思路。1997年，乔山在其专著《文艺伦理学》中，从伦理与文学、伦理与创作、伦理与批判等方面入手，对文艺伦理学进行了基本的学科建构，将伦理与文艺紧密联系在一起。2004年，刘小枫在国内首次提出了"叙事伦理"的概念，从而将伦理与叙事联系起来。同年6月，聂珍钊在一次全国学术研讨会上首次系统地提出了文学伦理学批评的概念和理论框架，在学界引起了强烈的反响。自此，文学伦理学批评以其独特的批评视角和原创性受到了广泛关注，越来越多的学者将其应用于国内外文学研究实践中。该批评方法的理论内涵不断丰富，成果不断增多，实际应用不断加强，打破了长期以来西方批评话语在我国的主导地位，进一步拉近了文学与现实的距离。

希拉里·曼特尔的作品以深刻的历史洞察力、复杂的人物刻画和精湛的叙事技巧而广受赞誉，伦理主题在其创作中始终占据着重要地位。她通过对历史事件的细腻描绘和人物内心的深入挖掘，探讨了正义、公平、责任等核心伦理问题，使读者在欣赏文学之美的同时，也能反思道德与社会议题。而文学伦理学批评以伦理学为理论基础，以文学为批评对象，旨在探讨文学作品中的道德立场、伦理选择及其对社会和人生的深刻影响。显然，曼特尔的作品与文学伦理学批评之间存在着紧密的逻辑关联。文学伦理学批评通过结合伦理学和文学批评的方法，提供了一种系统而深入的视角，用以审视文学作品中的道德现象和伦理问题。这一批评方法不仅丰富了文学研究的理论框架，还为读者和批评家提供了全新的工具与视角，使他们能够更深入、全面地理解和评价文学作品的伦理价值。曼特尔的作品在这方面提供了丰富的案例。通过文学伦理学批评的视角，可以更深刻地揭示其作品中的道德冲突和伦理困境，更深入地理解曼特尔的创作意图、读者的道德认同以及作品在社会中的作用和意义。这种方法不仅展示了曼特尔作品中复杂的伦理维度，还强调了文学在探讨和反思道德问题上的重要性。因此，文学伦理学批评视野中的曼特尔研究以文学伦理学为理论基础，聚焦于曼特尔及其作品，主要内容涵盖以下几个方面。

一是作家与创作的关系。探讨作家在创作过程中的道德立场和伦理选择，以及这些选择如何影响作品的内容和风格。曼特尔在"克伦威尔三部曲"中,凭借克伦威尔的形象探讨了正义、公平和责任等伦理问题。克伦威尔在作品中的行为体现了他对权力、忠诚和个人道德的复杂思考。在《黑暗之上》中,曼特尔通过主人公艾莉森的灵媒生涯探讨了信仰、欺骗、救赎等伦理问题。在《一个更安全的地方》中,曼特尔通过法国大革命时期罗伯斯庇尔、丹东、德穆兰等人的革命经历和思想,探讨了理想主义、权力和牺牲等伦理问题。在《巨人奥布莱恩》中,曼特尔通过 18 世纪末的爱尔兰巨人查尔斯·奥布莱恩的故事探讨了尊严、剥削和人性的伦理问题,揭示了当时社会对异类的剥削和不公正对待。

二是读者与作品的关系。分析读者在阅读过程中的道德认同和伦理反应,以及这些反应如何影响他们对作品的理解和评价。读者在阅读曼特尔的作品时,会通过情节、人物和主题来反思自己的道德观念。三部曲中的克伦威尔是一个复杂的角色,其行为既有积极的一面,也有阴暗的一面。读者在阅读过程中会对克伦威尔的行为进行道德评判,并反思自己在类似情境下的选择。读者在享受曼特尔精湛的叙事技巧和丰富的人物描写的同时,也会逐渐从审美的愉悦转向对作品中道德问题的深入思考,从而获得更深层次的阅读体验。在《一个更安全的地方》中,读者可通过历史人物罗伯斯庇尔、丹东和德穆兰的行为进行道德评判,并反思自己在面对类似困境时的选择。在《巨人奥布莱恩》中,读者可通过奥布莱恩及亨特的经历反思尊严和人性的价值,引发自身对社会弱势群体的态度和伦理问题的深刻思考。

三是作品与社会的关系。研究文学作品如何反映和影响社会的道德观念和伦理规范,以及这些作品在社会中的作用和意义。曼特尔既是历史小说家,又是当代小说家。她的作品不仅反映了历史时期的伦理问题,还具有跨时代的普遍意义。在"克伦威尔三部曲"中,她展示了宗教改革时期的道德冲突和社会动荡,揭示了当时社会中的权力斗争和道德困境,而当时的这些困境和选择在现代政治和社会中仍然具有重要的启示作用,提醒人们关注权力的滥用和道德的边界。在《黑暗之上》中,曼特尔通过艾莉森的故事探讨了现代社会中的伦理问题,如信仰的真实性、个人的道德选择和社会的伦理规范,反映了当代社会中的道德困惑和伦理挑战。在《一个更安全的地方》中,曼特尔通过法国大革命的历史背景探讨了理想主义与现实之间的冲突,以及权力斗争中的道德困境,揭示了革命时期的社会动荡和道德混乱,对现代社会的政治和道德问题具有重要启示。

四是道德倾向的评价。从伦理学的角度对作家和作品的道德倾向进行评价,探讨其在伦理维度上的价值和意义。文本是伦理反思的重要载体,通过对曼特尔具体文学文本的分析,可以揭示其中的道德冲突、伦理困境和人性的复杂性。《狼厅》里的克伦威尔在处理安妮·博林案件时的行为,既体现了他的政治智慧,也反映了他在道德上的复杂性。这些分析有助于对《狼厅》进行全面的伦理评价。在《巨人奥布莱恩》中,曼特尔通过对查尔斯·奥布莱恩的故事,探讨了尊严、剥削和人性的伦理问题,揭示了当时社会对异类的剥削和不公正对待,反映了人性的复杂性和道德的多面性。

文学伦理学坚持"伦理价值是文学最基本的价值,它反映文学所有价值的本质特征"(聂珍钊,2014:13)。文学伦理学方法为读者和批评家提供了新思路和新方法,使他们能够更好地理解和评价文学作品的伦理价值。希拉里·曼特尔的作品在这方面提供了丰富的案例。通过对她作品的伦理分析,我们可以更全面地理解其作品中的道德立场、伦理选择以及对社会和人生的深刻影响。阅读曼特尔的文学作品,有一个从"审美认同转向道德认同的过程"(汉斯·罗伯特·耀斯,1997:168)。在这个过程中,读者可以进入曼特尔及其作品的伦理环境和具体语境中,用历史的眼光审视和分析各种道德现象和伦理问题,进而给予新的阐释,做出价值判断。

曼特尔是一位具备"道德良心"的作家,她在文学创作中深层次、多角度地挖掘社会中存在的"伦理异化"现象,提醒人们努力探索各种"道德治疗"和"伦理改良"方案。尤为重要的是,曼特尔是一位"人性化"的历史小说家,她秉持正确的历史观,能够准确把握所刻画的历史人物的真正面目,坚信"人不仅是受历史法则支配的客体,而且是创造历史的主体"。她以这一原则分析历史人物,生动地叙述他们复杂的生平,并通过对话的方式与历史人物展开精神上的沟通,引领读者回到时代大潮中去理解这些人物的复杂人生。曼特尔文学的独特之处在于其创作内容和形式所体现的深刻伦理魅力。她不仅清晰地洞察了自己、社会、黑暗与光明,还深入探讨了个体与他人、个人与社会,以及黑暗与光明之间的广阔地带。曼特尔以其诚实的态度和强烈的责任感,呈现了多维度的伦理道德问题,使她的作品成为文学伦理学批评的重要对象。

一种生命感觉就是一种伦理,有多少种生命感觉,就有多少种伦理(刘小枫,2004:3)。在希拉里·曼特尔关于历史、家庭、女性和超自然元素的书写中,个体的生命感觉被凸显出来,成为评判伦理与道德、政治、历史、家庭、身份和文化的尺度。她的作品呈现出现代自由伦理的特质。作品中那些高超的想象、细腻的笔触以及生动的人物形象,引发了深刻的伦理思考,体现出作家对具体道德意识的建构。

2.2.2 曼特尔小说中的主要伦理形态

伦理学是研究人与人之间关系的学说(张岱年,2005:1)。"伦理"和"道德"是伦理学的两个基本概念,二者含义不同却紧密联系。"伦理"本义为"辈",常指秩序或次序,引申意为"人与人之间尊卑长幼的关系"。孟子的"五伦说"便是这一含义的典型例证。"五伦"指父子、君臣、夫妇、兄弟以及朋友这五种人际关系,并提倡遵循"父子有亲、君臣有义、夫妇有别、长幼有序、朋友有信"的准则(邹渝,2004:15)。"道德"中的"道"字本义为道路,引申意为"规律、规则、秩序",即人的行为必须遵循的原则和规范;"德"字本义为"得",引申为"品德、品行"。因此,"道德"指的是个人在遵循社会普遍原则和规范的过程中,通过行为实践获得品德的提升。显然,"伦理"侧重表达人与人之间应有的关系和道理,强调社会关系中的秩序和规范;而"道德"则更注重个人在社会原则和规范引导下的德性修行,关注个体的行为选择和品德修养。两者相辅相成,共同构成了伦理学的核心内容。

现代性伦理是一种以人为主体的生命体验、价值确认方式和形态,因而伦理形态是基于生命存在与生命显现基础之上的人际关系的价值呈现与表达。任何一部小说的讲述必然都存在某种或某些伦理形态,伦理形态就是小说中伦理自身的呈现与表达,其终极旨归是从不同视角展开对人性的探索。"伦理形态"是文学伦理学批评的一个基本术语,也是研究曼特尔伦理思想的一个关键概念。厘清"伦理形态"在曼特尔小说中的具体化运用,有利于把握其小说中伦理世界的广阔性和伦理内涵的深刻性。

伦理作为生命感觉的价值呈现,建立在日常生活之上,突显对人的情感和生命的关照。伦理形态作为生命存在基础之上的人际关系的价值呈现与表达,侧重考察人与人之间的关系,包括血缘关系与非血缘关系两个类别。曼特尔的小说不仅探索人们日常生活中的一般生命法则和基本的道德观念,还对某些独特情况给予了极大的关注。通过叙述某一个人的生命经历,曼特尔触摸到了生命感觉的一般法则及其例外情形,某种价值观念的生命感觉在叙事中呈现为独特的个人命运(刘小枫,2004:4)。无论是一般的生命感觉还是独特的个人命运,都能在曼特尔作品中丰富的伦理形态中得以体现。透过曼特尔小说中的伦理关系分类来研究其在不同关系类型中的生命形态,可以更深层次地探索她的伦理思想,从而观照当代英国作家创建伦理共同体的愿景。

曼特尔的 17 部作品中,长篇小说有 12 部,涵盖了历史小说、家庭小说、女性小说、超自然小说等多种类型。这些作品中交织的伦理关系主要分为两大类:血缘关系和非血缘关系。血缘关系指由婚姻或生育而产生的社会关系,包括父母与子女的关系、兄弟姐妹关系,以及由此派生的其他血亲关系。这类关系构成了家庭内部的基本伦理结构,展现了亲情纽带中的道德责任与情感联结。非血缘关系指除血缘关系以外的由其他原因形成的伦理关系,具体包括地缘伦理关系、业缘伦理关系、偶遇伦理关系等。"家庭"是一种以婚姻和血缘关系为纽带的特定社会组织形式,血缘伦理在家庭伦理关系中占据重要地位。然而,人不仅具有自然属性,还具有社会属性。人在与其周围事物发生关系时所表现出来的独特特性便是其社会属性。因此,邻里关系、同事关系、朋友关系等非血缘关系在伦理关系体系中同样具有重要地位。作为女性作家,希拉里·曼特尔在其个人经历中深刻体验了家庭伦理的复杂性。她在原生家庭中与父母关系不和,婚姻生活中经历了离婚和不育的创伤,这使得她对夫妻关系、母女关系等家庭伦理关系尤为关注。同时,作为一名曾从事社会工作的作家,曼特尔对社区工作非常熟悉,并曾在非洲生活和工作过,积累了丰富的关于邻里关系、社区关系等伦理形态的观察和思考。曼特尔的小说通过描绘不同类型的伦理关系,深入探讨了人与人之间的互动及其背后的道德原则。无论是血缘关系还是非血缘关系,无论是纵横交错的伦理关系网还是丰富多元的伦理形态,她的作品都揭示了人际关系中的伦理维度,展示了伦理、人性和生命的可能性与多元化。这种广泛的伦理探索不仅丰富了文学的表现形式,也为当代伦理学研究提供了宝贵的视角。

表 2.4 统计了曼特尔 12 部长篇小说中的主要伦理关系分布情况,其中包括荣获布克奖的《狼厅》和《提堂》,以及其他 10 部曾获各类英国文学奖项的小说。尽管这些数据未能涵盖曼特尔的全部作品,但它们是作者最具影响力的作品,并能够体现其在伦理创作方面的意图。从表 2.4 的数据来看,曼特尔小说中最显著的伦理形态分布特征是非血缘关系伦理形态的数量明显高于血缘关系伦理形态。具体而言,血缘关系伦理形态共有 8 个分布点(主线 3 个,副线 5 个),非血缘关系伦理形态共有 26 个分布点(主线 9 个,副线 17 个),是血缘关系伦理形态数量的3 倍之多。这一分布特征表明,曼特尔在重视家庭伦理关系重要性的同时,更倾向于突出非血缘伦理关系在社会生活实践中的地位。她通过描绘更为广泛的社会关系,探讨了更深层次的社会伦理问题,反映现代社会中复杂的人际关系和社会结构。这种创作倾向不仅增加了作品的深度和广度,也使其具有更强的现实意义和时代感。

表 2.4　曼特尔小说伦理形态分布情况一览表

书名	血缘关系(家庭)			非血缘关系			
	代际		夫妻	社区(共同体)	权力(阶级)	生死(现实与想象)	偶遇
	母女	父子					
《每天都是母亲节》	●			△		△	
《空白财产》	●			△		△	

（续表）

书名	血缘关系(家庭)			非血缘关系			
	代际		夫妻	社区 (共同体)	权力 (阶级)	生死(现实与想象)	偶遇
	母女	父子					
《加沙大街上的八个月》				●	△		△
《弗勒德》				●		△	△
《一个更安全的地方》				●	△		
《变温》	△	△		●			
《爱的试验》	●				△		
《巨人奥布莱恩》				●		△	
《黑暗之上》				●		△	
《狼厅》		△		△	●		
《提堂》		△		△	●		
《镜与光》		△		△	●		

备注：1. 表格中所列信息皆以小说的主人翁为视角。
2. 表格中所列的伦理关系网络主要由一条伦理主线加上若干条伦理辅线组成，历史小说《狼厅》《提堂》有两条清晰的伦理主线。
3. 表格中的"●"表示伦理主线，"△"表示伦理辅线。

由表 2.4 可见，曼特尔的小说以清晰的伦理主线和复杂的伦理副线为结构，展示了家庭伦理与社会伦理的交织。34 个伦理形态分布点中，12 条主线聚焦核心伦理问题，22 条副线则增加了叙事的深度和广度。每部作品中，血缘关系和非血缘关系共同交织。这一特征表明，曼特尔直面家庭与社会的关系，将家庭伦理问题视为社会伦理问题的重要组成部分。正是通过这种结构，作者探讨了社会伦理的演变如何影响家庭伦理的变化，使作品既具有深刻的现实意义，又富有艺术感染力。

曼特尔的小说通过鲜明的伦理主线和复杂的副线，深入探讨了家庭与社会伦理问题。在血缘伦理关系中，她更多着墨于母女关系，特别是女性之间的矛盾冲突，揭示了家庭内部复杂的权力动态和情感纠葛。《每天都是母亲节》及其续篇《空白财产》聚焦于一个孤女寡母的家庭，描写了控制欲极强的母亲伊芙琳和表面无害、实则歹毒的女儿穆里尔之间的斗争。这种紧张的关系不仅推动着故事情节的发展，也深刻反映了母女之间复杂的情感纠葛和权力博弈。在《爱的试验》中，独生女卡梅尔不得不面对专横粗暴的母亲对自己生活的过度干预。对母亲那种爱恨交织的情感使她陷入深深的痛苦和煎熬中。曼特尔通过对母女关系的刻画,揭示了家庭内部女性之间的伦理论争,展现了女性在家庭中的生存现状。她以女性自我体验为切入点,深入观察并描绘了家庭中女性的生活状态。通过揭露母女之间的伦理冲突,曼特尔揭示了家庭伦理形态的细微肌理,使读者能够更深刻地理解家庭关系的复杂性和多样性。

在非血缘伦理关系中,曼特尔的作品特别突出了社区(共同体)这一维度。这些社区不仅超越了地理限制的理想化生活空间,更传递了一种安全、愉悦和具有满足感的社会结构,反映了对传统稳定生活的怀念或对未来团结和谐世界的渴望(齐格蒙特·鲍曼,2003:2)。在《加沙大街上的八个月》《弗勒德》《黑暗之上》等作品中,曼特尔积极关注人类的生命及其遭遇,通过揭示现实社会中的道德缺失、伦理困境等问题,努力探索如何通过团结互助构建一种新型的人际关系。曼特尔的创作不仅仅是对社会问题的深刻批判,更是对未来理想社会形态的深入构想,展现了她在文学创作中对伦理和社会问题的深刻思考和积极回应。

曼特尔的"克伦威尔三部曲"——《狼厅》《提堂》及《镜与光》中,伦理形态的分布独具特色,主要集中在"权力"这一核心点上。曼特尔通过对16世纪英国都铎王朝这段涉及宗教改革和民主发展的历史进行"虚构性修复"(Strehle,2020:37),积极呈现了托马斯·克伦威尔为创建新英格兰而进行的不懈努力,肯定了他在这样一个塑造现代英国国家的转型阶段中所发挥的核心作用。"三部曲"以权力关系为主线,同时交织着紧张的父子关系和复杂的社会关系。曼特尔通过细致入微的描写,展现了两大阵营之间的权力之争:以国王亨利八世为首的贵族阶层和以克伦威尔为代表的新兴资产阶级。这种权力斗争不仅是政治上的较量,更涉及社会结构的变革和个人命运的起伏。曼特尔笔下的克伦威尔既没有显赫的家世背景,也没有受过良好的教育培养,更没有可靠的兄弟同盟。他只是一个立身于复杂社会和权力世界中的"孤勇者",凭借着对权力结构的精密分析和巧妙利用得以崛起,并最终成为推动国家变革的关键人物。曼特尔将克伦威尔塑造成一个具有显著英雄主义色彩的人物。尽管最终沦为权力的牺牲品,被送上断头台,克伦威尔仍为新英格兰创造出了"新人民、新结构、新思维"(Mantel,2009:500)。他的努力使得国家朝着更平等和更民主的方向发展,因此身披"过去的纯洁光芒"(Mantel,2020:754)。通过这些描写,曼特尔不仅表达了对历史进步的肯定,也引发了对权力伦理的深刻思考。

作为当代著名的英国作家,希拉里·曼特尔以其独特的小说创作方式,在恪守英国文学传统的同时,展现了非凡的变革与创新能力。她并未受困于现实主义和实验主义二元对立的创作模式,而是走出了之前一些批评家人为设定的"十字路口",对虚构与真实、历史与小说、时间与空间、生与死等诸多艺术样式采取了兼收并蓄的策略,以打通和并置的方式跨越了它们之间的界限。通过细腻的生活观察和深刻的哲学思考,曼特尔再现了生命感觉的真实意义,并在继承英国文学传统的基础上构建了自己的书写特征:一方面,她独具匠心地将个人对生活的洞察融入宏大的历史背景中,赋予作品强烈的真实感和时代感;另一方面,她又巧妙地将传统元素融入现代叙事,使作品既有厚重的历史感,又不失时代的活力。同时,她还不断尝试新的叙事结构和技术手段,如多线叙事、时空交错等,为读者带来耳目一新的阅读体验。这种创新不仅增强了作品的美学价值,也为英国文学的发展注入了新的活力。由此可见,曼特尔的创作不仅展示了她深厚的文学功底,更体现了她对人性和社会的敏锐洞察,使她成为英国文坛不可或缺的重要作家。她以独特的视角和深刻的思考,融合传统与创新,揭示了复杂的人性和社会现实,从而为当代社会提供了宝贵的思考材料。

2.2.3　曼特尔小说的伦理叙事内涵

20 世纪中叶以来,英国小说经历了巨大的演变,展现出鲜明的时代特征和发展脉络。50 年代至 60 年代初,以金斯利·艾米斯(Kingsley Amis)、约翰·韦恩(John Wain)等为代表的作家们通过作品表达了对社会现实和个人生活的深刻思考与批判。他们的作品反映了二战后英国社会的状况,以及年轻一代对传统价值观的质疑与探索。60 年代至 80 年代初,随着社会变革的深入,塞缪尔·贝克特(Samuel Beckett)、威廉·戈尔丁(William Golding)、艾丽丝·默多克(Iris Murdoch)等作家开始探讨更为深刻的生存哲理和道德人性问题。这些作家的作品不仅挑战了传统的叙事形式,还深入挖掘了人类存在的本质,体现了对复杂人性和社会现象的深刻洞察。进入 80 年代中后期,英国小说逐渐形成了现实主义与现代主义并存的局面,二者相互兼容、相得益彰。这一时期的创作呈现出极大的包容性和开放性,作家们既继承了现实主义的传统手法,又大胆尝试现代主义的实验技巧,丰富了文学表现力。进入 90 年代后,随着互联网时代的到来,文学样式和创作题材变得更加多样化,多元文化格局已经形成。网络技术的发展不仅改变了信息传播的方式,也极大地拓展了作家们的视野和表达空间。近几十年以来,当代英国小说在内容上更加多元化,那些涵盖了全球化背景下的议题,如"迷思与历史交织""都市意象主题""文化杂糅"和"病症叙写"等成为研究者关注的重要创作命题(杨金才,2008:64)。通过这些多元化的议题,当代英国小说不仅记录了时代的脉搏,也激发了读者对复杂世界的深入思考和理解。

素有历史小说家之称的希拉里·曼特尔,其作品不仅反映了当代英国小说的多元化趋势,还在时间与空间的双重维度上,通过丰富的主题和深刻的意蕴,展示了独特的魅力和广泛的影响力。就时间维度而言,曼特尔出生于 20 世纪 50 年代,其创作始于 70 年代,并在近几十年中达到了创作高潮期。这一时期正是英国小说从传统向多元化转型的关键阶段,曼特尔的作品也因此反映了这一时代变迁。从空间维度来看,曼特尔不仅是英国作家,还是爱尔兰人的后裔,她的生活足迹遍布世界各地——包括非洲南部的博茨瓦纳共和国、沙特阿拉伯,她还多次访问爱尔兰,最终回到英国定居。这种丰富的跨文化经历赋予了曼特尔独特的国际视野,使她在不同文化间自如穿梭,展现出深厚的历史意识和多元的文化视角。她的小说文本因此不仅跨越地理界限,更在时间与文化的交织中呈现出复杂而丰富的历史叙事。曼特尔的创作题材广泛,主题意蕴深厚,涵盖历史叙事、家庭关系、女性身份追寻、病态叙写等多个方面。这些主题不仅与杨金才教授所勾勒的"当代英国小说研究值得关注的几个创作命题"相吻合,还体现了她在文学与文本、历史与现实、理性与非理性之间的独特探索。她的历史小说、家庭小说、女性小说以及超自然小说,不断探讨人性和社会问题,展现了文化和美学的多元共存,还巧妙地融合了传统文学的严谨性和现代主义的实验精神,形成了独特的艺术风格。这种风格不仅为读者带来了深刻的思想启迪,也为当代英国文学的发展注入了新的活力。

历史叙事与伦理思考。20 世纪 70 年代末,"历史"作为文学一向关注的命题,重新在公共领域流行起来。小说家们不断质疑"历史"在日常生活中的地位及作用,对如何复制和恢复"历史"进行了深刻的思考。他们通过将"过去"与"现在"嫁接起来的模式,探索叙事动机、审美力量、自我认同以及多元文化范式。在《一个更安全的地方》中,曼特尔以其 20 世纪的敏锐洞察力,生动重现了 1789 年那场风起云涌的法国大革命,实现了一次文学与历史的精彩联姻。小说聚焦于三位关键的革命人物——德穆兰、丹东和罗伯斯庇尔,通过叙述他们的成长历程、家庭背景及少年时代,深入探索他们的思想和言行。曼特尔不仅捕捉了那个时代的动荡与变革,还将现代视角巧妙融入其中,使这段波澜壮阔的历史在她的笔下焕发新生。她以细腻的笔触和高超的叙事技巧,忠实再现了历史事实,同时引导人们思考革命、暴力、法治与人性之间错综复杂的关系。《巨人奥布莱恩》以 18 世纪末的真实历史人物查尔斯·奥布莱恩为主角,以外科医生亨特为陪衬,记录了资本主义工业文明发展进程中的种种矛盾与对立。通过这一故事,曼特尔表达了对当代社会进步的深刻焦虑与忧思,揭示了科技进步背后的伦理困境。"克伦威尔三部曲"则从历史边缘人物托马斯·克伦威尔的视角,描绘了一个个人命运与政治紧密相连的都铎王朝时代图景。这三部小说不仅是对历史文本的忠实再现,更是对其质疑的过程。它们呼应了后现代多元价值观和真理多面性的文化语境,体现了元小说的特征——在质疑和消解历史文本的同时,将可知性交给了文学文本,并从多个层面展现历史事实的多样性。被冠以优秀的作品大都写的不是当下英国之人事,其中蕴含了丰富的文本历史感和错位意识(杨金才,2008:65),曼特尔的诸多历史小说也是如此。透过历史的斑斓帷幕,我们更多地看到了人和历史的伦理纠葛,见证了作家们在历史伦理叙事上的种种可能。曼特尔的作品不仅展示了历史的复杂性和多样性,还激发了读者对人类行为和社会结构的深层次思考。

家庭伦理问题的文学呈现。在所有人类社会伦理关系中,家庭是最为悠久且最现实的伦理关系体系与伦理实体(龚群,2008:56)。作为一种哲理化的家庭道德观,家庭伦理构成了社会伦理的基石。曼特尔在创作中对家庭伦理问题的深入探讨,不仅反映了她个人的独特经历,也体现了她对这一主题深刻的思考。曼特尔的原生家庭伦理关系异化,其婚姻生活也曾遭遇危机,并且由于健康原因未能亲身体验为人母的情感历程。这些独特的个人经历使她在处理家庭及家庭成员间的关系时,形成了与众不同的视角和深刻的见解。她的作品因此偏爱于探索家庭伦理的复杂性,揭示家庭内部的矛盾、冲突以及情感纠葛。在《每天都是母亲节》中,母亲伊芙琳独自抚养女儿穆里尔,伊芙琳对女儿强烈的控制欲致使母女关系异化,最终酿成悲剧性的结局。该小说深刻探讨了母女关系中的权力动态及其对个体心理的影响。在《变温》中,曼特尔聚焦于丧亲之痛对家庭结构和个人生活的深刻影响,探讨了由此引发的婚姻危机。通过对人物在巨大悲痛面前的真实反应,她展示了家庭成员如何在危机中重新审视彼此的关系。小说不仅揭示了情感上的裂痕,还探讨了家庭代际关系中的矛盾及失衡的子女教育问题。在她的家庭伦理小说中,曼特尔以其标志性的黑色幽默风格,生动地描绘了异化的亲子关系、夫妻关系及家庭教育伦理,展现了她对家庭伦理的独特洞察。通过这些复杂而真实的家庭动态,曼特尔不仅揭示了家庭内部的紧张与冲突,还探索了修复关系的可能性,为读者带来了丰富的情感共鸣和深刻的反思空间。她的作品既是对家庭生活的深刻剖析,也是对人性和社会责任的细腻探讨。

女性视角审视下的社会问题。西方女性主义伦理学的发展以 20 世纪 70 年代为主要分界线。70 年代之前是女性主义理论发展的初期,涵盖了从古代到现代早期的思想。柏拉图在其著作《理想国》(*The Republic*)中设想了女性统治者的可能性,玛丽·沃斯通克拉福特(Mary Wollstonecraft)在《为女权辩护》(*A Vindication of the Rights of Woman*)中倡导妇女受教育的权利,约翰·斯图尔特·穆勒(John Stuart Mill)则在《女性的屈从》(*The Subjection of Women*)中主张女性的选举权和平等的政治参与。这些先驱者站在不同角度为提高女性社会地位作出了重要贡献。20 世纪 70 年代后,女性主义理论进入了新的发展阶段,"女性主义伦理学"(Feminist Ethics)这一概念正式出现并被广泛使用。这一阶段的理论集中探讨了女性的社会地位,强调女性可以通过多样化的途径实现与男性的平等,致力于消除性别差异,推动女性解放。作为当代杰出的女性作家,曼特尔特别关注"女性意识"这一命题。在《加沙大街上的八个月》《爱的试验》等作品中,曼特尔通过揭示女性的悲惨生活和不公待遇,从女性主义视角深入探讨了女性形象及其成长过程。她不仅让读者意识到女性所承受的苦难,更引导读者反思其根源,探索实现女性平等权利的方法。曼特尔女性主义伦理思想的核心在于通过女性视角审视社会问题,揭露父权制下女性的受压迫现状,并推动形成一种超越地域和文化的群体意识。她探索打破国界、地域和种族界限的方式,争取全球范围内的女性权利和平等。曼特尔的作品不仅是对女性生活的深刻描绘,更是对人性和社会结构的细致剖析,激发读者对女性权益和社会正义的深层次思考。

超自然元素中的情感与伦理。超自然小说包含超自然元素,与奇幻、志怪、恐怖、神秘等词密不可分,是一种糅合了敏锐情感与丰富想象力的独特文学形式。自18世纪"小说"这一文学体裁问世以来,许多作家在其创作中融入了超自然元素或讲述超自然故事,由此产生的恐怖氛围和神秘成分赋予了小说深刻的精神深度。这种对超自然现象的探索不仅丰富了文学的表现形式,也映射了作者的个人经历和内心世界。曼特尔幼时信仰天主教,后来放弃了宗教信仰,经历了父亲出走、疾病缠身、一生无子等坎坷人生。这些复杂的情感体验使她对人类心智中的本能冲动特别敏感,对隐蔽无形的神秘世界怀有敬畏之心,并对那些只有死者和怪人才能窥见的黑暗角落有着莫名的熟悉感。这种内心深处的情感驱使她迫切地想要将萦绕在脑海里的虚无缥缈的东西倾泻于纸上。于是,《弗勒德》《黑暗之上》等超自然色彩作品相继问世。在《弗勒德》中,神秘的弗勒德神父似乎拥有超自然灵力,身边的食物怎么吃也吃不完,酒瓶里的酒怎么喝也不见少;而在《黑暗之上》中,专业灵媒艾莉森无论走到哪里,都无法摆脱那些恶灵的纠缠;就连曼特尔的短篇小说《身体随想》(The Body's Grace)也探讨了疾病、死亡和灵魂之间的关系,展示了人类面对不可知力量时的脆弱性和复杂情感。显然,曼特尔的作品中充满了无法解释、源自人类理解之外的未知恐惧,并以此创造出令人屏气凝息的恐怖气氛。超自然小说作为社会日常生活的表达,抒写着人类生活的各个方面,引导着人类的情感,因而具有伦理道德属性。然而,从真实生活改编成文学故事的过程令这种属性成为一种虚构伦理,表达了日常伦理所无法实现的可能性,作者在自己的逻辑中制造种种伦理面相。曼特尔的超自然小说是社会现实生活的折射,其中描写的工业革命、宗教改革、灵媒职业等都是真实存在的。作者只是在现实的基础上进行了夸张和变形,把现实中的社会问题有机地融入小说创作中,展现了社会经济发展带来的问题及伦理焦虑,因而有着自己独特的伦理规则和秩序。一方面,作品中那些超自然、超日常的"异能""神力"对应着人类的危机情境及解决方案,体现了现代人类的精神困境,展示了人性深处的问题。另一方面,通过超自然故事,曼特尔唤醒了读者或恐惧、或悲愤、或焦虑、或质疑的情绪,令其在文艺体验中获得伦理上的感悟和精神上的进益。与此同时,当人类的生存和尊严受到威胁时,个体既要依仗自身的智勇和坚毅,也可期盼家人、朋友给予的情感支持,这是人类社会行为和伦理观念产生的缘由。可见,曼特尔的超自然小说不仅是对神秘世界的探索,更是对社会现实的深刻反思。她的作品通过对超自然元素的运用,揭示了现代社会的伦理挑战和人类内心的复杂情感,为读者提供了深刻的伦理思考和精神启示。

21 世纪的英国小说家们在创作中批判性地继承了英国文学固有的现实主义传统,同时充分吸收了现代主义和后现代主义的创新精神。他们在主题上实现了科技与人文、伦理与审美、历史与真实、宗教与世俗、区域化与全球化等众多命题之间的交融与暗合,有力地拓展了当代英国小说的创作视野(尚必武,2015:132)。希拉里·曼特尔也不例外。她凭借《狼厅》和《提堂》连续摘得 2010 年和 2012 年的布克文学大奖,小说创作呈现出更加旺盛的发展势头,在 21 世纪英国文坛赢得了知名作家的声誉。文学作品是作家客观精神在文本自身运动中的创造和敞开,这种客观精神体现在生活模式、伦理模式、意识形态模式等经验模式之中,并分布于文学文本的主题、意象以及由此构成的网络中。身处"跨国资本主义"及"多元文化主义"的创作语境中,曼特尔不断反思人类文明的发展进程,致力于通过小说反映社会现实,表达对现实的困惑、抗议或挑战,从而实现自我的伦理诉求与主张。毫无疑问,曼特尔的小说叙事不仅讲述了精彩的故事,更传达了共同体的基本规范,或者在个体生存体验中表达了对生命、世界、宇宙的深刻理解。无论哪种方式,都是对伦理基本内涵——人心秩序的传达。她的作品通过细腻的人物刻画和复杂的情感纠葛,揭示了现代社会中个人与集体、历史与现实之间的关系,探讨了伦理道德在当代社会中的意义与价值。

2.2.4 曼特尔小说中伦理与共同体的连接

"共同体"一直被视为象征互助、信任与和谐的褒义词,其核心功能在于为成员提供生活的确定性和安全感。在共同体内部,成员之间维持着紧密的社会关系,彼此相互依存、信任和互助(郭台辉,2007:106)。而"伦理"则强调人或事物之间自然形成的关系和秩序(修树新、刘建军,2008:167)。可见,共同体本质上具有伦理属性,它不仅是社会结构的一部分,更是道德规范和社会秩序的体现。探寻伦理共同体,意味着关注"秩序",尤其关注在全球化背景下资本扩张给人类带来的风险挑战。这些风险或者涉及伦理问题,或者本身就是典型的伦理现象。通过研究人与人、人与自然、人与社会之间的风险问题,我们可以揭示资本世界运行逻辑的伦理后果，深入剖析西方现代性伦理困境及其成因，从而探索构建新型伦理共同体的路径。希拉里·曼特尔的小说深刻反映了这一背景下的伦理思考。她的作品不仅呈现了一个个引人入胜的故事，更通过个体的生存体验传达了共同体的基本规范，深刻探讨了生命、世界和宇宙的意义。无论是历史叙事还是当代解读，曼特尔的作品都致力于展现人类文明的发展进程，反思现代社会中的风险与挑战，并提出自己的伦理诉求。她的小说通过细腻的人物刻画和复杂的情节设置，揭示了共同体成员之间的伦理关系，以及在这种关系中形成的秩序和价值观。实际上，曼特尔的小说叙事不仅呈现了个人在世界中的生存感觉，还表达了对现实的困惑、抗议或挑战，最终实现自我的伦理主张。她的创作展示了伦理基本内涵——人心秩序的传达，呼吁建立一种基于互助、信任以及和谐的新型伦理共同体，以应对全球化带来的不确定性和风险。

首先，曼特尔的作品深刻揭示了作为普遍问题的社会风险。社会风险指的是基于资本逻辑之上的人与人之间、人与组织之间的脆弱连接方式，以及由此带来的怀疑、不信任和不安全（晏辉，2020：133）。这种脆弱性在她的作品中突出表现为资本主义工业化社会所带来的生活秩序中的"异化"现象。小说《每天都是母亲节》和《空白财产》关注失衡的家庭和社会生活秩序，如紧张的母女关系、神经质的复仇计划、闹鬼的房子引发的问题等。曼特尔细致入微地描绘了这些异化现象及其背后的深层原因，对伦理主题的探索因此更显深刻。超自然小说《黑暗之上》围绕专业灵媒艾莉森·哈特的生活展开，深入探讨了自我发现的伦理含义，同时也观照了那些利用艾莉森的职业寻求与已故亲人建立联系的弱势群体的精神安慰。通过艾莉森的故事，曼特尔揭示了现代社会中人们对于精神寄托和情感支持的迫切需求。在《爱的试验》中，曼特尔探讨了友谊、身份、社会期望等方面的道德复杂性。主人公卡梅尔·麦克贝恩在努力满足个人欲望和遵守社会规范的压力时，面临着巨大的伦理考验。作品重点探讨了女性成长的伦理困境、伦理选择及其后果，展现了现代女性在追求自我实现过程中所面临的挑战。实际上，曼特尔对普遍问题的社会风险的探索，主要集中于以下几点伦理思考。一是对人性复杂性和道德模糊性的审视。曼特尔的作品，包括她广受赞誉的"克伦威尔三部曲"，深入探讨了人性的复杂性，强调了个人情感的多维性和道德模糊性。她借助小说人物的各种异化关系和问题，挑战"善"与"恶"二元对立的传统观念，引导读者思考人性及人际关系的复杂性。"三部曲"中的托马斯·克伦威尔的形象并非简单的英雄或反派，而是充满矛盾和复杂性的人物，反映了人性的真实面貌。二是对科技与人文关系的伦理考量。作为这一考量的主要代表作，《巨人奥布莱恩》深入剖析了科技理性与伦理道德之间的冲突，展现了科学探索与人性价值之间的紧张关系。小说中，外科医生亨特对奥布莱恩身体的迷恋不仅揭示了科学探究的局限性,还引发了深刻的伦理争端。通过亨特这一角色,曼特尔引导读者反思科学进步背后的伦理边界,强调尊重人类主体和维护尊严的重要性。该作品不仅揭示了科技发展背后的伦理挑战,还探讨了科技进步与人文关怀之间的平衡问题,促使读者思考如何在追求知识和技术进步的同时,重视对人类尊严和伦理责任的坚守。三是对性别和女性自我身份问题的探索。在《爱的试验》中,女主人公卡梅尔在调和个人欲望与社会期望的过程中,深刻体验到了女性特有的伦理困境。通过细腻地描绘卡梅尔的成长和教育经历,曼特尔揭露了女性在社会生活中面临的压迫和约束,呼吁实现性别平等,挑战传统的男权主义秩序。小说不仅深入探讨了两性差异、女性的教育权利和政治参与问题,更强调了女性自我认同的重要性,为理解女性复杂的生存状态提供了深刻的视角。

其次,曼特尔在她的作品中展现了作为特殊问题的文化殖民。相比于军事占领和经济掠夺,文化殖民的目的并不在于夺取领土或物资,而是通过文化手段对他国进行潜移默化的渗透和侵蚀,企图用本国的文化价值体系取代他国的文化价值体系,从而削弱或消除他国的文化自主性,最终达到控制的目的。文化的核心在于伦理道德,涵盖道德信仰、原则与情感。因此,文化殖民的本质是一个国家或民族试图用自己的信仰、原则和情感替代或置换他者的相应元素。文化殖民根植于资本主义生产方式和资本的扩张本性,因此,资本逻辑成为其内在驱动力。它不仅体现在日常观念和行为的输入上,更深入到意识形态领域的渗透上。借助军事、政治和经济力量,资本主义国家持续推进文化殖民,赋予其明显的不公正特征。尽管传统殖民时代已经结束,殖民主义却以新的文化殖民形式在当今世界持续存在并发挥作用。曼特尔较早地对文化殖民及其后果进行了深刻探讨。在小说《变温》中,她通过英国传教士夫妇拉尔夫·埃尔德雷德和安娜·埃尔德雷德在南非的痛苦经历,揭示了殖民主义的遗留问题及其深远影响。这对夫妇于 19 世纪 60 年代怀着安居乐业的愿望来到南非进行宗教传播活动,然而,他们的生活却因一系列毁灭性的悲剧而彻底改变:家中双胞胎子女被当地人暴力劫持,其中一个孩子最终被救回,而另一个则惨遭杀害,其身体器官甚至被售卖到黑市。面对如此巨大的丧亲之痛,埃尔德雷德一家无法承受,最终不得不返回英国,试图在宁静的诺福克乡下寻求疗愈。通过这一情节,曼特尔不仅审视了白人定居者与土著居民之间的紧张关系,还深入探讨了种族隔离政策的持久影响。她揭示了在这种背景下出现的种族紧张局势和文化冲突,指出西方传教士在南非的活动并非两个文化主体间的平等对话与交流,而是强势者凭借资本力量、科技实力和军事优势对弱势者进行的文化殖民。这种行为不可避免地引发了争端、冲突和暴力,进一步加剧了社会的分裂和对立。曼特尔的作品因此提供了对殖民主义遗产及其现代影响的批判性反思,强调了文化殖民的复杂性和其带来的长期社会创伤。

　　此外，曼特尔展现了作为个别问题的伦理生态，探讨了人类面临的共同的伦理多样性问题。在现代人的生存空间中，既存在普遍的、特殊的问题，也存在个别的问题。深受莎士比亚作品的影响，曼特尔也表现出一种从超自然角度解释各种问题的文化倾向。她的作品通过一些哥特式意象和离奇事件，将英格兰历史中的鬼魂迷信与现代文化相融合，并结合"怪诞"和"恐怖"因素，挖掘其背后蕴含的伦理意义。《弗勒德》是一部融合了黑色幽默、宗教主题以及对人性深入探讨的小说。该作品以20世纪50年代的英国小镇费瑟霍顿为背景，通过神秘人物弗勒德的到来，揭示了小镇这个共同体内部被压抑的情感和社会结构。弗勒德的出现不仅扰乱了居民原本平静的传统生活，还唤醒了潜藏于人心深处的欲望与情感，并激发了对个人解放的渴望。镇上的居民将自身的希望、恐惧和未竟的愿望投射到弗勒德身上，视其为拥有超自然力量的存在。然而，曼特尔并未明确揭示弗勒德的真实身份，使得这一角色在整个小说中始终保持神秘色彩。这一不确定性为读者留下了广阔的想象空间，同时也增强了文本的复杂性和多义性。通过对弗勒德形象的模糊处理，曼特尔挑战了读者对于现实与幻想、正常与异常之间的传统界限的理解，促使他们反思人性中的未知因素和社会规范的边界。《黑暗之上》聚焦于专业灵媒艾莉森·哈特的故事。艾莉森与助手科莱特一同在英国乡村巡回表演，主持各种祭祀仪式并与死者的灵魂进行沟通。该作品超越了传统鬼故事的范畴，深入探讨了艾莉森成长过程中的创伤经历及其复杂的心理状态。小说呈现了艾莉森童年时期遭受虐待的经历，这些创伤记忆以"灵魂"的形态持续困扰着她，形成了一个在冷静外表下隐藏着扭曲心灵的个体形象。曼特尔巧妙地将超自然元素与现实主义叙事相结合，通过对艾莉森内心世界的细腻描绘，探索了创伤对其个人心理发展的影响，以及她在寻求慰藉和治愈过程中所面临的困境与挑战。这种将个人创伤具化为"灵魂"的叙述方式不仅揭示了人物个人内心世界的复杂性，还为读者提供了关于伦理选择和社会支持的重要思考。

　　文学作品的重要价值在于为人类提供从伦理角度认识社会和生活的道德范例，从而为物质生活和精神生活提供道德指引。哥特式小说的目的在于"以自身的情感唤起怜悯和畏惧，挖掘人的思想灵魂，避免邪恶，弘扬美德"（MacAndrew，1979:3-4）。曼特尔的作品通过超自然元素与伦理事件的交织，不仅营造了哥特式的恐怖氛围，创造出一种令人战栗的阅读体验，更重要的是通过深刻的伦理事件警醒世人，引发对伦理问题的深刻思考。曼特尔的小说不仅仅是为了娱乐，而是旨在引导读者反思自身的道德观念和社会责任。通过对人性深处非理性层面的挖掘，她探讨了个体内心的冲突与挣扎，以及这些内在因素如何影响外在的行为选择。她的作品意在提醒人们，伦理秩序不仅是社会和谐的基础，也是个人内心安宁的关键。

最后,曼特尔还展现了作为历史记忆的伦理可能性。尽管创作题材多样,曼特尔始终对历史题材青睐有加。她的作品不仅重现了宏大的历史场景,还通过细腻的人物刻画和深刻的伦理探讨,赋予历史新的意义。"克伦威尔三部曲"以都铎王朝为背景,集中描写亨利八世时代的历史风云。曼特尔通过边缘人物托马斯·克伦威尔的视角,以亨利八世的婚姻为主线,呈现当时英国的政治、经济、宗教和外交等宏大景象。作品中的克伦威尔是一个充满悖论的代表性人物,他兼具善恶两个面相:声名狼藉却有情有义,奸诈狡猾却又忠心耿耿。这种复杂的性格使他成为一个立体丰满的人物。曼特尔借助伦理审视之法,将市井野史与学术历史中的克伦威尔形象交织起来,塑造了一个脉络清晰且具有多种"伦理可能性"的独特形象。《一个更安全的地方》以历史般精确的视角,讲述了法国大革命中三位传奇革命家——丹东、罗伯斯庇尔和德穆兰的一生,从他们的童年追溯到 1794 年恐怖统治时期直至三人英年早逝。曼特尔竭力将这些历史人物塑造成伦理矛盾体,既有雄心壮志又野心勃勃,既英勇无畏又内心惶惶。尤其是德穆兰,他在母女之间、男人和女人之间、丹东和罗伯斯庇尔之间、恐怖和良知之间、坚硬和柔软之间、腐败和纯洁之间总是举棋不定。这些举棋不定的矛盾性格与弱点恰恰是人性的真实再现。在《巨人奥布莱恩》中,曼特尔并未简单地将主人公奥布莱恩及其对手亨特医生描绘为纯粹的历史人物,而是通过独特的叙事手法,将他们塑造成具有深刻人性矛盾和复杂动机的角色。曼特尔深入探讨了身体与尊严、自由意志与控制、生命价值与利用、道德责任与利益冲突等伦理议题,揭示了这些历史人物背后的人性深度,并赋予其新的文学意义。这种处理方式不仅深化了对科学伦理与人类价值之间关系的思考,还促使读者从更深层次反思这些问题。

在这些具有宏大格局的历史小说中,曼特尔通过展现人物的矛盾与弱点,揭示了历史事件的复杂性和继承发现历史的伦理责任。她鼓励读者批判性地审视过去及其对当下的影响,探索历史人物的伦理困境和伦理选择,引导人们反思不同时代的道德标准和价值观,强化了对历史伦理的多面理解。曼特尔的历史小说不仅是对过去的忠实记录,更是对历史记忆的深刻重构。她通过参与历史叙事,探讨集体记忆下历史事件的复杂性,强调了历史书写中的伦理责任,使读者能够在反思过去的同时,更加深刻地理解当下和未来。

当今世界,全球化既为伦理共同体的建构带来了挑战,也为之提供了契机,激发了人们对伦理共同体的思考和对人类命运共同体的伦理关切。早在 20 世纪 70 年代,曼特尔就已经开始关注"秩序"问题,并通过文学作品探讨人的存在及其与世界的关系。立足于历史与现实、伦理与审美、科技与人文、区域化与全球化等多重主题,曼特尔不断凝练全球意识和共同体精神,并积极探寻能够缓解"现代西方伦理危机"的路径。随着科技进步和物质文明的极大丰富,人类的存在空间与交往模式发生了巨大变化，导致普遍的异化和物化现象，伦理精神正一步一步陷入价值坍塌的困境。曼特尔积极响应并践行"文学作品的教诲功能"，将文学创作与社会发展紧密联系起来，把人类及其伦理置于创作的核心位置。她以宽广的道德视野和深沉的历史眼光探讨人类的生存危机和伦理困境，期望通过文学作品展示自己的伦理思想和诉求，进而影响读者甚至改变世界。曼特尔认为人是伦理的存在，艺术应为全人类服务，最终通过唤起潜在的同情心来达到提升的目的。她的作品通过展现社会悲剧和不公，继承与创新历史记忆，实现科技与人文的交融，构建了一个个"可能的伦理世界"，探讨正义与合理性等问题，表达了对社会问题的深刻思考和对人性伦理的关怀。在她笔下，每一个故事都是对人性和社会的一次深思，每一段叙述都在黑暗中点亮了一盏明灯，照亮通往更加公正、和谐社会的道路。曼特尔的伦理思想不是僵化的规训或说教，而是通过展现作为普遍问题的社会风险、作为特殊问题的文化殖民、作为个别问题的伦理生态以及作为历史记忆的伦理可能等途径，帮助当代人走出伦理危机与道德沦丧的困境，创造适应新时代、新要求的伦理新体系。她试图通过文学的力量站在黑暗中呼唤光明，引导读者思考如何在复杂多变的世界中重建信任与和谐。她的创作不仅展现了伦理在现代社会中的重要性，同时也为构建新型伦理共同体提供了宝贵的视角和启示。

2.3　伦理乌托邦视角：曼特尔作品中的黑暗与光明

2.3.1　曼特尔的伦理乌托邦视角

作为21世纪早期英国重要的女作家，曼特尔以其丰富多元的创作视角，关注生命与个体，以女性特有的细腻笔触和高超的想象力及叙事技巧，通过小说叙事揭示了那些触及人类生活深处的复杂故事——混乱的家庭、破碎的关系、古怪的行为以及离奇的死亡。她深入分析了女巫、恶母、奸臣、杀人凶手、出轨者等负面伦理形象及其背后的因素，积极展示现代知识分子的伦理道德关怀。曼特尔的小说一贯坚持揭示世上那些通常难以为人所识别的"邪恶"。基于这一特点，她无情地揭露"假、丑、恶"，深切地期盼"真、善、美"。曼特尔试图通过展现人性的复杂性和道德考量中的不确定性，引导读者反思如何在现实生活中践行更高的道德标准。她的作品不仅仅是对社会阴暗面的揭示，更是对人性复杂性的深入剖析。通过对"邪恶"的揭露与批判，以及对善良和美好的追求，曼特尔展现了深切的伦理关怀。这种批判性视角不仅继承了西方基督教伦理中对道德纯洁的追求,也反映了英国资产阶级伦理思想中的"实用主义"和"利己主义"特征。然而,曼特尔并未止步于批判,而是进一步探讨了如何在复杂的现代社会中重建信任与和谐,传递出一种积极向上的伦理愿景。曼特尔的努力表达了如她一般的英国当代文学家们的独特伦理趋向:身处黑暗,期盼光明。他们不仅仅是在揭示社会的阴暗面,更是在探索如何通过文学的力量引导人们走出伦理困境,创造一个更加公正、和谐的社会。他们的作品不仅是对历史和现实的深刻反思,更是对未来伦理可能性的全面探究。曼特尔是当代著名的历史小说家,她的创作不仅力求准确描绘过去,还以现代视角批判性地审视历史,避免人们无意识地延续过去的偏见和不平等观念。在展现历史复杂性的同时,她的作品积极传递进步的价值观,鼓励人们对历史和当今社会进行深刻反思。文艺叙事对德目的创造行为实际上是一种伦理乌托邦建构(伍茂国,2013:150)。从这个角度来看,无论是历史小说还是现代小说,无论是长篇巨著还是短篇故事,曼特尔的作品不仅揭示了历史的复杂性和社会的多面性,更通过深入探究伦理的可能性,尝试构建一个理想的伦理乌托邦,从而呈现出对人类未来的深刻思考与展望。

曼特尔的成名作"克伦威尔三部曲"雄伟地展现了处在历史巨变中的英格兰,而在此期间发挥举足轻重作用的是两个托马斯:托马斯·克伦威尔和托马斯·莫尔。历史上,前者常被视为魔鬼般的小人物,后者则是圣洁的学者。然而,曼特尔打破了历史小说的常规写法,赋予了克伦威尔一些同情心和人情味,将他塑造成一个复杂多面的人物;同时,她将圣人托马斯·莫尔拖下神坛,将其描绘为一个过度虔诚、思想偏执的老顽固,尤其喜欢折磨异教徒,虐待妻女。曼特尔甚至设计了一个由克伦威尔亲自监督莫尔死刑的场景,进一步强化了这种角色反转的效果。曼特尔对两位托马斯伦理态度的转变并非偶然,而是刻意为之,旨在更贴合其作品中"道德不确定性"的核心主题。通过这种角色重构,她不仅揭示了历史人物复杂的伦理面貌,还深刻探讨了人性的多面性和道德选择的复杂性。在《狼厅》中,克伦威尔将莫尔的思想贬为"文字、文字,仅仅是文字而已"(希拉里·曼特尔,2010:577-578)。这一评价不仅是对莫尔《乌托邦》(Utopia)这部人文主义杰作的简化解读,更反映了理想主义与现实主义之间的深刻冲突。曼特尔通过克伦威尔的视角,揭示了现实政治对纯粹理想的挑战,以及两者之间难以调和的张力。这种处理方式不仅深化了对历史人物的理解,也为人们提供了关于道德选择和政治现实的复杂思考。历史上,托马斯·莫尔是英国著名的人文主义者、政治家,以其思想的深度和道德的纯洁性闻名。亨利八世统治期间,莫尔担任过大法官、枢密院顾问等重要职务,最终因拒绝承认英王为教会的最高领袖而被处死。在"三部曲"中,曼特尔重构了英国历史,让克伦威尔站在审判席上,将《乌托邦》的作者送上断头台。这种设定不仅是对乌托邦理想的讽刺，更是一种通过文学艺术叙事来展示乌托邦，并对"异化"世界进行批判的伦理实践。

2.3.2　乌托邦及小说叙事

"乌托邦"原意为"没有的地方"或"好地方"，在语义上具有双关性。在政治概念和文学研究中，它常指虚构的理想社会或国家，与"桃花源""理想国""大同世界"等概念互为同义。随着人类意识形态的发展，"乌托邦"衍生出了诸如"反乌托邦"(Dystopia)、"异托邦"(Heterotopia)、"赛博格托邦"(Cyborgtopia)等相关思想工具。长期以来，乌托邦被赋予了"空想""不切实际""极权主义""法西斯主义"等贬义色彩，导致其积极内涵常常被忽视。然而，自20世纪早中期以来，对乌托邦的探讨逐渐升温，尤其是西方马克思主义者开始为其正名，强调其蕴含的变革精神和道德伦理力量。德国政治哲学家恩斯特・布洛赫(Ernst Bloch)立足人本主义哲学立场，注重挖掘乌托邦范畴中的道德伦理因素，认为乌托邦理论中蕴含着变革世界的精神力量，对人类具有重大意义(方环非、朱子怡，2024:1)。美国当代最著名的马克思主义理论家弗雷德里克・詹姆逊(Frederic Jameson)对乌托邦理论的阐释已经成为国内外不容忽视的声音。在他看来，人类生活最终的伦理目的是乌托邦，这种乌托邦不是一种观念而是一种幻想，具体的叙事本身才是一切乌托邦活动的检验场(詹姆逊，1995:147)。作为人类生活最终的伦理目的，乌托邦表达的是意义与生活的统一，是物质与精神的调和，具有高度具象化的特征。加州大学圣巴巴拉分校教授凯文・B. 安德森(Kevin B. Anderson)将乌托邦视为理解马克思的一个重要关键词。他认为，马克思从超越资本主义的视角展开对资本主义社会的批判，这一过程包含对未来理想社会的想象，已经具备了乌托邦的色彩，具有重要的实践含义并在当代积极塑造着社会的面貌(凯文・安德森，2024:3)。

可见，人们对于乌托邦正面的内涵理解主要体现在两个方面。一是伦理追求与理想社会的愿景。乌托邦仍然是人类竭力追求的一种理想状态，这种状态不仅关乎生存，而且包含了更高层次的伦理追求。在这个理想社会中，人们的生活与其价值观、信仰和目标紧密相连，实现了生活的意义与实际行为之间的和谐统一。它代表着人类对于完美的、符合道德规范的理想社会的愿景，即一个公正、和谐且充满意义的世界。二是批判现实与教诲功能的实践性。尽管乌托邦是一个理想化的概念，但它具有很强的可感知性和形象性，可以通过具体的场景、事件和人物展现出来。对于小说家而言，乌托邦不仅是他们创作的灵感源泉，也是其伦理追求的具体体现。小说家通过构建乌托邦世界，设计复杂的情节和矛盾冲突，揭示人性中的欲望、恐惧、爱恨情仇,从而强有力地传达自身的观点和思想,使读者体验到不同的情绪状态,实现批判现实的功能和教诲功能。小说叙事成为建构乌托邦的重要方式,得益于其虚构的力量。小说不受制于任何可能限制雄心和创新的外力,因此能够高举乌托邦的旗帜,表达出其他思想方法难以企及的愿景(吕同六,1995:150)。小说家通过叙事创造全新的乌托邦世界,展示复杂的情境和故事发展。小说叙事与伦理构建之间形成了紧密的联系:叙事为伦理乌托邦的构建提供了必要的推动力,同时也为其指明了方向。

伦理乌托邦构建的是一种理想的社会状态,在这种状态下,人们遵循共同的伦理准则生活,以促进社会正义、道德高尚和个人幸福。进入21世纪以来,曼特尔的创作主要集中在长篇小说上,阴谋、暴力和犯罪成为其作品的主要主题。她的小说之所以常贯穿着"邪恶"的基调,很大程度上源于她的个人背景和成长经历。曼特尔的祖母是爱尔兰人,受其影响,她从小信奉天主教,尽管后来放弃了宗教信仰,但一些根深蒂固的思想仍然深刻地影响着她,尤其是那种无处不在的"罪恶感"。她甚至觉得自己能看到一些别人看不到的恶魔或鬼魂。童年时期,父母关系不和,母亲有了同居的情人,父亲离家后杳无音信,她跟随母亲和继父长大。这样的家庭背景在她心中留下了永久的印记,使她从小就相信自己是错误和邪恶的,从而养成了内省和自我审视的习惯。因此,曼特尔在其故事中投入了大量精力,通过揭露各种矛盾冲突、权力争斗和伦理危机,赋予作品救赎的功能,并带给人们深刻的伦理启示。在现代性语境中,曼特尔的叙事伦理乌托邦建构首先呈现的是对社会整体伦理的重造渴望。通过塑造生动的人物形象,探讨道德与权力之争,审视历史背景下的伦理反思,反讽与批判社会阴暗面,关注个人责任及其社会影响等方式,曼特尔间接地构建了一个叙事伦理乌托邦。

2.3.3 本书的研究思路与研究框架

希拉里·曼特尔作为21世纪早期英国最具影响力的女作家之一,以其独特的历史视角和深刻的伦理关怀,展现了个体在历史巨变和社会变迁中的抉择与挣扎。她的创作风格和思想在当代文学界独树一帜。本书通过深入探讨曼特尔作品中的伦理思想,不仅揭示了她在文学创作中对道德复杂性的深刻洞察,还展示了她对构建伦理乌托邦的不懈追求。这一研究不仅深化了对曼特尔作品的理解,也为当代文学中的伦理问题提供了新的视角和方法。本书的主要研究思路围绕四个核心方面展开。一是多元呈现的伦理思想。曼特尔的作品不仅反映了传统伦理思想的发展趋势,还融合了现代伦理学的新视角,如"实用主义""利己主义"等概念,形成了独特的伦理表达方式。这种多元呈现为理解曼特尔作品中的道德复杂性提供了丰富的理论基础。二是文学伦理学批评的应用。本书运用文学伦理学批评的方法，深入解析曼特尔四类小说中的伦理议题，揭示其在复杂社会背景下的深刻伦理思考。这种方法不仅提高了对文本的理解深度，也展示了文学伦理学批评在当代文学研究中的应用价值。三是个体抉择与社会批判的结合分析。曼特尔通过描绘个体在不同情境下的伦理抉择，揭示了现代社会中的道德困境和社会问题。本书详细探讨了曼特尔如何通过具体人物的命运和选择，展示个体与社会结构之间的互动关系，体现了她对人类命运的深切关怀。四是伦理乌托邦的探索与构建：曼特尔在其作品中不断揭示现实社会的各种阴暗面，表达了对探寻光明的渴望，并试图构建一个理想的伦理乌托邦。通过这些研究思路，本书不仅全面揭示了曼特尔作品中的伦理思想，还为当代文学中的伦理讨论提供了宝贵的学术资源。本书的独特贡献在于，它不仅梳理了曼特尔作品中的伦理脉络，还通过具体的文本分析，展示了曼特尔如何通过文学创作回应社会现实，进而启发读者思考个人与社会的关系，以及理想社会的可能性。

基于以上研究思路，本书通过对曼特尔的创作背景、国内外研究现状的梳理，结合四类小说具体的文本分析，重点探讨了以下几个方面的内容。一是回顾英国伦理思想的历史演变，特别是现代伦理学中的"实用主义""利己主义"等思想，以及西方基督教伦理精神对曼特尔作品的影响。这一部分旨在揭示这些传统伦理观念如何在曼特尔的作品中得到体现和发展。二是对文学伦理学批评视野的探讨。运用文学伦理学批评的方法，深入解析曼特尔作品中的人物形象、情节设计以及作品中的社会和人性的黑暗元素，分析其通过建构伦理乌托邦呼唤光明的共同体探索之路，展现曼特尔作品中深刻的伦理思考和社会批判。三是对"克伦威尔三部曲"的多元解读。聚焦《狼厅》《提堂》和《镜与光》这三部系列历史小说，探讨克伦威尔这一角色在历史洪流中的伦理身份和选择，及其周围女性角色面临的伦理困境。同时，分析对话教育与心智培育的重要性，以克伦威尔的成长为案例展示如何从心智上构建共同体。这部分不仅揭示了个人成长与社会变迁之间的互动关系，也突显了曼特尔对历史人物复杂性的深刻理解。四是个体抉择与伦理审视。通过对曼特尔其他重要作品的研究，如《一个更安全的地方》《弗勒德》《巨人奥布莱恩》及《爱的试验》，探讨个体在不同情境下的伦理抉择，考察了自我塑造、异化消费、空间叙事与女性伦理困境等问题，展现了曼特尔如何通过描绘个体命运反映社会现实和道德挑战。

本书的特色和创新之处有以下几方面。一是采用跨学科研究方法。本书聚焦文学伦理学批评的方法，结合历史学、社会学等多学科视角，全面解析曼特尔作品中的伦理思想。该研究方法不仅丰富了对曼特尔作品的理解，也为文学研究提供了新的思路和方法。二是呈现了系统性和深度相结合的特征。本书不仅涵盖了曼特尔的主要小说,还对其创作背景和国内外研究现状进行了系统的梳理。通过对具体文本的深入分析,揭示了曼特尔作品中复杂的伦理内涵,形成了较为完整的研究框架。三是体现了历史深度与现实的观照。本书特别关注曼特尔如何通过历史叙事反思现代社会伦理问题。通过对历史事件的重新诠释,曼特尔的作品促使读者反思当下的社会结构和道德规范,从而提出战胜兽性、重拾伦理、回归人性的方法。

本书从"文学伦理学"视角切入,剖析曼特尔小说叙事中的伦理问题和道德丧失现象,探索作家通过塑造生动的人物形象,探讨道德与权力之争,审视历史背景下的伦理反思,反讽与批判社会阴暗面,呼唤个人责任、社会稳定、男女平等,从历史伦理、家庭伦理、女性伦理、生死伦理等人类伦理性生命存在的秩序性叙述来构建一个自由、和谐、平等、民主的社会伦理氛围。通过对曼特尔作品的整体把握,本书不仅拓宽了曼特尔小说的研究思路,还加深了对"文学伦理学"这一理论视角的理解,为该理论和方法的应用和发展作出了重要贡献。同时,本书的研究成果对于当代社会伦理秩序的建构具有重要的启示意义,为解决现代社会面临的伦理挑战提供了宝贵的参考。曼特尔是一位很难分类的作家,本书虽然总体上按照四类小说开展研究与阐释,但在书写结构上还是按照大类布局,将曼特尔的历史小说"克伦威尔三部曲"的解读单独成章,其他类作品的解析组合成一章,以突显曼特尔的"历史小说女王"(朱蓉婷,2023:1)之名。本书的研究路线如图 2.1 所示。

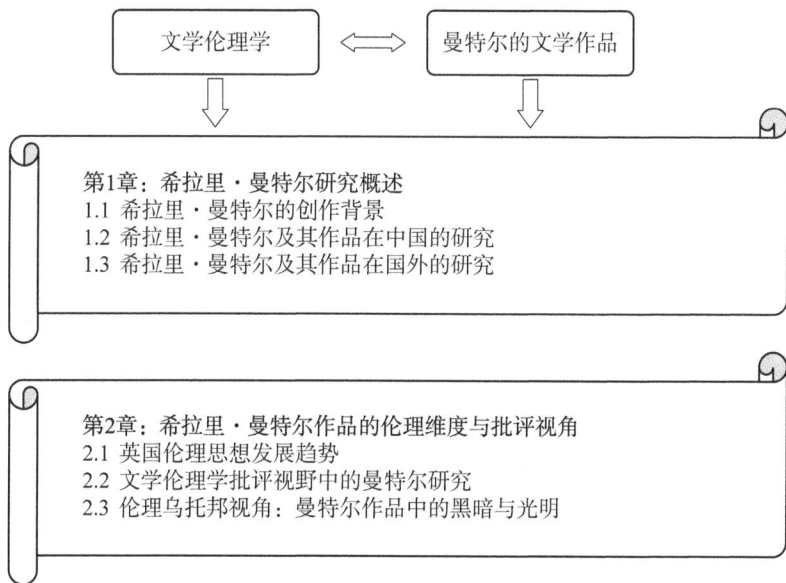

```
┌─────────────┐          ┌─────────────────┐
│  文学伦理学  │  ⟺       │  曼特尔的文学作品  │
└─────────────┘          └─────────────────┘
       ⬇                          ⬇
```

第1章:希拉里·曼特尔研究概述
1.1 希拉里·曼特尔的创作背景
1.2 希拉里·曼特尔及其作品在中国的研究
1.3 希拉里·曼特尔及其作品在国外的研究

第2章:希拉里·曼特尔作品的伦理维度与批评视角
2.1 英国伦理思想发展趋势
2.2 文学伦理学批评视野中的曼特尔研究
2.3 伦理乌托邦视角:曼特尔作品中的黑暗与光明

第3章: "克伦威尔三部曲"的文学伦理学解读
3.1 "三部曲"伦理思想的历史与文化土壤
3.2 从心智上构建共同体:《狼厅》中克伦威尔的对话教育与心智培育
3.3 宿命中的风骨:"三部曲"中克伦威尔的伦理身份和伦理选择
3.4 "他者"的挣扎与毁灭:"三部曲"中女性角色的伦理困境

第4章: 黑暗中的个体抉择与伦理审视
4.1 颠覆与抑制中的自我塑造:《一个更安全的地方》中的德穆兰形象研究
4.2 伦理乌托邦的构建:《弗勒德》中的伦理困境与伦理选
4.3 商品天堂中的迷失:《巨人奥布莱恩》中异化消费的伦理审视
4.4 自由与束缚:《爱的试验》中的空间叙事与女性伦理困境

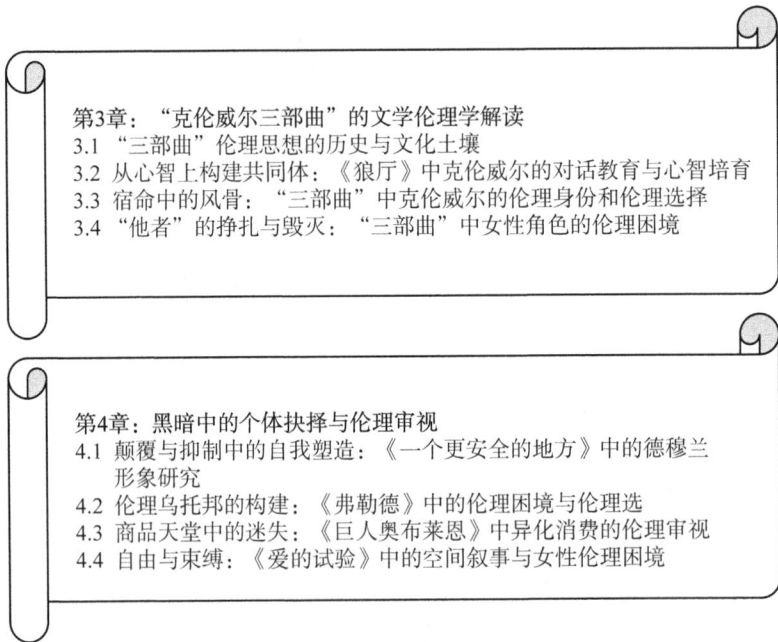

图 2.1　本书的研究路线

第3章

"克伦威尔三部曲"的文学伦理学解读

　　尽管希拉里·曼特尔的小说创作生涯始于 1985 年,但真正让她声名鹊起的是她的第十部小说《狼厅》。《狼厅》及其两部续集《提堂》和《镜与光》构成了广受赞誉的"克伦威尔三部曲"。在这三部小说中,曼特尔不仅编织了引人入胜的故事,令读者沉浸其中、手不释卷,还塑造了一系列性格鲜明、命运各异的人物。这些人物的言行举止和命运走向展现了不同的生存姿态和伦理选择,使读者在享受精彩故事的同时,也不禁掩卷沉思,深入思考历史与人类关系的复杂性。通过这些作品,曼特尔不仅提升了读者的历史认知,还启发他们反思道德问题。

　　"三部曲"讲述的是英王亨利八世在位期间的朝野故事,涉及国王及其数位妻子和情妇、红衣主教托马斯·沃尔西(Thomas Wolsey)、诺福克公爵托马斯·霍华德(Thomas Howard)和萨福克公爵查尔斯·布兰登(Charles Brandon)等著名人物。这些人物和历史事件早已为人熟知,在英国乃至全世界已有大量相关学术著作和文化产品。然而,曼特尔的独特之处在于她以这些人们熟悉的人物和事件为素材,创造出独具魅力的故事和不同于以往文艺作品的人物形象。小说中的人物不仅呈现出清晰而不同凡响的伦理立场,还展现出别具一格的艺术性和思想性。为了深入解读"克伦威尔三部曲"中诸多人物的伦理选择及作品整体的伦理思想,有必要梳理这一段历史时期的相关事件以及由史实所决定的人物行为和命运。亨利八世统治时期的英格兰正处于宗教改革和社会变革的关键时刻,政治斗争激烈,权力更迭频繁。曼特尔通过细腻的笔触描绘了这个时代背景下人物的命运起伏,特别是托马斯·克伦威尔从一个卑微的铁匠之子逐步晋升为国王最信任的大臣,最终因政治阴谋而身陷囹圄的过程。这种对历史细节的忠实再现不仅增强了故事的真实感,也为理解人物的伦理选择提供了坚实的基础。此外,曼特尔还通过对克伦威尔及其周围人物的深刻刻画,展现了他们复杂的伦理立场。作为一个政治家,克伦威尔既懂得利用权术维护自己的地位,又始终保持着对正义和公平的追求;他虽然身处权力漩涡中心,却努力保持个人道德底线。其他人物如安妮·博林和简·西摩(Jane Seymour),她们的形象也突破了传统的历史叙述,展现出更多人性化的特质。通过细腻的心理描写,曼特尔揭示了这些女性角色在宫廷斗争中的无奈与挣扎,赋予她们更为立体的形象。

曼特尔的作品不仅仅是对历史的重现,更是对伦理理想的探索。她通过"克伦威尔三部曲",表达了自己独特的伦理观念——即使身处黑暗的社会环境中,依然可以坚持内心的光明,寻求正义和真理。克伦威尔的成长历程便是这一理念的最佳体现:尽管面临重重困难,他始终坚持自己的信念,并试图通过对话教育和心智培育来构建一个更加和谐的社会。通过克伦威尔这个人物形象,曼特尔传达了一种积极向上的精神指引,鼓励人们在面对复杂多变的世界时,勇敢地坚守自己的道德准则。

为了更好地理解曼特尔创作故事和塑造人物的条件与限制,有必要回顾以往文艺作品中相关人物的形象特点。亨利八世和他的朝臣往往被描绘成冷酷无情的政治玩家或悲剧性的英雄。然而,曼特尔打破了这种刻板印象,赋予每个角色新的生命力。她的创新不仅体现在叙事技巧上,更在于伦理层面的深刻突破。曼特尔的故事表明,即使是历史上最具争议的人物,在其内心深处也能找到一丝人性的光辉,从而引发读者对人性本质和社会责任的深思。因此,本章将基于"三部曲"所处的历史与文化背景,深入分析其中主要人物的伦理选择及其整体伦理思想。通过探讨这些人物在特定生存环境中的行为和决策,我们将揭示曼特尔独特的伦理创作视角及其深刻的伦理洞察,展示她在文学作品中对人类命运和社会现实的深切关怀。

3.1 "三部曲"伦理思想的历史与文化土壤

"三部曲"所涉及的亨利八世统治时期是英国历史乃至世界历史上一个至关重要的阶段。这一时期,英国经历了宗教改革,逐渐脱离了罗马天主教的控制,建立了英国国教,使英国人承认的宗教领袖从教皇转变为英国国王。同时,现代议会制度也在这一时期孕育发展,君权神授的观念逐渐式微,主权在民的思想开始传播,人民的自我意识和独立意识不断增强。在这个转型期,人们的伦理观念既迎来了自由发展的契机,也面临着传统束缚的局限性。这种复杂的伦理环境为曼特尔的创作提供了丰富的素材和文化土壤,使她能够深入刻画小说中的人物,并表达自己独特的伦理思想。

3.1.1 亨利八世的专制统治与男性身份焦虑

在这样一个复杂多变的历史背景下,亨利八世的个人特质和行为模式显得尤为突出。作为"三部曲"中出镜率仅次于主角托马斯·克伦威尔的人物,亨利八世不仅是故事情节发展的核心驱动力,也是当时社会变迁的一个缩影。小说中的一众人物都围绕着他转,为了满足他的欲望而奔波。亨利八世的念想和行为决定了众多人物的命运,他的伦理选择直接影响了臣民的幸福。然而,亨利八世的决策并非完全由个人意志决定,而是深受当时复杂的历史和文化因素影响。他的专制统治和对性别角色的焦虑不仅反映了个人的心理状态,也揭示了当时社会对男性角色和权力的期望。通过各种政策和行动,亨利八世试图巩固自己的权威并满足对男子气概的理想化期待。因此,了解亨利八世所处的文化和历史背景,有助于我们更深刻地理解他的心理状态和行为动机,从而更好地把握他在小说中的形象及其对其他人物命运的影响。

亨利八世生活在一个王权鼎盛的时代,国王的神圣权力得到了极大的巩固。从其父亲亨利七世在位期间开始,都铎王朝就致力于强化王权。亨利七世引入了"majesty"这一词汇,通过仪式感和神秘性加强了王权的概念(约翰·马图夏客,2020:5)。幼年时期的亨利八世受到祖母等人的教导,被灌输了要尽一切可能延续都铎王朝统治的观念。即位后,亨利八世将巩固和强化其统治权威作为首要目标。这一追求不仅塑造了他的心理状态,也深刻影响了他的伦理抉择和行为方式。为了实现这一目标,亨利八世采取了一系列政策和行动,旨在加强中央集权、消除潜在威胁,并确保王权的绝对地位。他的决策不仅反映了个人野心,更体现了当时社会对权力和男性角色的期望。

在亨利八世的时代,军事手段是应对国内外挑战、延续王朝统治和巩固王权的主要方式之一。当时,英国与法国、西班牙、葡萄牙等国频繁发生利益冲突和领土争端,国内也不断出现由贵族或民众发起的暴乱。面对这些内外威胁,亨利八世采取了坚决的态度,不惜动用大量资源筹集军队,参与多场战争,并镇压国内频发的叛乱。尽管这些强硬政策在短期内成功稳定了局势,但从长远来看,其影响却是深远且负面的。这些政策不仅削弱了国家的经济基础,导致国库空虚和财政困境,还加剧了社会的不稳定因素,引发人民流离失所和社会动荡。亨利八世的行为不仅是对个人理想和权力欲望的追求,更是对当时复杂历史和文化背景的一种回应。他试图通过军事手段和专制统治来巩固王权,这既是出于个人权威的考虑,也反映了当时君主制下普遍存在的权力集中和男性主导的社会结构。因此,要全面理解亨利八世的行为,必须将其置于特定的历史和文化语境中进行考察。他的决策不仅受到个人动机的驱动，也是对当时社会期望和政治现实的反应。

在"克伦威尔三部曲"中，曼特尔生动地展现了亨利八世穷兵黩武的专横一面。面对反对发动战争的克伦威尔，亨利八世毫不掩饰地道出了他的专横观念："听我说，先生——你说我不应该打仗，因为赋税会毁了这个国家。国家如果不是为了支持其国王的事业，那还要国家干什么？"（希拉里·曼特尔，2010：176）。这句话揭示了亨利八世将战争视为神圣使命的态度。他认为自己是国王，就有义务为国家和上帝而战，即使这意味着牺牲人民的财产和性命。在他看来，这种选择不仅是正义的伦理选择，也是上帝赋予他的神圣使命。因此，亨利八世从未有过反思意识或忏悔心理，始终坚信自己的行为是正当的。曼特尔通过这一对话，不仅展示了亨利八世的个人性格特点，更深刻揭示了他在特定历史背景下如何利用宗教和王权的名义来合理化自己的行为。亨利八世的行为逻辑反映了当时君主制下普遍存在的权力集中和男性主导的社会结构，同时也突显了他对自身权威和个人理想的追求。曼特尔的描绘使得读者能够更全面地理解亨利八世的行为及其背后的复杂动机，同时也彰显了她作为历史小说家的深刻洞察力和细腻笔触。

亨利八世"以战止战、以战治乱"的政策和行为给英国人民带来了日益沉重的负担，造成了难以调和的社会矛盾，并引发了早期的阶级争端与对立。在《狼厅》中，亨利八世主要面临的是与法国等邻国的争端。为了应对这些外部威胁，他不得不依赖红衣主教托马斯·沃尔西等朝臣的势力，并重用与神圣罗马帝国关系较好的贵族老臣，这加剧了朝廷内部的权力斗争和阶级对立。朝臣们为了满足国王的需求，不断加征赋税，盘剥底层劳动人民，导致社会不满情绪逐渐积累，阶级矛盾愈加尖锐。到了《镜与光》，英国的处境变得更加艰难。国内平民和贵族暴乱此起彼伏，法国对英国的威胁日渐增大，英国内外交困。亨利八世不得不动员各方力量募集军队，导致军备支出大幅增加，人民承担了前所未有的沉重赋税。就连亨利八世自己的金银器皿都被卖掉，引来了外国大使的嘲笑："亨利得用锡器吃圣诞大餐了。他的盘子全都铸成了钱币。"（希拉里·曼特尔，2022：340）这一细节不仅揭示了当时王室财政的窘迫，也反映了战争对国家经济和社会稳定的巨大破坏。

除了发动和参与战争，生育合法的男性继承人是亨利八世维护王权的另一种方式，也是那个时代施加给他的任务，深刻影响了他的伦理选择和英国的历史进程。亨利八世与第一位妻子阿拉贡的凯瑟琳结婚多年，却未能生养一位男性继承人。凯瑟琳曾是亨利八世的哥哥亚瑟的妻子。亚瑟在登上王位半年后便不幸染病去世，这给亨利八世的人生带来了巨大转机。他不仅继承了哥哥的王位，还在亨利七世的安排下迎娶了自己的寡嫂为王后。对于 16 世纪的英国国王来说,没有在合法婚姻内生育的男性继承人对王权的延续极为不利,也会损害国王的男子气概。因此,亨利八世产生了难以克服的焦虑,决心废除与凯瑟琳的婚姻,迎娶另一位王后,期盼她能为自己诞下一位合法的男性继承人。

亨利八世由此开始了先后迎娶六位妻子的历程,引发了英国朝臣和宗教人士之间的对抗,以及英国与罗马天主教之间的争端。数以百计的人因此受到牵连,甚至丢掉性命。更为可悲的是,亨利八世无比渴望的男性继承人来得极为缓慢。他费尽周折解除了与凯瑟琳的婚姻,成功娶到了安妮·博林,然而后者未能为他生育儿子,只留下了后来成为英国女王的伊丽莎白公主。这种局面让亨利八世很快就对安妮·博林失去了兴趣,并且指示克伦威尔编织罪名,将她及其所谓的"情人"送上断头台。直到亨利八世与第三位妻子简·西摩结婚,后者才为其生下王室的第一位合法男性继承人,即后来的爱德华六世(Edward VI)。

亨利八世对王权的痴迷和崇拜使他逐渐成为一个放纵情欲的君主,做出了许多违背伦理的选择。尽管基督教文化在欧洲的影响下提倡一夫一妻制,但历史上国王和宗教领袖往往不受这种制度的约束,常常有私生子的存在。亨利八世在这方面表现得尤为突出。在《狼厅》中,曼特尔首先揭示了亨利八世育有私生子里奇蒙德公爵(Duke of Richmond),随后通过或明确或隐晦的方式揭露了亨利八世的荒淫行为。随着岁月流逝,亨利八世的原配妻子凯瑟琳逐渐年老色衰,失去了女性的魅力,而新欢安妮·博林又不肯轻易委身于他,于是,亨利八世便盯上了身边那些侍女。为了满足自己的欲望,他延误或破坏了多位侍女的婚姻和未来。其中,玛丽·谢尔顿(Mary Shelton)和玛丽·博林(Mary Boleyn)是亨利八世诸多情妇中的典型受害者。玛丽·谢尔顿是托马斯·谢尔顿爵士(Sir Thomas Shelton)的女儿,原本有望嫁给国王的侍从亨利·诺里斯(Henry Norris),但由于亨利八世的霸占,这桩姻缘最终被破坏了,她只能成为国王短暂的情妇。而安妮·博林的姐姐玛丽·博林在已婚的情况下仍被亨利八世强占,沦为他的情妇。通过与多位女性的复杂关系,这位国王不仅展现了他对权力和性别角色的极端态度,更暴露了他如何利用王权来满足个人欲望。尽管基督教文化倡导"一夫一妻制",但这一制度并未有效约束君主和贵族的行为,反而为亨利八世的放纵提供了某种历史背景。亨利八世的行为不仅仅是个人私欲的表现,更是当时君主制下权力集中和男性主导的社会结构的反映。他的伦理选择不仅影响了个人命运,还深刻改变了英国的政治和社会格局。曼特尔通过对亨利八世复杂关系的细致描绘,揭示了权力与性别角色之间的紧张关系,以及这些关系对社会伦理的深远影响。

然而,亨利八世的权威和体魄并非始终如一。在时间流逝中,他的身体状况逐渐恶化，这一变化不仅反映了其个人健康的衰退，也象征着他权力和权威的逐渐消逝。在 16 世纪的英国，骑士制度的遗风依然存在，贵族男子维护自己男子气概地位的一个重要手段便是参加骑士比武，展示其阳刚勇武的一面。"三部曲"中多次出现亨利八世参加骑士比武的场景，这项活动对国王和其他贵族的重要性不言而喻。然而，令人遗憾的是，亨利八世的身体健康状况在三部小说中逐渐恶化。在《狼厅》中，亨利八世仍是一位三十五岁左右的男人，"身体很棒，胃口还好，每天能敞开肚子吃……关节很灵活……骨头很硬朗"（希拉里·曼特尔，2010：22）。到了《提堂》，他的精力大不如前，在简·西摩居住的狼厅进餐时竟然会在餐桌上打起瞌睡。小说叙事者评论道："国王不像五年前那样，看上去犹如一个疲惫的孩子，而是像所有到中年的男人一样，饱餐一顿后就昏昏欲睡；他显得大腹便便，不少地方都青筋突起，即使在烛光下，也不难看出他已经褪色的头发在渐渐花白。"（希拉里·曼特尔，2014：17）而到了《镜与光》，亨利八世则完全显露出了一副"下世"的样子，整部作品中他都遭受着腿伤的困扰，身体上的各种衰老迹象显露无疑，完全不见之前有过的那种勇武气质。

　　与亨利八世身体健康颓势交相呼应的是英格兰频繁受到威胁的国家安全。在《狼厅》和《提堂》中，尽管边界冲突和国内暴乱偶有发生，但这些危机大多得以迅速平息，相关情节在书中也较少涉及。然而，到了《镜与光》，来自法国、西班牙等邻国的侵扰以及国内民众与贵族的冲突和暴乱如潮水般涌现，让亨利八世和克伦威尔等群臣疲于应付。即使拼尽全力募集军队，也无法像之前那样迅速平息麻烦。这种内外交困的局面不仅反映了亨利八世身体和权力的衰退，也加剧了他对身边大臣的不满。亨利八世的身体每况愈下，而国家安全形势愈发严峻，使得他更加焦虑和易怒。在这种背景下，克伦威尔未能有效应对这些危机，从而成为亨利八世迁怒的对象，最终被其下令处死。通过这一系列描写，曼特尔揭示了亨利八世个人健康、权力权威以及国家安全之间的复杂关联，展示了这位君王在多重压力下的脆弱与专横。

　　总之，在"三部曲"中，亨利八世被刻画成一个专横的、极度在意自己男子气概的形象。他通过多种手段来获取和维护阳刚身份：求取婚生男性继承人、对外采取军事行动、对内镇压平民叛乱、积极参与打猎和骑士比武等活动。为了达到这些目的，亨利八世不择手段地更换妻子，同时在肉欲的驱使下与多位女性发生关系。他在受到挫折时迁怒于妻子和下属，这种行为不仅反映了他对权力和性别角色的极端态度，也暴露了他如何利用王权来满足个人欲望。曼特尔通过细腻的笔触，揭示了亨利八世在历史洪流和强烈私欲的裹挟下，做出了许多不合时宜的伦理选择，深刻影响了社会伦理和个人命运。

3.1.2 英国贵族的权力博弈与伦理道德的背弃

在"三部曲"中,与亨利八世国王出镜率一样高的还有一众英国贵族,他们的伦理选择直接影响了一系列人物的个体命运以及整个英国历史的走向。总体来看,小说中的贵族处于争权夺势、争名夺利和互相倾轧的状态。为了经济利益和政治权力,他们你争我斗,做出了许多令人不齿的行为,完全失去了贵族应有的气质、教养和胸怀。尤其值得注意的是,贵族们在面对底层人民实现阶级跃迁时,表现出极为势利的态度。他们瞧不起新晋贵族卑微的出身,同时又害怕这些人的崛起会威胁到自身的特权和地位。因此,老贵族们常常从对立状态转化为结盟状态,共同欺压和迫害如克伦威尔这样的新晋贵族。这种行为不仅揭示了贵族阶层内部的虚伪和自私,也暴露了他们在面对社会变迁时的恐惧与不安。曼特尔通过细腻的笔触,描绘了贵族们在这种权力博弈和阶级势利下的种种丑陋表现,展示了他们有愧于其高贵地位的伦理选择。她深刻揭示了贵族阶层在追逐私利时所展现出的道德沦丧,以及他们在面对社会变革时的无力与焦虑。

"三部曲"中,"博林"和"霍华德"这两大古老的贵族家族扮演了极为重要的角色,尤其是托马斯·博林(Thomas Boleyn)和托马斯·霍华德(Thomas Howard),他们分别是安妮·博林的父亲和舅舅。传统上,这两个古老的贵族家族在诸如电影《另一个博林家的女孩》(*The Other Boleyn Girl*)等作品中被描绘成为了追求权力和地位而不惜利用年轻女性成员的形象。这种刻画往往带有强烈的负面色彩。曼特尔在其"三部曲"中不仅继承了这种人物设定,还通过细腻的笔触深化了这些角色的性格,赋予他们更多的层次感。从《狼厅》开篇起,她便揭示了托马斯·博林和托马斯·霍华德性格中的虚伪、贪婪以及对利益的无底线追求。两位长辈很早就开始为年幼的女儿们精心策划宫廷生涯,鼓励她们结交权贵,以实现自身不可告人的目的。曼特尔借由托马斯·克伦威尔的视角探讨了这一现象:"她家里的人一定想从中得到什么。他们以前得到什么了?"(希拉里·曼特尔,2010:72)而红衣主教沃尔西则直接道出了他们的动机:他们寻求的是"给自己派上用场的机会"(希拉里·曼特尔,2009:73),即通过宫廷内部的贵族网络来提升自己的社会地位。这样的描写不仅突显了两个家族在权力斗争中的冷酷算计和道德沦丧,也展现了他们在宫廷斗争中的不择手段与自私自利,甚至将个人野心置于家庭成员的情感和社会伦理之上。

在权力欲望的驱使下,博林家族积极寻求每一个机会以巩固并提升其在都铎王朝中的地位。为了实现这一目标,托马斯·博林不仅运用自己的政治网络为两个女儿谋求有利职位,还特别重视通过战略联姻来扩大家族的政治影响力。据历史记载，1514 年 10 月，亨利八世的妹妹玛丽·都铎（Mary Tudor）嫁给了法国国王路易十二（King Louis XII）。托马斯·博林利用人脉，安排两个女儿在公主的随行队伍中获得职位。此举不仅为两位年轻的博林小姐提供了接触欧洲最显赫宫廷的机会，也为她们未来可能的战略性婚姻打下良好的基础。正如博尔曼所指出的，"从一开始，她和她的姐姐玛丽就接受训练，旨在通过联姻提升家族的社会地位，并帮助她们的父亲托马斯在政治阶梯上更进一步"（Borman，2019：116）。玛丽·博林在法国期间就成为了国王弗朗索瓦一世（King Francis I）的情妇，随后于 1519 年底返回英格兰并与威廉·凯里（William Carey）结婚，但这并未影响她后来成为亨利八世的情妇。妹妹安妮则展现出更长远的眼光和深沉的心机。回国后，她一边与多位贵族青年维持婚恋关系，一边积极寻求亨利八世的注意。1522 年的忏悔节（Shrove Tuesday）上，安妮在红衣主教沃尔西为国王筹办的宫廷表演中扮演了"坚毅"（Perseverance）的角色，成功吸引了亨利八世的目光。此后，安妮巧妙地利用自己的魅力逐步赢得了亨利八世的心，最终登上王后宝座，极大提升了博林家族的地位。值得注意的是，在考虑与巴特勒家族联姻的同时，安妮·博林还与地位更高的哈利·珀西（Harry Percy）保持着一段恋情。然而在巴特勒、珀西和亨利国王三人之中，她最终选择了拥有最高社会地位和权力最大的人。这不仅反映了她的个人野心，也展示了博林家族对权力的深刻渴望。在家族长辈们的精心规划和支持下，两姐妹的婚恋策略不仅为博林家族在都铎王朝的政治舞台上赢得了显著地位，还最大限度地提升了家族的整体利益。

博林家族通过对年轻女性成员的精心培养和安置，展示了他们如何巧妙利用社交网络和个人资源，以期在未来获取更大的政治利益。霍华德家族在这方面也毫不逊色。在"克伦威尔三部曲"中，托马斯·霍华德被描绘成一个为了权力和地位不惜牺牲原则的人物。曼特尔通过细腻的笔触和基于史实的描写，生动地呈现了他卑鄙无耻、冷漠无情、外强中干的性格。尽管托马斯·霍华德出身于世袭贵族家庭，但其家族的命运因 1485 年博斯沃思战役（Battle of Bosworth Field）的结果而发生了重大转折。在这场决定性的战役中，他的父亲支持理查三世（Richard III），而其对手亨利·都铎（Henry Tudor，即后来的亨利七世）最终获胜。这场战争的胜利不仅结束了玫瑰战争（War of the Roses），还开启了都铎王朝的新纪元。由于在博斯沃思战役中站错了阵营，霍华德家族的爵位一度被褫夺。尽管后来得以恢复，这段历史却给托马斯·霍华德留下了深深的阴影，使他产生了深刻的不安全感。他时刻担心自己再次失去贵族地位，这种忧虑驱使他在追求权力和地位的道路上变得乖戾与鄙俗，不断努力巩固和提升自己的社会地位。与托马斯·博林一样，托马斯·霍华德也试图利用家族内的年轻女性来博取国王的青睐。他的两位外甥女玛丽·博林和安妮·博林都成为了他手中的棋子。当安妮成为英国王后时,霍华德一度以为自己迎来了飞黄腾达的机会。然而,安妮很快便"把他一脚踢开了"(希拉里·曼特尔,2022:695),令他的如意算盘落空。更令人惊诧的是,在意识到安妮不再受其控制后,霍华德迅速改变立场,站到了她的对立面。在托马斯·克伦威尔通过权谋扳倒安妮·博林这个事件上,霍华德功不可没。他不仅提供了支持,还积极参与到对安妮不利的指控中,最终致使她被送上断头台。霍华德对安妮的态度转变和他在扳倒安妮过程中扮演的角色,揭示了他性格中的冷酷无情和对权力的极端渴望。这种行为不仅反映了他对家族成员的背叛,也暴露了他在面对权力斗争时的不择手段。在小说《狼厅》中,托马斯·霍华德在安妮·博林的审判案中亲自担任主持人,这一角色无疑彰显了他残忍冷酷的本性。当他在审判现场宣读对安妮的裁决结果时,观众中已经有人对这种违背人伦的行为提出质疑。然而,霍华德非但没有流露出任何愧疚或胆怯,反而以暴躁的态度强力压制了群众的不满情绪:

> 当诺福克开始宣读判决时,再一次出现骚动,你能感觉到外面的人想挤进来的那种压力,以至于大厅似乎在轻轻摇晃,就像停泊在岸边的船一样。"她自己的舅舅!"有人叫了起来,公爵一拳头砸在桌上,扬言要杀人。这使得人们安静了一些,他也得以继续宣读下去,"……你将在这座塔内被处以火刑,或者斩首,因为国王的意愿——"(希拉里·曼特尔,2014:349)

托马斯·霍华德与安妮·博林之间的舅甥关系本应是血浓于水的,但在权力斗争中却变得你死我活。霍华德宣读审判书的情景深刻揭示了他行为的不道德性和违背人伦的本质。面对公众的质疑和愤怒,霍华德以"一拳头砸在桌上,扬言要杀人"的暴力反应回应,不仅暴露了他的暴躁和缺乏自控能力,更表明他对公众意见的无视和对权力的极端维护。他不惜通过威胁和恐吓来压制民众的声音,显示出对伦理道德的完全漠视。即便面对强烈的反对声,霍华德仍然坚持完成任务,继续宣读判决书,最终宣布了安妮的悲惨命运——被处以火刑或斩首。这一行为进一步证明了他为了维持自己的地位和权力,不惜牺牲家族成员的利益。托马斯·霍华德在这种关键时刻选择站在权力一边,而非亲情一边,其伦理堕落的程度令人震惊。

在"三部曲"中,除了博林和霍华德家族,西摩家族同样利用女性成员作为升迁的工具。西摩家族的住宅"狼厅"是第一部小说《狼厅》的标题,凸显了这个家族在作品中的重要性。《狼厅》以"九月初。五天。狼厅。"结尾,简洁地交代了托马斯·克伦威尔在目睹托马斯·莫尔被砍头之后,为国王及其随行人员设计出行路线的过程。克伦威尔决定"在去温彻斯特之前,能腾出一些时间……要去拜访西摩一家"(希拉里·曼特尔,2010:634)。这一决定无意间改变了西摩家族的命运。在狼厅逗留期间,亨利八世与简·西摩暗结情缘,此时他已经因为安妮·博林的小产而对她产生了厌烦,这为简·西摩上位创造了机会。经过《提堂》中的权力斗争与大规模审判,安妮·博林最终被处死,简·西摩成为亨利八世的第三任王后。在《镜与光》中,曼特尔通过她擅长的厚描手法,揭示了西摩一家对权力与地位的病态痴迷,以及他们不惜牺牲简·西摩以获取权力的不当伦理姿态。在亨利八世与简·西摩同居的第一晚过后,简的长辈和兄长们迫不及待地将她团团围住,焦急地询问她是否与国王进行了成功的性行为。实际上,他们最为关心的是简受孕的可能性——一旦简为亨利八世生下男性继承人,整个西摩家族将会鸡犬升天。西摩家人看似关心简的福祉,实际上他们只是急于确认她能否满足国王的性需求和生育要求,以确保家族利益的最大化。

> 她母亲说:"我们只需要一句确定的话,关于你今天早上感觉如何。"
>
> ……简吸了一口气。"说呀!"汤姆催促道。
>
> 简低声说:"二位哥哥,母亲……我只能说,我觉得自己对国王向我提的要求毫无准备。"
>
> 兄弟俩盯着马乔丽夫人。这姑娘肯定知道男女结合是怎么回事吧? 再说,她也不是小姑娘了,对吧?
>
> "当然,"马乔丽夫人说,"你已经二十七岁了,简。我是说,殿下。"
>
> "嗯,是的。"简承认道。
>
> "国王没必要像哄十三岁的小姑娘那样哄你,"她母亲说,"如果他表现得急切,那么,男人就是如此。"
>
> "你会慢慢习惯的,"汤姆鼓励她,"你知道,任何事情都要付出代价。"
>
> 简可怜兮兮地点点头。(希拉里·曼特尔,2022:28)

这段对话和细节描写揭示了西摩家族对权势的极度渴望。家人们的集体询问不仅体现了他们对简的期望——希望她能成功成为国王的妻子,从而提升家族的地位——更暴露了他们对简个人幸福与情绪状态的彻底漠视。他们一心只想通过督促、哄骗甚至逼迫,让简心甘情愿地成为亨利八世的生育工具,完全不顾她的惊恐与不适。为了确保家族能加官晋爵,他们强迫简压抑自己的恐惧和不安,牺牲自己的幸福以换取家族利益。这种选择反映了当时社会中权力和地位至上的伦理观,以及女性在婚姻中的无奈与被动地位。

3.2 从心智上构建共同体:《狼厅》中克伦威尔的对话教育与心智培育

《狼厅》中克伦威尔的对话教育问题应该受到重视。对话教育造就了曼特尔笔下全新的克伦威尔形象,赋予了这一历史人物更多的智识。对话教育是心智培育的重要途径,是共同体文化建设绕不开的话题。通过"对话教育"探索克伦威尔心智成长之路,曼特尔参与建构了"心智培育"的文化语境,提出了一条通向共同体的路径。

时至今日,《狼厅》能够得到英国文学主流意识形态的垂青,与曼特尔重塑历史人物克伦威尔的形象、表达对共同体的关怀密不可分。然而,中外学界都忽视了曼特尔经由心智培育这一层面呈现其对共同体的关注行为。关于"心智培育"的主张,古往今来,众多英国文学家都积极参与过这一讨论,并已形成一种共识。"心智"之所以重要,不仅因为它是共同体的三大支柱,同时也在于它赋予了当下社会某种超越性的精神特质。人类的心智培育不仅仅是一个凝聚着社会关注的思想焦点,也是一个事关共同体文化发展的社会问题。作为一个有责任心的英国小说家,曼特尔对这一问题极为重视,并以文学创作的形式予以回应。事实上,人类的心智具有"论辩性",而"论辩性"的心智则需要对话教育来实现(顾尔伙,2016:42)。曼特尔的名作《狼厅》正是通过"对话教育",从阅读、历练及反思三个层面探索主人公克伦威尔的心智成长之路。其中所涉对话精神不仅蕴含了文化研究层面的现实关怀,也渗透着对共同体文化发展的愿景思考。

3.2.1 对话教育与心智培育

英国小说的一个"首要问题"在于"对共同体实质与意义的探索"(文蓉,2019:119),许多当代英国作家诸如巴恩斯、拜厄特等都为此不遗余力地做出了相应的文化实践。曼特尔也不例外。他们从不同视角切入,发挥自身的想象力,描绘出理想的共同体愿景。其中,多数人都参与探讨了共同体与教育的关系。共同体若要良性发展,教育责任重大。雅斯贝尔斯(1991:3)认为,"所谓教育,不过是人与人的主体间的灵肉交流活动",唯有将教育定位为交流、对话,才能真正实现教育的本真追求,从而促进人的身、心、灵之间的深度融合。缺乏"对话"就无法交流,没有交流则没有真正的教育。显然,"对话"就是一种教育理念,一种对人性的深刻理解，人是其核心价值。对话教育强调人的精神沟通和交流，关注人的生命质量和发展空间。促进人全面协调地发展是对话教育的内在价值和本体功能，而关注人的全面协调发展则绕不开心智培育这一话题。

作为文明的根基，心智培育强调作为人类特征的那些品质和禀赋的和谐生长。人们必须成为好人，才能成为好公民，而教育就是为了培养能够判断虚实真伪的公民（切斯特顿，2010：274）。显而易见，教育并非简单地教人看书识字，读写能力提升未必就能成为一位好公民。教育的要务在于发展人的认知和情感，要避免成为物质异化的囚徒，就必须提升智识与精神的层次，这一论点恰与乔治·艾略特所阐述的"爱心与知识是心智培育的两个基本前提"（Eliot，1984：421）有异曲同工之处。人是一个对理性问题能够给予理性回答的存在物。人的知识和道德都包含在这种循环的回答活动中。人的心智培育正是致力于培养"有能力"且"有责任"的道德主体（卡西尔，1985：6），而这两个层面皆可通过"对话教育"得以提升，其关键就在于让人在认识自然与社会相互作用的同时，结合其自身的经验，以自己的情感因素为引导，通过对话与交流来探究性地发展其思维，继而促进其内在精神生长和心智成长。

对话教育，有"话"才能对起来。对话的内容及对话的方式是有效对话教育实施的关键，也是凸显人类心智培育的重要依据。心智培育强调知识与爱心的相互作用，因而此处的对"话"必然也要体现这两者之间的和谐。对话是人类认识自己、认识世界的重要途径。对话教育能调和人的理性与感性，强调健康、全面发展的心智，侧重于人的自我探索、自我评价、自我牺牲的精神。对话教育呼吁社会重视心智培育的重要意义。毫无疑问，希拉里·曼特尔的《狼厅》是一部心智成长小说，讲述了主人翁克伦威尔从乡野草根到朝廷重臣的传奇人生，作者曼特尔对于对话教育的实践正是从阅读、交流、反思这三个层面来对话克伦威尔的自我成长经历，探索其心智培育途径，实现从心智层面构建共同体的愿景。

3.2.2 阅读——与哲文和信仰对话

对话教育以知识为基本内容，但绝不提倡纯粹的知识传递过程，而是以启发心智，培养创造力为重，强调对人的"理解力和感受力"（intelligence and sensibility）的训练与培养。这也正是《狼厅》重塑克伦威尔形象的魅力所在。故事背景设置在 16 世纪的都铎王朝，彼时英国正处于转型初期，社会和经济的变动带来了深刻的变革，物质环境和知识环境严重影响了人们的生活方式与价值观念，整个社会逐渐呈现出一个工具理性导向的共同体。此时英格兰集体记忆中的克伦威尔正以冷酷无情、奸诈狡猾的权臣形象大刀阔斧地开展宗教、政治改革，呈现其超人的治理才能和改革手腕。作为当代历史小说家,曼特尔另辟蹊径,聚焦于克氏的独特思想和内心活动。她将自身的共同体意识投射到克氏的人文思想层面,尤其关注其阅读文艺作品的兴趣与习惯。她笔下的克伦威尔爱好阅读,喜欢闲暇时拿一两本书来翻一翻,且读得又多又杂——不仅阅读法律文本、财务文本等生存必需的专业材料,也读《新约》,还喜欢读彼特拉克的书。所读内容及阅读模式从他非凡的才能当中或可窥见。

> 他能起草合同,训练猎鹰,绘制地图,阻止街斗,布置房屋,摆平陪审团。他会恰到好处地引用经典作家名言,从柏拉图到普劳图斯,然后再倒回来。他懂新诗,还可以用意大利语朗诵。(希拉里·曼特尔,2010:30)

此处克伦威尔的"博闻强识"展现无疑,字里行间也无不渗透着他的智性与体悟。他定然涉猎过诸如柏拉图、普劳图斯等大哲学家的作品或相关书籍,习得之后还能灵活应用;此外,他还懂新诗,且能用意大利语朗诵。多元能力绝非走马观花、三心两意能养成的,必然是勤学苦读、长期积累所致。心智培育的一个重要途径就是学习和继承前人积累的知识成果,在此基础上领悟到智慧,而阅读就是一种极佳的学习途径。何况对克氏而言,阅读也决不仅仅是为了获取知识,而更体现出一种精神层面的追求和享受。显然,借助长期阅读这一途径,克伦威尔与哲文及诗篇类文本进行了深度对话,"理解力和感受力"得以提升。在最高境界的艺术作品中,思想和技艺是水乳交融的(殷企平,2015:74)。这似乎也可说明,与哲文和诗篇深度对话的克伦威尔在对艺术和哲思的理解和感受方面已经达到一个高度的境界,而其心智的成熟,表现为超凡的智慧和敏锐的感知力,以及理性与感性的良好结合。在论及"诗歌的未来"时,利维斯(Leavis,1938:211-214)强调:"这个时代缺乏心智成熟的民众……现在有一定修养的读者也弃诗而去……他们失去了阅读诗歌的能力,失去了对新颖、微妙的文字符号做出反应的能力。"就这一层面而言,克伦威尔的心智与众不同,他不仅没有弃诗,更没有失去阅读诗歌的能力,他学哲读诗的行为本身就是"健康的自发的情感反应"(Leavis,1938:85),呈现出一种理想的心智状态。

此外,《圣经》或祈祷书也是有机共同体的文化符号,承载了国民的精神和信仰,代表了更深层的含义。实际上,信仰就是一种生活方式,其目的在于"加强社会秩序"。英格兰宗教的核心精神在于"爱人、慈悲、公正"等正能量(艾伦·麦克法兰,2013:303)。有了这些,有机共同体才会更加生机勃勃。就这一意义而言,宗教信仰有益于共同体精神的形成。《狼厅》中克伦威尔喜读《圣经》,常与其进行对话交流。妻子逝世后,他缓解悲痛的方式就是读《新约》。事实上,他已经将整部《新约》熟记于心，甚至能整本背诵。女儿生病期间，他坐在床边读祈祷书。克伦威尔与经书对话的实质在于其"爱人、慈悲"之心，曼特尔直接为他树起了尊崇信仰的标杆。小说中有一个细节尤其值得注意：

> 万圣节前夕……，他和丽兹都会与教区的人一起守夜。他们会为她的父亲亨利·维基斯，还有丽兹已故的前夫托马斯·威廉斯祈祷……。昨天晚上，他独自守夜。他毫无睡意地躺在床上，希望丽兹回来；他想，她会知道怎样找到我。她会循着香火和烛光，穿过两个世界的间隙来寻找红衣主教。（希拉里·曼特尔，2010：147）

万圣节作为英国最传统的节日之一，承载着深厚的价值观念。它所代表的不仅仅是祭祀亡魂、祈福平安之意，更在于那种强烈的"仪式感"和"信仰感"，是一种文化共同体的体现。克伦威尔万圣节守夜祈祷的行为正是出于对传统的尊重，对信仰的坚守。传统和信仰都是共同体文化的精神沉淀，而心智培育是构建共同体的重要途径，只有成熟的心智才能使共同体形成共同的信仰、情感、目标，从而促进共同体的构建。克伦威尔读经与祈福，对话传统和信仰，正是其心智培育的重要途径。为突显克伦威尔良好的心智状态，小说还塑造了克伦威尔的死敌诺福克公爵的"心智分裂"形象：

> 他面孔冷酷，眼神犀利，身材瘦得像被狗啃过的骨头，心肠像斧头一般冰冷。关于读书，诺福克公爵也颇有论断，他觉得《圣经》这本书对一般信徒来说毫无必要。他认为读书完全是装模作样，希望宫廷里越少人读书越好。他的外甥女安妮·博林总是在读书，也许正是因为这样，她二十八岁了还嫁不出去。（希拉里·曼特尔，2010：157）

显然，诺福克公爵这种"信仰无所谓，读书无意义"的论断正是当时社会文化共同体缺失的表征。和他这种发育不良的心智相比，克伦威尔的健康心智真是令人如沐春风。两类心智状况的对比一方面暗示了作者对"有机共同体"的态度，同时也暗含着一个重要的诉求：共同体发展中的心智培育问题应当被正视。

利维斯（Leavis，1938：1）认为英国的前工业社会是"一个体现鲜活文化的有机共同体"，其存在的原因就在于音乐、艺术、哲学等这些"共同符号"赋予人们共同的价值和意义。克伦威尔由铁匠之子成长为国王权臣的过程中，没有失去阅读的能力，没有丧失爱心、同情心，反而坚持学习、坚持阅读。这一行为看似是其个人的生活方式，实则反映了作者对"有机共同体"的理解和坚持。

3.2.3 历练——与自我人生经历对话

对话教育是求知识、获智慧的人进行的富于爱心的交流,其终极价值取向是在人与人之间建立理解、信任和爱(杨小微,2007:19),而欲达到这种状态,自我的和谐对话必不可少。人与自我成长经历之间建立有意义的、健康的相互关系更能体现对话教育的本质。事实上,这种对话自我人生经历的过程就是历练。《狼厅》中,克伦威尔所获知识和智慧正是通过与自我成长过程对话交流而获取的,他的每一次遭遇都是人生的一种历练,是知识的积累和情感的积淀。正是通过不断历练,克伦威尔与自己坎坷的人生经历之间构建了极有价值的对话关系,从而精神成长,人格完善,智慧充盈。

小时候,克伦威尔几乎未曾接受过正规教育,只是在伙房打杂的时候,从写有小麦粉或干豆子、大麦、鸭蛋等的字迹潦草的货物单上,学会了识字;后来在神父那里伺候的时候,他学会了写字。15 岁时,受到来自铁匠父亲沃尔特的棒棍教育——一顿毒打之后,克伦威尔离家流浪,踏上了漂泊的人生之路:"不是在船上,就总是在路上;后来就当了兵,之后,离开了战场,做起了生意"(希拉里·曼特尔,2010:35)。最后,经过多年的摸爬滚打,他终于凭借自身的能力和毅力,抓住机遇,挤入国王的枢密院,成为权倾一时的宠臣。实际上,在自我成长的道路上,克伦威尔接受到来自生活、来自社会的教育,从一个被嘲笑为"阴沟里出生的人"成长为对国家举足轻重的人物。他的智慧,尤其是谋生能力,有目共睹。

> 他从小就具有数字天赋,记忆力超群,对数字张口就来;他尤为擅长辩论与说服,只要他想说话,就谁也说不过他;他具有超人的识人之能,"人是关键因素"的信念促成他的事业进展顺利;他擅长于解决实际问题,有良好的判断力,对风险独具慧眼,评估案件的事实和迅速而公正地做出裁断的能力广受信任。(希拉里·曼特尔,2010:87)

对于英格兰民族共同体而言,历史人物克伦威尔的能臣形象已深入人心。曼特尔肯定了克氏在自我成长过程中积累了知识,提升了能力,同时却又更深入地探索其丰富的内心世界和思想情感,其目的就是鼓励人们调整视角,更为人性化地审视历史人物,更为理性地对待共同体文化。然而,一种能力过度发展而其他能力停滞不前,不符合文化所构想的完美(殷企平,2015:113 - 114)。如果"智慧"是克伦威尔用于解决事情的唯一标准,如果"能力"是评判克伦威尔这一人物的唯一心智能力,那么,理性游离于感性之外、理智游离于情感之外的分裂现象就不可避免。要想治疗这些分裂症,实现文化理想,构建一种全面发展的心智是必由之路。曼特尔重塑历史人物形象的文学实践正体现了这一治疗方案。克伦威尔对话自我的"人生经历",在"理解"和"感受"过程中,了解他人的认知,生成自己的情感、态度和价值观。从饱受虐待的铁匠之子到能力超群的权臣,他的"自我实现"实际上就是重塑自我的过程。通过与人生经历对话交流,他积极向上、热爱生活,他忠君爱国、有情有义。人生经历是克伦威尔对话教育的重要"话题",其心智成长一直围绕着自我的成长历程,尤其对同情心和工作热情做出了创造性、独特性的理解。

　　知识的价值在于促进人与人之间的同情和关爱。"同情"的词源含义是"共同承受",是人们认识精神世界的重要方式。在艾略特看来,"同情"表达了"同心同德""友谊""交情"等意思,只有借助"共同感受"和"爱"才能获得真实的内在认识(Eliot,1973:322)。高晓玲(2008:11)强调,"同情"侧重于主体对他人感受的认同体验,或者说主体之间的情感流通。这种同情经常显现出比冷静的理智更为强大的社会整合力量,是维系社会和谐的重要纽带。殷企平(2016)则从心智培育层面论证了"同情心"这一因素的思想意义和文化价值。不可否认,"同情"指向于"感情",是心智的核心。在对精神真理的认识活动中,它能展现出更为全面真实的内在世界。很大程度上,《狼厅》就是一部心智培育小说。克伦威尔心智成长的主要途径在于他通过自己的"善心""忠心""爱心",在与自我人生经历的对话过程中,展现了自我真实的内在感受。小说开篇不久,少年克伦威尔就被迫开始自己的漂泊生涯:为了躲避父亲的拳打脚踢,他带着满身伤痕,揣着姐夫赠送的少量钱币,准备离开故乡。尽管前路艰辛,前途渺茫,他也没有自暴自弃:"我可能去当兵,也可以到船上帮工。"(希拉里·曼特尔,2010:10)他的人生目标从未丧失,他一直努力学习,积极赚钱,认真生活。尽管生存环境相当恶劣,他也没有长出一颗"发育不良的心"(Forster,1996:3)。流浪途中,看到老人搬运行李遇到困难,他热心帮忙。稍微挣到一点钱,他就开始资助两位年轻的学生,直到他们念完剑桥大学。就连看到政敌托马斯·莫尔虐待妻子,他都会"感到心底里有什么东西在涌动,他知道那是同情"(希拉里·曼特尔,2010:227)。不仅如此,他还同情弱者,救济穷人,把自己得到的肉无偿分发给那些挨饿的人(希拉里·曼特尔,2010:306),希望小厨工们都能有温暖体面的衣服穿(希拉里·曼特尔,2010:312)。对待别人,他尚且能释放自己的善意,对待亦父亦师的老主人沃尔西,他更是捧上了一颗"知恩图报"的忠心。在与"沃尔西事件"对话中,他的心智成长得既温情又坚强。在老主人被国王厌弃之后,他无惧牵连,东奔西走,出谋划策,期望他能东山再起;当老主人病倒后,他又事无巨细,亲力亲为,尽全力改善他的生活;即使沃尔西死了,他依然不离不弃,一边继承遗志,献身家国,一边又设法为其报仇。克伦威尔俨然是"最忠诚、最可信、最可靠的人"(希拉里·曼特尔,2010:211)。他对沃尔西的情义连死敌诺福克公爵都感叹:"在英格兰,再也没有谁能像你一样,肯为一个已经失势和垮台的人这么竭尽全力。"(希拉里·曼特尔,2010:233)对待家人,克伦威尔心智的成熟表现为强烈的责任心及浓烈的深情爱意。他与妻子丽兹的结合,起初并非基于感情,而是为了互惠互利:丽兹想要孩子,而他想要一位在城里有不少关系且能继承一笔钱的妻子。于是,他们结婚了,并且变得"花时间设身处地为彼此着想"(希拉里·曼特尔,2010:41)。夫妻间沟通交流增多,感情渐浓。丽兹死后,他思念成疾,终生未再娶。成熟的心智是确保人与人之间良好沟通的根本。克伦威尔最终的心智成熟,传递了一种共同体生活的可能。除了妻子,他还把更多的感情投注于儿子格里高利。儿子一出生,他就对着摇篮表白:"我对你一定会和蔼慈爱,绝不会像我父亲对我那样。"(希拉里·曼特尔,2010:41)之后,他用心培育儿子,为儿子安排各种优秀导师,试图把他培养成绅士。比较父子俩的双手,不难看出这是一位有责任心和爱心的父亲:克伦威尔的双手布满老茧,掌心里还藏有划伤和烫伤的疤痕,而格里高利的手则是没有劳作过的白皙的大手。实际上,只要有危险,克伦威尔就不让家里的任何人陪伴。他的家庭与伦敦所有的家庭一样正统,一样虔诚(希拉里·曼特尔,2010:97)。人类中有一种源于天伦的亲情,亲情超越了血缘,扩展到了整个共同体(王智敏,2019:78)。克伦威尔的善心、忠心、爱心等情感的传递展现出他那更为全面和真实的内在世界。在自我成长过程中,他非凡的能力伴着这些感情,完善了他的心智,逐步实现有机共同体的文化理想。

除了"同情","对劳动的热爱"也是共同体要素特征,因为劳动是共同体产生凝聚力的核心(王智敏,2019:78)。在诸多解读《狼厅》的研究成果中,克伦威尔的"能臣""奸臣"形象论及较多,"忠臣"和"善人"形象也有略有探讨,唯有其作为"劳动者"的形象几乎未有提及。实际上,在自我成长道路上,他那"勤劳"的"工作狂"形象被大大忽视了。殷企平(2016:10)认为,有了"工作福音"观或"对工作的共同兴趣",共同体的根基才有保证。换言之,没有对劳动的热爱之情,共同体是不完整的。而缺乏对克伦威尔"工作态度"和"工作热情"的关注,对其心智培育的分析也是不全面的。《狼厅》中,克伦威尔"肯干""能干""埋头苦干"等"劳动者"特征尤其明显,是整个故事发展的主脉络,既表明其自我成长之路的艰辛,也说明其心智成长的不易。可以说,克伦威尔的自我实现是一步一步"干"出来的。一踏上漂泊之路,他便开始省吃俭用,并沿路找活干:为了让人捎带一程,他帮人装车;在码头上帮工之余,他学会玩三张牌的游戏,还摆了一个赌局挣钱。效力于沃尔西之后,他的工作热情更显高涨:

他从一大早就在赶路,而且在这两周的大部分时间里,一直在马不停蹄地处理红衣主教的事务,现在才一站一站地——从约克郡回到这儿。他去格雷教堂见过他的职员,借了件衬衫换上。他往东去过城里,去听一听哪些船到了,看看他在等待的那批没有记账的托运货物到了什么地方。可他还没有吃饭,也没有回过家。(希拉里·曼特尔,2010:17)

无论是迫于生计,还是出于报恩,克伦威尔忙碌的形象跃然纸上,字里行间隐隐透出的自信和激情投射出他对工作的热爱和崇拜,足以引导共同体成员产生情感共鸣。即便功成名就,他仍以狂热的状态投身工作。当共同体扎根于人们对工作的共同兴趣时,人们就对共同体作出了最有价值的贡献(White,2013:178)。曼特尔重构的"工作狂人"克伦威尔一路成长,一路艰辛,他的自我实现正是对这一"共同体之根"的积极回应。教育的全部意义在于传授抽象、永恒的准则,使受教育者能够以此判断虚实真伪。对于克伦威尔而言,与自我人生经历对话的重要意义在于拓宽视野,开阔心胸,培养自己独立判断和批判思考的能力,提升自我的智识和精神。从这个角度而言,对话教育常伴随着对健康心智的呼唤。

3.2.4 反思——与自我意识对话

对话教育是一种人与人之间相互理解的过程,也是人的自我理解过程。在当下心智培育紧迫性越来越强的时代,对话应超越简单的技术层面,进入情感的深层次交流,因而更需要一个自省的过程。自我对话,实质上就是反思型对话,是对自身存在和外部世界的反思。只有反思型的对话才能真正体现对话教育的深刻内涵。《狼厅》中克伦威尔的自我对话更多是以内心独白的方式表达其无意识的心理活动,是克氏根据自身的知识、经验、观点等进行自我审视和探究的过程,其基本前提是内心的矛盾、困惑和不安。自我对话促使克伦威尔去思考、去感悟、去探究,进而调整知识结构和思维方式,最终不安和困惑得以缓解,内心世界逐渐趋于和谐。当然,自我对话、自我怀疑绝不是自我封闭、自我冥想,而是在传递一种共同体情怀:自我对话并非断绝了与他人的交往和沟通,而是为了更好地与社会对话。克伦威尔不断地进行自我怀疑,自我剖析,正是对自我的心智进行培育的过程,毕竟"智识"从本质而言就是一种"带着疑问、会思考"的心智成长(切斯特顿,2010:88)。克伦威尔的心智培育必然会涉及个人独思、反思的场景,尤其是从自我亲身经历中吸取灵感和启迪的场景。

事实上,曼特尔有意将克伦威尔塑造成一个外表冷静而内心反复、自我意识和自我怀疑并存的莎士比亚式人物,恰如忧郁王子哈姆雷特,总是自我内省、自我质疑,意在缓解矛盾,自我提升。孩提时代的曼特尔很喜欢莎士比亚,常去剧院观看《皆大欢喜》《李尔王》等戏剧。也许正是这些作品引导她把人物设置成整体勇敢而坚定,但时有"怀疑""犹豫"等"自觉意识"的复杂性格。《狼厅》中,处于自我对话状态中的克伦威尔显出"迷茫、发呆、自言自语、自我思考"等典型自省特征,在其陷入矛盾或者困惑时,这些特征尤为明显。克伦威尔发愁儿子高额教育账单时的状态便是明例:

> 他坐在桌旁……他端详着手掌上的一道疤痕……他想起了帕特尼,想起了沃尔特……他记得曾经拽着那孩子的头发,把他的头按进一桶水里,捂了好一会儿。他想,我真的干过这种事吗? 真不明白是为什么。红衣主教也许说得没错,我真是罪不可恕。(希拉里·曼特尔,2010:127)

实际上,《狼厅》小说开篇就呈现了一幅儿童遭受家暴的血腥画面:在老家帕特尼,父亲沃尔特正对年幼的克伦威尔拳打脚踢,弄得他头破血流。彼时,作者并未交代父亲毒打儿子的真实原因,只简短提到克伦威尔被揍得半死不活后,隐约想起自己好像在哪里打过一架,还有过一把刀,但不知捅在谁的身上。此时,再把他坐在桌旁自我反思的状态与之前挨揍的情节联系起来,不难看出他定是打架伤了人或者弄死了人,才被父亲往死里整。如今的反思和质疑传达了两个层面的含义,一是他理解了父亲教训他的苦心,二是他意识到自己曾经犯了错,甚至有可能犯了罪。通过现在我与过去我的对话,克伦威尔的困惑得到澄清,内心得到安宁,心智得以完善。小说中,类似的自我反思画面比比皆是。有一次在追忆时,克伦威尔想起多佛的一个女人:

> 想起她那纤小的、几乎一捏就碎的骨头,还有那张年轻而忧郁、苍白的面孔。他突然感到一阵恐慌,一阵迷惘;万一红衣主教的玩笑并非玩笑,万一地球上到处都有他的孩子,而他从来没有善待过他们呢? 唯一可做的实实在在的事情就是:照顾好你的孩子。(希拉里·曼特尔,2010:140)

克伦威尔流浪打拼多年,经历过不少女人,就连他的恩师红衣主教也认为,除了家里的儿子格里高利,他还有可能制造了一大群连他自己也不知道的捣蛋鬼,正在泰晤士河岸上玩耍呢。对于是否有私生子流落在外的问题,克伦威尔并不确定,但纠结和担忧总是有的。在自我不断地感悟体验过程中,现实我与想象我不断交锋,他的伦理意识得以提升:"生而不养"实为不道德。对于自己的人生经历、处事方式,克伦威尔这样理解:

> 他知道为自己辩护毫无用处……明智的做法是把过去隐瞒起来,哪怕没有什么可以隐瞒。一个人的力量就在于半明半暗,在于他若隐若现的手势和令人费解的表情。人们害怕的就是缺乏事实:你打开一条缝隙,他们便把自己的恐惧、幻想、欲望全部倒了进去。(希拉里·曼特尔,2010:349)

他的这种自我观照、自我剖析实际上是其内心世界对外在世界的真实感受,是在反复思考自我的命运和人性的走向。小说中,读者能够随着克伦威尔的追忆和反思领略他危机四伏的生存处境:陪伴喜怒无常的君王,对抗虎视眈眈的贵族,稍有不慎,便会陷入万劫不复之地。对于历经千难万险才步步崛起的克伦威尔来说,他所做的一切仅仅是为了"找到一种更容易的生活方式"(热拉尔·热奈特,1990:39)。在这个"人对人是狼"的世界里,他只能伸出冷酷无情的利爪来保护自己。他在逆境中自我成长,对人性的理解也更为深刻。作者曼特尔通过想象构建了克伦威尔频繁的内心活动、丰富的自我对话细节,或许正契合了集体记忆中的克伦威尔形象的缘由:他呈现在公众面前的形象是他想让人们知道的,而非他的全部生活和真实自我。克伦威尔对自己生存方式或者人生意义的反思表明,没有明确的态度,就没有明确的目标,而"没有共同目标,就没有强烈的情感共鸣……人们就很难形成可以辨别的、对共同体的认同感"(White,2013:175)。

心智培育强调人全面和谐地发展,尤其指自我怀疑、自我约束和自我精神的培育(殷企平,2015:75)。这一主张表明了人在心智培育过程中的自我探索和自我评价的重要意义。对于克伦威尔而言,对是非对错判断的小心翼翼、犹豫不决是其心智培育的关键。"自我怀疑、自我反思"的内心独白和思想活动体现了其内在的良心对于善恶、对错的交战和挣扎。这种"良心"是一种文化潜能,是克伦威尔的"心智之根"。正是通过这种"天人交战"的良心的一再折磨,在这样的自我对话交流中,克伦威尔实现了自我锻造、自我发展、自我扩展,从而呈现了从一个乡野草根到荣耀之巅的传奇。

教育对个体心智成熟的发展具有不可替代的作用。曼特尔弥补克伦威尔正规教育缺失的方式就是通过想象的方式构建了他自我教育的过程,尤其强调对话教育在其心智培育方面的意义。通过与文本对话,与人生经历对话,与自我对话,克伦威尔最终成长为一个全面协调发展的人。纵观克伦威尔的人生经历和性格发展,不难看出,曼特尔力图刻画出其性格中善与恶、雄心与野性、冷酷无情与多愁善感的交锋与对决。对战的结果是双方趋于平衡,于是造就了更人性化、立体化的克伦威尔。对待对手敌人,他阴险狡诈,不择手段;对待亲朋好友,他慷慨大方,细心周到;对于小人,他表示不屑与愤懑;对待穷人,他给予同情与帮助。这种有思想、有勇气的克伦威尔形象似乎更富有人情味,使小说情节显得更真实,更令人信服。双面性格的抗衡同时也说明,克伦威尔"忠""善""温情"等正面素质并没有被当时社会"阴暗""暴力""腐朽"的负面素质压制和覆盖。在正面性格与反面性格、善与恶、忠与奸的斗争中,作者想表达的正是对人的健康心智的向往,对社会完美状态的追求。显然,曼特尔并不反对英国民族共同体集体记忆中的克伦威尔"奸恶"形象,她只是借助更多想象的细节,让笔下的克伦威尔更丰满、更鲜活,其核心充满了一种辩证思维的审慎与稳妥。她笔下温情的克伦威尔形象回应了科技高速发展时代人们内心的焦虑与渴望,强调了共同体发展过程中人的"完整心智"的重要意义。

文学通过全方位展示人类生活,展示生活的本质和扩展同情心,能更全面地揭示人生真谛。曼特尔的文学作品则通过全方位刻画克伦威尔的生活和内心世界,展示他自我对话的本质和内涵,探索和谐途径,提倡健康心智,从而表明从心智层面建设共同体的重要意义。曼特尔所构建的"共同体"中,心智趋于成熟的克伦威尔形象是对集体记忆的传承和发扬,更契合人性和人生意义的考量,因而更符合当代英国人的共同价值观。可见,通过对话教育培育了拥有成熟心智的历史人物形象就是曼特尔对"共同体"的想象,其文化意义在于它既挑战了传统共同体对包括物质、智性、精神在内的整体生活方式的忽视,也深化了如何应对文化危机的思考。

3.3 宿命中的风骨:"三部曲"中克伦威尔的 伦理身份和伦理选择

长久以来,"克伦威尔三部曲"因其中的克伦威尔形象与历史人物克伦威尔大相径庭而引发热议。笔者认为,曼特尔"三部曲"的主要魅力在于其对克伦威尔多重伦理身份的塑造。通过深入剖析其从出身卑微的平民身份,发展到亨利八世显赫大臣的身份,以及最终沦为阶下囚的身份转变过程,探讨由其伦理身份引发的一系列伦理选择,塑造克伦威尔在宿命面前仍认真生活的伦理形象,从而探索作者"人生和世界有无限可能"的伦理思想。

希拉里·曼特尔是"当代文学中最具创造力和趣味性的作家之一"(Pollard & Carpenter, 2020: viiii)。2020 年随着《镜与光》的出版,"三部曲"终于落下帷幕,托马斯·克伦威尔的人生也画上了句点。作为历史小说女王,曼特尔不循常路,选择英国史书和小说中面目可憎的权臣克伦威尔为研究对象,摒弃其刻板的历史形象，重构其从卑微到荣宠再到毁灭的传奇一生，以边缘人物的视角全面展现历史的更多可能性。文学是特定历史阶段伦理观念和道德生活的独特表达形式，在本质上文学是伦理的艺术（聂珍钊，2014：14）。因而，要想深入解读文学作品中历史人物的传奇人生，对其人性作出客观公正的判断和评价，我们就有必要从伦理视角切入，立足于相关事件发生的伦理立场，对小说人物所处的伦理环境及伦理关系作出梳理和辨析。在"三部曲"中，曼特尔以想象的力量展现了克伦威尔每一侧棱角：他是出身卑微的铁匠之子，没有家族势力，没有背景靠山，仅靠自己双手打拼挣来一片天地，逐渐位极人臣、权势滔天，在英国都铎王朝一系列政治和宗教改革上扮演了重要的角色。他殚精竭虑，小心谨慎，最后还是败给了那些高门巨族而沦为阶下囚，最终被送上断头台。克伦威尔跌宕起伏的人生就像一个谜：他为何能冲破社会阶层，翻转人生，依照自己的价值观来实现自己的理想？他为了自己的坚持又得付出何种代价呢？这些问题的答案绕不开克伦威尔的多重伦理身份及其所作出的伦理选择。

3.3.1 克伦威尔多重伦理身份

"身份是人独有的特征，因此人的身份就是伦理身份"（聂珍钊，2014：264）。在文学文本中，所有伦理问题的产生往往都与伦理身份相关。人物的伦理身份在推动故事情节发展方面可以发挥重要作用。在"三部曲"中，曼特尔通过对克伦威尔这一历史上真实存在但却时常被边缘化或者妖魔化的人物形象的重塑，探讨了权力、道德、宗教等主题（周冠琼，2020：89），同时也从多个角度呈现了克伦威尔的伦理身份，展现了都铎王朝时期错综复杂、形态各异的家庭伦理关系和社会伦理关系。克伦威尔拥有多重伦理身份：若以血亲为基础论，他是一个贫穷的铁匠之子，一个被迫离家的游子；若以从事的职业为基础论，他是国王的权臣，是深谋远虑的政治家，也是走投无路的丧家之犬；若以道德规范为基础论，他既是满心算计的奸臣，双手沾满鲜血的刽子手，也是有情有义的奴仆，尽心尽责的忠臣。在看待一个人的任何行为之前，都应该首先从他的伦理身份出发。要想深入理解克伦威尔的伦理选择，必先厘清他的多重伦理身份。

1）克伦威尔出身卑微的平民身份

"三部曲"首部作品《狼厅》开篇就设置了一个独特的家庭伦理场景——15 岁的少年克伦威尔正遭受着家暴，被打得遍体鳞伤，奄奄一息。施暴者正是他的父亲——一个穷困潦倒的铁匠。他脾气暴躁，易怒无情，还爱喝酒。对于儿子用刀子捅人这件事的处理方式便是简单粗暴的"拳打脚踢"。他不懂什么大道理，没有后台可以依靠，没有金钱可以消灾，唯有通过"棒棍教训"亮明自己的态度，表达了身为人父的责任与不安。实际上,"铁匠之子"的出身就已经意味着克伦威尔卑微的伦理身份和艰辛的伦理成长环境。他一直生活在伦敦南部乡下的帕特尼,母亲早亡,父亲忙于打铁来养家糊口,而他大部分时间都在泰晤士河边与人打架斗殴。教育是实现伦理秩序的重要形式和途径(康敏,2019:185)。正是通过教育,个体才得以成为能负责任的公民,社会才能维持其伦理秩序和持续进步。对于克伦威尔而言,他最缺乏的就是"教育"。他从未曾接受过正式的教育,只是在伙房打杂的时候,在写有小麦粉或干豆子、大麦、鸭蛋等货物的清单上认识了几个字,后来在神父那里伺候的时候学会了写几个字。缺乏人伦道德的教育,人和动物没有什么区别。乡下穷小子克伦威尔与人玩耍,一言不合就拔出刀子捅人,被酒鬼父亲暴揍一顿后,离家谋生。此时,他一无所有,为了讨生活,先后当过雇佣兵、会计师、商人、律师等,吃过很多苦,受过很多罪。尽管后来他爬到红衣主教身边成为他的亲信,攀上国王成为红极一时的权臣,但"帕特尼小子""阴沟里出来的人""无名小卒"等称呼还是成为如诺福克公爵这样的政敌们攻击他的卑微出身的武器。

2)克伦威尔意气风发的能臣身份

曼特尔在接受 BBC 采访时曾说到,"他是铁匠的儿子,但最终成为艾克赛斯伯爵,他是如何做到的?这是我写这本书的动机"(转引自张桃桃,2018:106)。曼特尔的创作动机就是重新塑造一个有胆识、有谋略、忠君爱国的克伦威尔形象。实际上,无论是英国民族集体记忆中的克伦威尔,还是曼特尔笔下的克伦威尔,意气风发的能臣身份都是其"共同点"。历史上,克伦威尔是国王亨利八世的首席国务大臣。他虽出生于平民之家,却先当选为议会议员,后进入枢密院,历任财政大臣、掌玺大臣、首席国务大臣,获封艾萨克斯伯爵,并最终成为亨利八世身边第一权臣。英国的史书、传记、文学等历史文化载体常将其塑造成"冷酷无情阴谋家的形象",但也都不否认他那卓绝的政治才能,界定其为"英国近代社会转型时期杰出的政治家、思想家、改革家"。这一点与曼特尔作品中克伦威尔的伦理身份高度一致:虽以"狼性"面貌示人,却聪明、能干、肯干。虽出身于底层,但"他始终不屈服于命运,凭借坚强的意志和过人的智慧,追寻到了自己作为独立主体的存在价值,也谋求到了个体在国家和民族发展中的重要历史地位"(周冠琼,2022:103)。他逆天改命,将"底层出身"的劣势转化为优势,吃苦耐劳,磨炼成长,从而步步为营,先获得红衣主教沃尔西的支持,然后以其为跳板攀爬到国王身边,成为他的心腹近臣,"有权调查任何政府部门或王室内府,帮国王摆脱旧妻,物色新妻。他的日子漫长而辛苦,经常要起草法律和安抚大使"(希拉里·曼特尔,2022:13-14)。辅佐亨利八世十多年,克伦威尔推行宗教改革,与罗马教廷决裂,建立起国家的外部主权,同时解散修道院,并进行政治改革,大大提高了乡绅和新兴资产阶级的经济实力和政治地位,为英国向近代国家过渡打下了良好的基础。他知识渊博,能力高超，富有心计，明辨时局，心智成熟，忍辱负重，依靠自己的聪明才智解决了英国内外经济、政治、外交、宗教等复杂棘手的问题。从出身卑微的平民转型为意气风发的能臣，"逆境成才"的克伦威尔从伦理的角度阐释了曼特尔的创作思想。

3）克伦威尔没有归路的弃子身份

"三部曲"的终篇《镜与光》呈现的是克伦威尔最后四年的岁月。在《提堂》的故事结尾处，即1536年5月，安妮·博林以"通奸叛国"罪被推上断头台斩首，随着她的遗骨被国王逐渐忘却，克伦威尔的权力和财富也在不断攀升，并如愿受封为埃塞克斯伯爵，成为国王身边的第一权臣。然而，花无百日红，克伦威尔从棋子到弃子的身份早就注定。实际上，查理五世皇帝大使尤斯塔西·查普伊斯（Eustache Chapuys）一早就预言了克伦威尔悲惨的下场：

> 如果这桩新的婚姻不能持久，那你还有什么？你的确受到亨利的宠信。但如果失宠呢？你知道红衣主教的命运。他作为神职人员的高贵地位都救不了他。就算他没有死在前往伦敦的途中，亨利也会要他的脑袋和红衣主教的一切。没有人保护你……你没有三亲六戚，背后没有大家族的支持。因为说到底，你是一个铁匠之子。你的身家性命取决于亨利心脏的下一次跳动，你的未来取决于他的喜或者怒。（希拉里·曼特尔，2022:49）

显然，查普伊斯对克伦威尔、国王及当下局势都非常了解，他直面问题，一针见血地指出克伦威尔面临的伦理困局：纵使他具有远见卓识和非凡才干，纵使他对国王忠心耿耿、呕心沥血，但他毕竟没有高贵的血统和盘根错节的大家族势力的加持，永远撕不掉自己身上"铁匠之子"的卑微标签。他现有的一切源于国王，也随时可能归于亨利。红衣主教沃尔西和托马斯·莫尔的凄凉命运就是他的前车之鉴。果然，决定克伦威尔命运的导火索已经燃烧起来。第三任王后简·西摩难产死后，亨利国王听从了克伦威尔的建议迎娶了神圣罗马帝国的克里维斯的安妮。因其长相丑陋，国王极度不满，却不能悔婚，就把这笔账算在克伦威尔身上。实际上，这位新王后的到来预示着克伦威尔弃子身份的开始，加速了他的垮台。最终因为亨利八世厌弃，克伦威尔被政敌抓住借口处死。

克伦威尔和亨利八世的关系是"三部曲"的核心，也是克伦威尔沦为弃子的关键因素。表面上看，克伦威尔和亨利八世相互依赖、相互信任，克伦威尔一直努力成为国王的心腹宠臣，而国王也对他信赖有加，但实际上双方之间相互利用，嫌隙一直存在。一是在克伦威尔的出身上双方存有矛盾。克伦威尔铁匠之子的身份令亨利极度鄙视，连他自己都承认说："克伦，我可能时不时地责备你。可能贬低你，甚至可能言语粗暴。"（希拉里·曼特尔，2022:473）而面对自大的国王，克伦威尔的怨气一直在上升,甚至和朋友都抱怨过自己的无奈。二是在沃尔西的事情上双方存有隔阂。沃尔西因亨利八世而死,克伦威尔要为其复仇,他报复了沃尔西的许多敌人,包括托马斯·莫尔,但他却无法去摧毁国王。同时,亨利八世也一直觉得克伦威尔在沃尔西的事情上对他是记仇的,这也成为两人之间的定时炸弹之一。三是在迎娶第四位王后的事情上,亨利八世对克伦威尔开始厌弃。就这样,游走于宫廷的克伦威尔深陷狼穴,一招失误,失去了国王的信任和庇护,沦为弃子,被送入伦敦塔后再无归路。

3.3.2 多重伦理身份引发的一系列伦理选择

文学伦理学批评的任务,就是站在历史发展的高度,用伦理的观点去解读、分析文学(聂珍钊,2014:14)。在以往的历史书和文学作品当中,包括一些艺术创作中,克伦威尔都是一个冷酷无情的奸臣形象,但当代英国女性小说家曼特尔对历史和人性有自己独特的看法。在"三部曲"中,她更多关注克伦威尔的内心活动、情感经历及想象力,试图展现一个无限丰富的历史人物形象。文学伦理学批评按照历史分析先行、话语主导分析阐释、道德教诲功能价值结论的理路开展实际批评(屈冬,2024:96)。因而,对"三部曲"的文学伦理学批评首先要回归历史的伦理环境和伦理语境,运用伦理身份、伦理困境、伦理选择等话语,分析主人翁克伦威尔面临的种种伦理道德问题,以及将各种伦理道德问题串联起来的行为与思考,并从中总结作者的伦理创作思想。克伦威尔究竟是如何从一个卑微的铁匠之子摇身变成有权有势的"新贵"的?进入亨利八世的宫廷,犹如深陷"狼窝",在"人对人是狼"的环境中,他又是如何保全自己的?若要理解克伦威尔所思所想、所作所为,必须返回当时的伦理现场,站在其本人的立场上审视他的动机。只有这样,才能从伦理道德层面对其作出公正合理的判断。

1)"离家历练"和"自我教育"改变伦理身份

就生活而言,人从出生到死去的整个生命过程就是一个伦理选择(ethical selection)过程(聂珍钊,2022:17)。就克伦威尔而言,选择"离家历练"是练成"艾赛克斯公爵克伦威尔"的第一步,也是他总体人生观、价值观和世界观形成的重要一环。没有"离家历练",也许就没有"能臣"克伦威尔,甚至会影响英国历史的发展。"铁匠之子"是克伦威尔与生俱来的伦理身份,是他在社会中存在的伦理标识。伦理要求身份与道德行为相符合,即身份与行为在道德规范上相一致(聂珍钊,2014:265)。克伦威尔对自己卑微的伦理身份的意识不够清晰,在玩耍时无意间用刀子捅伤了人,未能遵从与其身份相符合的伦理规范,导致自己陷入伦理失序的人生状态。于是,就出现了《狼厅》开头的那一幕:少年克伦威尔正在遭受铁匠父亲的拳打脚踢。克伦威尔的所作所为与自己卑微的伦理身份相冲突,导致父子之间本就紧张的关系加速恶化,从而招来父亲的一顿毒打,其伦理困境也就由此而产生。人同兽区别开来的本质特质是人的理性,而理性的核心是伦理意识(聂珍钊,2014:12-22)。如果说克伦威尔未能对自己卑微的"铁匠之子"这一伦理身份应该具备的伦理行为持有清晰的认知而使自身陷入伦理困境,那么其父沃尔特施行的"棒棍教育"和姐姐凯特的"抱怨和认命"则唤醒了他的身份意识,他此时才开始真正面对自己的出身问题,并且有志于改变生活状态。于是,他选择离开自己的故乡帕特尼,离开脾气暴躁的父亲和性格懦弱的姐姐,去寻找生活的意义和自身价值,去探索改变自我卑微伦理身份的"良方",而"吃苦历练"正是他此生应当遵守的伦理规范。从父亲冷硬的靴子底下逃生后,克伦威尔跨过海峡,在欧洲多国漂泊。他偷过,骗过,乞讨过,当过雇佣兵、听差、厨工、会计师、商人、律师,学会了多种外语,积聚了非凡的商业智慧和权谋之术。吃得苦中苦,方为人上人。在历练过程中的自我教育实际上是艰难困苦和进取精神的结合,而正是这样的结合令他得以在这个世界上获得成功。克伦威尔选择只身来到陌生的"社会"中吃苦历练,在自我教育的过程中努力改变自身卑微的伦理身份。自我成长中的克伦威尔面临着一个充满竞争和计算的交往群体,它依靠利益关系来维系,充满风险甚至陷阱,他必须处处提防着、算计着,用充满实用理性和利己主义的操作伦理代替传统的自然情感。

2)"实用理性"和"自然情感"驱动"狼性"与"人性"交织

社会是一个充满利益相关性的领域,其所运用的理性是技术理性或者实用理性,其目的是获得外在之善,包括政治荣誉、社会名声和生活资料(晏辉,2020:135)。克伦威尔在红衣主教沃尔西失势后逐渐靠近国王,凭借自己的各项能力,先后获得"财政大臣、掌玺大臣、首席国务大臣、秘书官"等身份,政治地位、权力、财力也节节攀升。伦理总体上具有竞争性和合作性两种性质,两者之间不是独立存在的,而是各有侧重。前者多存在于以血缘、地缘、友缘、业缘等为情感基础的生活群体中,适用于以情的逻辑为情感基础的交往关系;后者则多存在于以功利主义和消费主义为基本法则的市场社会中,适用于利己的、功利的、计算的伦理范型(晏辉,2020:136)。一直以来,在政治伦理层面,克伦威尔奉行的是实用主义和利己主义的操作伦理范型,而在私人伦理层面,他则坚持以自然情感为基础的伦理文化。"实用理性"和"自然情感"驱动下造就了克伦威尔"狼性"与"人性"交织的性格表现。

伦理选择是在价值判断基础上施行的。克伦威尔以卑微的"铁匠之子"的伦理身份只身闯入亨利八世的权力核心,面临巨大的生存挑战。这里没有亲情、乡情、友情,只有利益和竞争,若想争取到政治权力、社会地位和生活财富,只有选择将实用理性应用于这个功利群体。实际上,游走于宫廷的克伦威尔此时犹如深陷狼穴:他效忠的是英国历史上以反复无常而著称的亨利八世,周围是虎视眈眈的贵族重臣。对于曾被人踩在脚下但顽强活下来并一步步崛起的克伦威尔来说,生存,令自己得以保全,几乎是本能。于是克伦威尔作出了理性的选择:在这个弱肉强食的世界,"人对人是狼",只有"狼性"才能保护自我,得以生存。他一方面算计和利用亨利国王,依靠国王的信赖步步攀爬,另一方面,他又以"打压和结盟"相结合的手段对付政敌,排除异己。克伦威尔具有超强的伦理智慧。他深知,纵使自己具有远见卓识和非凡才干,但由于没有高贵血统和盘根错节的大家族势力的加持,很难撕掉"铁匠之子"的身份标签。他也很清楚,自己的一切都源于亨利,也随时可能归于亨利。因此,他一直虔诚地效忠于国王,按照国王的意志行事。红衣主教沃尔西倒台后,克伦威尔代替他站到国王身边,找到让国王迎娶新妻、处置旧妻之法,他又设法将安妮·博林整垮台;后来又着手进行宗教和政治改革,帮助国王夺取英格兰的修道院,对抗罗马教廷;他站在国王身边,揣摩圣意,处理各种人和事;作为能臣,他对于何时该奉承、真诚、威胁、撒谎了如指掌。凭借自己的才能,他成为了国王身边最重要的人。效忠于红衣主教时,克伦威尔时常"在乡下跑来跑去四处树敌"(希拉里·曼特尔,2010:149);效忠于国王时,那些满腔嫉恨的贵族重臣又对他不怀善意。在如此复杂的伦理环境、多重伦理身份和尖锐的伦理冲突中,克伦威尔作出了正确的价值判断和取舍,合理地进行伦理选择。他通过玩弄政治手段,包括收集证据和造谣诽谤,成功使伯克家的要员卷入政治丑闻和法律纠纷。这一举动既削弱了保守派的势力,也巩固了克伦威尔自己的地位。对于沃尔西的宿敌托马斯·莫尔,他也毫不手软,亲自安排了逮捕、审判和处决。在利己与利他之间,利他通常是达到利己之目的的手段与方式。克伦威尔为了实现自己的目标,还选择与沃尔西的敌人诺福克公爵及其侄女安妮·博林结盟,助力安妮爬上王后宝座。当双方利益冲突时,他又毫不犹豫地严刑逼供,挖出安妮王后背叛婚姻的证据,将其送上断头台。

对于自己的家庭伦理共同体,克伦威尔则主要选择忠心、关爱、给予来代替功利和算计的伦理范型。人作为个体的存在,等同于一个完整的斯芬克斯因子,因而身上同时存在人性因子和兽性因子。这两种因子结合在一起,才能构成完整的人格(聂珍钊,2011:10)。在政治伦理共同体中,克伦威尔选择"利己主义",选择功利和算计,任凭自由意志去驱动自己的权力欲望,直接或间接地参与过编造、构陷、杀人等恶行。"小人""奸佞"等称呼就是人们对他作恶的评价。在家庭伦理共同体中,克伦威尔的理性意志就是他的强烈的伦理自觉,他不仅扛起自己的伦理责任,还用善良、温柔、慈爱来浇灌自己的精神家园。在老主人沃尔西面临生死危机时,他全心全意为其奔走,寻求生路;他深爱妻子丽兹,她意外去世后,他悲痛不已,成了一个"谁也安慰不了的孩子"(希拉里·曼特尔,2010:128),他选择放弃再婚,用心照料自己的三个孩子;他对儿子格里高利倾注了全部的父爱,想把他培养成一个绅士;姐姐凯特的两个孩子也跟在他身边,受他照拂和培养,健康成长;他还收养了与自己没有血缘关系的雷夫·赛德勒和克里斯托弗,视他们如己出,用心栽培,而他们也不负所望,在克伦威尔垮台时仍忠心于他。在家庭共同体中,成员之间不需要借助法律和契约,而是通过情感上的默契约定来履行自己的道德责任。这种基于自然情感的伦理共同体,以其互助互爱和相互依靠的特质,保留了最本真的元素。它为克伦威尔提供了最大的心理安全感和精神归宿,几乎他所有的生活信念和快乐都深深植根于这一共同体中。

伦理选择主要是一个理性的过程,但在选择的过程中,主体的知、情、意是融为一体的,情感、意志等非理性因素总是参与其间并在伦理选择中发挥作用。虽然克伦威尔奉行实用主义哲学,但他的善心、同情心等非理性因素也时常影响他的行为。在那个弱肉强食的世界里,克伦威尔依然保持了心底的善良。离家历练途中,看到老人独自艰难地搬运笨重的行李,他便上前主动帮忙;等自己稍微挣到一点儿钱,他就马上资助两位年轻的学生,直到他们从剑桥大学毕业;就连看到政敌托马斯·莫尔虐待侮辱自己的妻子爱丽丝,他都会"感到心底里有什么东西在涌动,他知道那是同情"(希拉里·曼特尔,2010:227)。他希望穷人们都能有温暖体面的衣服穿,还把自己得到的食物无偿分发给那些挨饿的人。

在理解历史人物的伦理选择时,需要充分考虑其个人动机、时代背景以及道德标准的相对性。评价克伦威尔的伦理选择,不能脱离他所处的历史背景。16世纪的英国正处于宗教改革动荡期,政治权力与宗教权威的激烈争夺导致了道德标准的混乱。克伦威尔身处其中,其行为在很大程度上是时代的产物,他的"实用主义思想"可能在当时被视为必要的生存法则,为此,他在政治斗争中狡猾善变、冷酷残忍,对那些反对势力予以无情严厉的打击,但即便是在"人对人是狼"的世界里,他依然呈现出个人的自然情感和伦理道德品质:忠于恩师、爱护家人、同情弱小,这样的克伦威尔颠覆了以往文学作品中那个奸诈冷血的阴谋家形象,变得立体丰满,不乏温情。

3) 在"镜与光"的伦理关系中,选择反思自我存在的意义

伦理学家玛莎·努斯鲍姆(Martha Nussbaum)指出,文学文本的优势在于其中的感性成分,透过它能够更好地了解"各式的爱与人类的幸福生活、渴望与普遍社会关注之间的缠结的关系"(Nussbaum, 1990:4)。显然,努斯鲍姆把文学文本看作考察伦理议题的绝佳场域,而感性成分则是文学文本中伦理考察的绝佳视角。历史人物克伦威尔的结局早已注定,但"三部曲"中的克伦威尔则被塑造成一个有血有肉、立体丰满的人物。作者一直试图表现的是他内心世界的无限性:他

的内心活动、他的情感经历和丰富的想象力。通过故事情节的穿插、闪回、重复，作者为克伦威尔的人设提供了更多辩护的空间。

《提堂》以安妮·博林被送上断头台结尾，《镜与光》以"王后的头颅刚一落地"开篇，姊妹篇衔接紧凑。安妮的死亡由克伦威尔一手策划，也预示着他即将成为亨利国王的弃子。在安妮被处死的第二天，亨利国王与简·西摩正式订婚，不久便举行了隆重的封后仪式，但简·西摩好命不长，次年就因难产而死。于是克伦威尔再度扛起为国王物色新妻的重任。尽管与克里维斯的安妮联姻在政治上极有意义，但这位新娘却令亨利极度不满意，克伦威尔因此失去了国王的信任。他的那些政敌们如诺福克、加迪纳等人立刻抓住时机，捏造事实，把他送入了伦敦塔，先是关在塔内他曾亲自为安妮准备的住处，后又转移至曾经关押过莫尔的牢房。对克伦威尔的审讯很激烈，他被粗暴对待，被剥夺徽章、职务项链、文件和财产，整个过程"组织得如此整齐，以至于你会以为是他自己干的"（希拉里·曼特尔，2022：697）。如今，国王的顾问官克伦威尔沦为了阶下囚，不是因为他的异心，也不是因为他的失败，而是因为政敌们不满于他位高权重，是因为国王惧怕他功高盖主："国王每成就一个人，就会再把他毁掉。"（希拉里·曼特尔，2022：724）于是从指控他穿了一件过于高贵的"紫缎紧身上衣"（希拉里·曼特尔，2022：707）开始，到他说过一些"肆无忌惮的谋逆言论"（希拉里·曼特尔，2022：717），再到他操控巫术和传播异教，"欲加之罪"注定他会身陷囹圄，去读伊拉斯谟的《论死亡之准备》，接受沃尔西和托马斯·莫尔的鬼魂造访，并最终"为了飞黄腾达的伟大事业而殉身"（希拉里·曼特尔，2022：741）。

《镜与光》很大篇幅都在描写克伦威尔的心理活动，突显他的自我对话与自我反思。历史虽然貌似是一种客观的存在，但从根本上讲它是人类的一种"记忆"，这个"记忆"只有被文字记载下来才能成为历史。文字本身就具有虚构的性质，当人们记录历史的时候，其实已经在创造历史了。就这个层面而言，曼特尔革新了历史小说，打造了一个文学化的世界。在这个世界里克伦威尔不完全是历史人物，还是小说人物，她把自己的想法代入克伦威尔的内心世界，去审视，去思考。

从底层一路攀爬而来，克伦威尔内心一直自我对话，分析事态。随着财富的积累和权力的集中，他与国王的关系越来越微妙，树敌也越来越多。每当夜深人静之际，他常常如履薄冰、反躬自省。就在他被任命为埃塞克斯伯爵后，他的地位更加不稳。他一直都知道亨利会耗尽人的精力，而他自己也大限将至。他要为给国王迎娶克里维斯的安妮和未能杀死雷金纳德·波尔负责，同时也要为王国面临的一系列新威胁负责。实际上，他的预感非常准确，就在他到达人生的巅峰——成为埃塞克斯伯爵两个月后，就沦为阶下囚，在狱中被关了 48 天之后丧命。即便他能力超群，即便他一直反思警醒，即便他卑微地请求国王赦免，也依然无法改变自己沦为弃子被推向断头台的下场。

在小说《镜与光》中，"镜与光"的意象多次出现。为了取悦国王，克伦威尔称"陛下是唯一的君王，是其他国王的镜与光"（希拉里·曼特尔，2022：472），而他又觉得自己是基督教世界所有顾问官的镜与光。"镜与光"隐喻的核心内容是克伦威尔与亨利八世的君臣关系。因为国王是"镜与光"，所以克伦威尔才能成为"镜与光"，他的一切都源于国王，也随时可以回归于国王。同时，克伦威尔也清楚地意识到："如果亨利是镜子，他就是一个黯淡的演员，发不出自己的光，而只是在反射的光中转来转去。光一移开，他就消失了。"（希拉里·曼特尔，2022：767）在"镜与光"的隐喻中，克伦威尔对自己的角色有一个清醒的认识。但是即便如此，"野心"和"忠心"在克伦威尔身上并不矛盾，因为他只是在忠于自己的内心。

> 但我们还是爱虚荣，有野心，也从没有安安静静地过日子，因为早上一起来，我们就感到血液在血管中流淌，于是就想，天啊，今天我可以踩谁的头？附近有哪些世界供我征服？或者我们起码会想，如果上帝让我成为他的愚人船上的一员，我该怎么干掉醉醺醺的船长，并让船靠岸而不是沉没？（希拉里·曼特尔，2022：62）

这是克伦威尔在乔治·博林死前说的一段话，传达了他自己的心声，足可见他能正视自己身上的雄心和野心，两者相通之处不在于他想要攫取更大的权力，积攒更多的财富，而在于他更执着地想要做自己。然而"坚持做自己"意味着做自己的主人，这是权力结构上的主人所不能容忍的，所以克伦威尔注定会被放弃，因为主人需要的永远只是仆人。在人生的最后阶段，克伦威尔希冀过国王的仁慈，回想过自己的爱人与宿敌，也为家人和从属寻求过出路，但他最担心的还是自己那些珍贵的书籍会在他身死之后化为灰烬。此刻的"书籍"隐喻着克伦威尔本人，是他存在过的、能够留给后人评说的依据。

> 你一辈子都在空旷的路上跋涉，风在你的背后吹着。走进黑暗时，你饥肠辘辘，忐忑不安。但到达目的地后，门卫认识你。穿过院子时，有火把给你引路。室内有一炉火和一瓶酒，还有一根蜡烛，蜡烛旁边是你的书。你拿起书，发现你读到的地方做了记号。你在火边坐下，打开它，读起你的故事，并一直读到深夜。（希拉里·曼特尔，2022：750）

这段话正是对克伦威尔人生存在价值的写照。他的人生就是一本书、一个故事、一段历史。以史为鉴，可以知兴替。亨利八世的王后们不得善终，而他这位鞠躬尽瘁的臣子也无好报,他们这些历史人物的命运以"史书"的形式成为后来者的镜与光。在肉体死亡的这一刻,克伦威尔与莫尔的精神意外地相通了,也许史书会将他们放置在不同的名录下,以"君子""小人"和"诤臣""奸佞"的两分结构进行叙事,但是这对他们来说已经不重要了。在某种程度上,他们的信念让他们得以超出自我的局限,来到一个真正更广阔的天地。实际上,在"镜与光"的伦理关系中,克伦威尔的结局早已注定。在他生活的那个时代,还没有一种民主传统足以制衡国王,也没有成熟的法律程序来制衡他的一时冲动。国王的意志才是中心,无论是议会还是他们制定的法律,都无法约束他。即使被公认为"一位英国伟大的现代主义者"(Elton, 1982),克伦威尔也只能站在绝对君主制和立宪君主制之间。在天主教和新教英国之间,历史宿命论是他一生最精练的诠释。

曼特尔的"三部曲"描写的是克伦威尔一生的故事,也是呈现 16 世纪上半叶英王亨利八世统治时期的历史。我们应该怎样叙述一个人的一生?我们应该怎样叙述一个国家的一段历史?这些都不仅仅是写作技巧能够做到的,更多取决于我们怎样看待历史和人性,取决于作家对于文学和世界的深层次思考。"三部曲"中曼特尔用接近两千页的篇幅向我们展现了一个无限丰富的"克伦威尔"形象。虽然克伦威尔会说好几门外语,把很多经典作品背诵得烂熟于心,也可以算是一种天才,但作者通过呈现他的内心活动、他的情感经历和丰富的想象力,试图表现他内心的无限性。曼特尔的克伦威尔的伦理身份和伦理选择表明:人生和世界是无限的,任何试图超越这种无限性的企图都是徒劳而愚蠢的。实际上,"三部曲"中的每一部书名都暗示了克伦威尔的伦理身份、伦理困境及其伦理归宿。"狼厅"意味着"人对人是狼"的伦理环境,克伦威尔为了摆脱由自身伦理身份带来的困境,选择依附红衣主教和亨利八世,成为他们的打手和走狗,从而四面树敌。他斗封建贵族,斗罗马教廷,甚至于斗败王后安妮;他也"提堂"了许多政敌,处决了许多反对他的人,成为令人惧怕的"刽子手";最后,他被囚禁于伦敦塔中,在"镜与光"中回顾和反思了自我起起伏伏的人生,在平静中走向另一个或许于他而言更加"光明"的世界。

文学的根本目的"在于为人类提供从伦理角度认识社会和生活的道德范例,为人类的物质生活和精神生活提供道德指引,为人类的自我完善提供道德经验"(聂珍钊,2014:17)。曼特尔花费 12 年的时间创作"克伦威尔三部曲"的主要原因就在于她内心深处的伦理意识:她希望通过创新历史小说的写作方式,来记录和保存自己的伦理经验,表达自己独特的伦理思想。"三部曲"无疑是伦理的,具有明显的"伦理结"和"伦理线"。克伦威尔卑微的铁匠之子的出身就是一个无法解开的"伦理结"。克伦威尔步步为营向上攀爬就是希望能够摆脱这个身份,成为资产阶级新贵。但即便他聪明能干、贡献卓绝,他的出身依然是亨利八世和那些政敌嘲笑和攻击的对象。这个"结"如影随形地伴随着克伦威尔的一生。在文学作品中，人物与人物之间的伦理冲突形成一条线索，并与故事情节的发展线索并行或相伴，这就是"伦理线"（邹建军，2008：116）。"三部曲"中亨利八世的婚姻就是一条非常清晰的"伦理线"。这条线既是故事发展的线索，也是情节构成的线索。克伦威尔的崛起和衰落、与亨利的关系、与政敌们的冲突，主要围绕这条"伦理线"展现出来。卑微的铁匠之子借助国王的婚姻大显身手，一步步崛起，从最底层攀爬至权力顶峰，最后在亨利八世残酷多疑的凝视下，被命运之轮碾为齑粉。这样一个伦理结构重构了克伦威尔的传奇一生，造就了立体丰满的历史人物形象。

3.4 "他者"的挣扎与毁灭："三部曲"中女性角色的伦理困境

在"克伦威尔三部曲"中，女性角色的作用尤为重要。三部小说的情节围绕女性人物的利益争夺展开，她们的命运变化推动了故事主线的发展。曼特尔笔下的女性角色不仅反映了当时时代背景下女性的普遍处境，还展示了每位女性的独特心理状态和伦理选择，既有共性又各具特色。这些女性人物的遭遇和伦理姿态与托马斯·克伦威尔的命运与抉择形成鲜明对比，突显了他所面临的困境、局限性、进步性和强大意志。通过这种对比，曼特尔不仅深化了对克伦威尔性格的理解，也揭示了那个时代复杂的社会和政治环境。

3.4.1 女性缘何沦为"他者"

法国著名作家和哲学家西蒙娜·德·波伏娃在其经典著作《第二性》（*The Second Sex*）中，创造性地将存在主义思想引入女性主义，提出了"他者"概念，深刻揭示了男女之间不平等关系的本质。波伏娃的核心观点是：女性在社会和历史结构中被置于男性的对立面，沦为"他者"，这一现象不仅受到外部社会结构的影响，也源于女性内在自我认知的缺失。在传统社会结构中，男性占据主导地位，而女性则处于从属地位。男性通过其社会角色和权力结构，将女性置于他们的凝视之下，使女性成为被动的对象而非主动的主体。波伏娃指出，"男人是主体，是绝对；女人是他者"（Beauvoir，1949：xxvii）。女性的生理特征，如怀孕和生育，限制了她们的社会参与和职业发展，进一步加剧了她们被边缘化的处境。这种外部的社会结构不仅剥夺了女性的自主性和创造力，还使她们难以在公共领域中获得平等的机会。女性"他者"地位的形成也与内在自我认知密切相关。在男权社会背景下,许多女性尚未意识到自己被边缘化和压迫的处境,甚至乐于接受这一地位。沦为"他者"的女性具备两个显著特点:内在性和他者性。内在性表现为女性的被动、孤独、缺乏创造力和超越性(Beauvoir,1949:723)。作为绝对"他者",女性被视为一个缺乏变化性的被动客体,仅作为男性的参照物存在,其价值主要体现在家庭领域和作为男性的附属品上(Beauvoir,1949:732)。这种内在意识的缺失使得女性难以摆脱其从属地位,并进一步巩固了"他者"的身份。女性的依赖性和家庭角色也在其"他者"地位的形成中扮演了重要角色。由于社会期望女性承担家庭责任,如抚养子女和照顾家庭,这使得她们更容易依赖男性,尤其是在经济和社会支持方面。男性因承担赡养家庭的责任而更容易成为家庭的主导者,女性则被迫接受从属地位。这种依赖关系不仅限制了女性的社会参与,还强化了她们作为"他者"的地位。

显然,女性受社会结构和个人意识两方面的复杂影响而沦为了"他者"。国内外许多作家都认识到了这个问题,并致力于在作品中刻画形形色色的女性形象,展示女性在传统社会中的困境,为寻求性别平等的道路提供了许多思路。作为当代著名的女性作家,希拉里·曼特尔也不例外地关注女性问题。即使在以众多男性为主角的"克伦威尔三部曲"的宏大叙事中,她也添加了几抹女性的身姿。曼特尔在小说中讨论女性"他者"问题,不仅仅是为了呈现英国传统社会中女性的伦理困境,更在于呼吁女性建立主体意识,积极摆脱"他者"地位并反抗社会对她们的压迫。她通过细腻的笔触和复杂的情节,展示了女性在权力斗争中的挣扎与觉醒,强调了女性主体意识的重要性。曼特尔的作品不仅反映了历史背景下的女性处境,也为现代读者提供了思考性别平等的新视角,旨在建立更加和谐稳定的社会环境。

3.4.2 "克伦威尔三部曲"中女性的生存困境

在"克伦威尔三部曲"中,女性作为"他者"的生存现状得到了深刻的描绘。通过细致的人物刻画和复杂的情节设置,曼特尔揭示了都铎王朝时期家庭领域中女性面临的多重困境。

1) 家庭领域中女性"他者"的生存现状

在"三部曲"中,那些母亲们作为"他者"被深刻地边缘化。她们不仅失去了在家族内部的话语权和个人安全的保障,还因生育功能和社会角色的固化而被贬低为生育工具。父权制社会中,这些女性大多面临艰险的生活,结局悲惨,其社会地位和个人尊严受到严重贬损。她们的贡献和社会价值被局限在生育和家庭看顾上。这种现象剥夺了她们的主体性，并将她们的功能性角色置于人格之上。《狼厅》中托马斯·克莱默（Thomas Cranmer）的妻子死于难产，这不仅是个人的悲剧，也反映了生育风险对女性生命的威胁。而在《提堂》中，安妮·博林因未能为亨利八世诞下男性继承人而遭到厌弃，最终被送上断头台。无论是克莱默的妻子还是安妮·博林，都被视为生育后代的工具，而非独立个体，其人格和价值被忽视。更为可悲的是，这些女性缺乏内在自我认知，未能清醒地认识到自身独特性和人格被忽视的困境，反而乐于接受现状。小说中，克伦威尔的妻子丽兹虽然在子女教育事务中几乎没有发言权，但她依然过着看似幸福的生活，关心丈夫，温柔持家。这种自我意识的缺失体现了母亲们的依赖性和被边缘化的伦理身份，进一步强化了她们作为"他者"的地位（Beauvoir，1949：723）。此外，《狼厅》中还描绘了男性视角下神话传说中被妖魔化的母亲形象。有的女性被描述为与魔鬼私通或生下孩子后变回蛇形离开。这些阴暗的形象不仅贬低了母亲的社会地位，也加深了她们作为"他者"的边缘化处境（Butler，1990：16），反映了父权制文化对女性的贬低和歧视，进一步强化了女性的从属地位。

与母亲的遭遇相似，"三部曲"中的女儿们作为"他者"，不仅在经济上依赖家庭，在情感上还面临着忽视和不公。这种双重边缘化使她们在父权制家庭结构中处于极为脆弱的地位。十六七世纪的英国都铎王朝依然深陷传统父权制社会背景，大多数家庭中的女儿们面临着经济依附、情感忽视、教育限制和社会期望的多重挑战。她们的社会地位较低，常常被边缘化和物化，成为父权制结构下的牺牲品。克伦威尔的妻子丽兹·威克斯就是一个典型案例。她的父亲是一个羊毛商人，拥有一定的财产，而丽兹是独女。按理说，父亲的财产应由她来继承。然而，在传统父权制家庭中，女儿通常无法实现经济独立，而是被视为父亲或兄弟的财产，最终通过婚姻转移到丈夫的家庭中。她们缺乏继承权和财产权，人们更倾向于将家族财产留给男性后代，以确保家族姓氏和地位的延续。因此，丽兹根本无法直接继承父亲的财产。这种经济上的依赖性使得女儿们在家庭和社会中几乎没有自主权，成为父权制下男性权威的延伸。根据福柯的权力关系理论，女性在家庭中的从属地位是通过经济和社会制度不断巩固的（Foucault，1977：98）。丽兹的例子展示了这种经济依赖如何剥夺了女性的独立性和选择权，使她们成为父权制结构中的被动角色。"三部曲"中，许多贵族家庭仅将教育视为培养女儿成为好妻子和好母亲的手段，而不是赋予她们知识和技能以实现个人发展。小说中，托马斯·莫尔的女儿玛格丽特虽然接受了较好的教育，但她的教育主要集中在宗教和家务管理方面，而非学术和职业技能。教育的限制不仅阻碍了女儿们的知识发展，还使她们难以获得社会认可的职业和地位。因此，像莫尔的妻子爱丽丝和克伦威尔的妻子丽兹这样的女性，婚前在经济上依赖父亲，只能通过婚姻寻求继承财产;婚后则完全依赖丈夫。显然,在家庭领域中,女性的教育功能被局限于满足男性对理想妻子和母亲的期待,这与波伏娃所指出的性别二元对立关系相吻合。与此同时,父权制社会对女儿们有着严格的社会期望,强调她们应遵循传统的性别角色,即温柔、顺从、照顾家庭。尽管亨利八世的女儿玛丽和伊丽莎白都是公主,但她们的父亲拼命想要一个男性继承人,这是对她们性别的变相否定。尤其是玛丽公主,她不仅面临来自父亲的压力,还要应对弟弟爱德华六世继位后对她天主教信仰的排斥。伊丽莎白的情况也类似。尽管她最终成为了一位强大的女王,但在她早期的生命中,也经历了诸多不确定性与挑战。这些案例揭示了父权制社会对女性的双重标准:一方面,她们被要求遵循传统的性别角色;另一方面,她们又因为不符合男性主导的社会期望而受到贬低和排斥。对于传统家庭中的女儿而言,婚姻几乎是唯一可能改变社会地位的途径,但这种改变通常是被动的,取决于丈夫的家庭背景和社会地位。作品中的安妮·博林为了提升自己的社会地位,努力成为亨利八世的王后,但她最终因未能为国王诞下男性继承人而被厌弃,直至被送上断头台。同样,安妮的姐姐玛丽·博林被家人送到宫廷学习礼仪,最终因未能给家庭带来利益而被抛弃。这些案例表明,即使在婚姻中取得一定成就,女儿们仍然难以摆脱父权制的束缚,仍然呈现出"他者"的形象。性别是一种社会建构,女性在家庭中的地位是通过社会规范和文化期待不断被塑造的(Butler,1990:25)。安妮·博林和玛丽·博林的命运揭示了父权制社会中女性的脆弱性和不可预测性,她们的努力和成就往往被男性主导的社会结构所压制和抹杀。

在父权制社会结构中,家庭领域的妻子既是曾经的女儿,又是现在或未来的母亲,因此普遍面临着被物化为生育工具和经济依赖的双重困境。首先,妻子的地位和生存安全得不到有效保障。《狼厅》中的克伦威尔在离家途中,想到如果自己的母亲还活着,很可能会死于父亲的家庭暴力。这一反思揭示了许多女性面临的现实:虐待妻子的丈夫对她们施加身心暴力,造成了严重的生存困境。凯瑟琳因未能为亨利八世诞下男性继承人而婚姻被解除;安妮·博林则因为同样的原因被指控通奸并最终被送上断头台。这些案例不仅揭示了女性在生育功能上的脆弱性及其对个人命运的巨大影响,也反映了父权制社会对女性生育角色的高度重视和对其个人价值的忽视。社会规范和文化期待不断塑造着女性在家庭中的地位,妻子在家庭和社会中的从属地位进一步固化了"他者"的伦理身份。小说中,丽兹和克伦威尔的婚姻可以被视为一份契约关系。丽兹渴望拥有孩子,而克伦威尔需要一个能够在城里建立人脉并继承一定数量钱财的妻子。这样的婚姻安排纯粹基于利益考量,丽兹作为妻子的身份被物化为生育机器和财产转移的媒介。莫尔的妻子爱丽丝的存在主要是为了维护莫尔作为牧师的权威形象。她在经济上完全依赖丈夫,并且由于较低的教育水平,在家庭决策中几乎没有发言权。这种依附性和缺乏自主性进一步削弱了女性在家庭中的地位。此外,"三部曲"中的妻子们的自我理想追求和认可需求往往遭到反对和忽视。凯瑟琳在外交事务上的努力未受到应有的重视;安妮在政治领域的贡献也被贬低。作品中的女性角色更多地被当作有价格的商品、婚姻的装饰品或男性的附属品。她们依赖男性的经济支持,其存在感和安全感无法得到充分保障。婚姻暴力、收入不平等以及社会地位低下成为父权制压制女性独立意识的关键因素,使妻子们作为"他者"被边缘化。

可见,在父权制社会结构中,女性在其一生的不同阶段——作为女儿、妻子和母亲——普遍面临着生育和经济的双重困境。这种环境不仅剥夺了她们的基本生存需求保障,还限制了她们作为独立个体的社会价值实现。通过"三部曲"中女性形象和故事情节,我们可以更深刻地理解这些角色所经历的具体挑战及其背后的社会机制。

2) 政治联姻背后的生存困境与不懈抗争

在父权制社会的铁笼中,女性作为"他者",深陷边缘化和物化的双重困境。小说《狼厅》中,亨利八世的首任妻子,阿拉贡的凯瑟琳,便是这一现象的典型例证。通过深入的历史研究,曼特尔不仅重现了16世纪欧洲错综复杂的政治格局,还细致入微地描绘了凯瑟琳王后家族的显赫背景及其个人曲折的命运。历史元素与故事情节紧密融合,深刻揭示了一位坚强女性在其一生中所经历的不懈挣扎与最终的悲剧性结局。"三部曲"不仅仅是系列历史小说,更是一面多棱镜,映照出凯瑟琳如何在一个由男性主导的世界中努力维持自己的尊严和信念。她的一生充满了政治联姻背后的无奈、母性的挑战以及对自我身份的不懈追求。

凯瑟琳·阿拉贡出生于1485年,自降生起便注定要成为政治联姻的棋子。她的父母分别是卡斯蒂利亚女王伊莎贝拉一世(Isabella I of Castile)和阿拉贡国王费迪南二世(Ferdinand II of Aragon)。这对著名的"天主教双王"通过联姻将卡斯蒂利亚和阿拉贡两个王国合并,开启了西班牙的黄金时代,使西班牙进入前所未有的繁荣和发展时期。这种联姻策略不仅巩固了国内统一,还延伸到了他们的子女身上。凯瑟琳的姐姐胡安娜(Joanna of Castile)嫁给了神圣罗马帝国皇帝马克西米利安一世(Maximilian I)的儿子腓力一世(Philip I of Castile),这桩婚姻进一步加强了西班牙与哈布斯堡王朝(House of Habsburg)之间的联系。凯瑟琳的外甥查理五世(Charles V)更是成为了哈布斯堡王朝的领袖,统一了西班牙和神圣罗马帝国,奠定了哈布斯堡家族在欧洲长达数世纪的统治基础。在如此显赫的王室背景加持下,凯瑟琳自然成了欧洲各国竞相争取的联姻对象。最终,她被选中与英格兰国王亨利七世的长子亚瑟王子订婚。这桩政治婚姻旨在巩固西班牙与英格兰之间的联盟,以共同对抗法国和其他潜在威胁。不幸的是,亚瑟在他们结婚仅几个月后便英年早逝。但为了保持两国之间的纽带,凯瑟琳再次被安排嫁给亚瑟的弟弟——未来的亨利八世。凯瑟琳的一生不仅是个人命运的写照,也是 16 世纪欧洲复杂政治格局的一个缩影。

作为政治联姻的工具,凯瑟琳的命运无疑是极其悲惨的。尽管她在逆境中展现出非凡的坚韧与尊严,试图与不公的命运抗争,却未能改写自己的悲剧人生,最终在病痛和愤懑中死去。凯瑟琳的人生苦难从她离开故乡踏上英格兰土地的那一刻便开始了。根据西班牙的传统,新娘在与新郎首次见面之前需佩戴面纱以遮掩容颜。然而,这一习俗却使凯瑟琳在抵达英国时遭遇了亨利七世的挑战。这位老国王亲自来到海岸边迎接儿媳,坚持要先看看她的真容,并直言:"在我的国土上,必须遵循我的法律。这里不允许戴面纱。我为何不能一睹她的芳容?难道我在受骗?难道她容貌丑陋?难道你们想让我儿子亚瑟迎娶一个怪异之人?"(希拉里·曼特尔,2010:27)这一事件不仅是对凯瑟琳个人尊严的严重挑战,也预示了她在英国生活的诸多困境,成为她后续不幸命运的起点。

如果说亨利七世的强硬态度预示了凯瑟琳苦难生活的开端,那么亚瑟王子的早逝则正式开启了她的悲剧人生。他们结婚不到五个月,亚瑟便不幸去世。作为来自异国他乡的新婚娘子,凯瑟琳尚未从丧夫之痛中恢复过来,就被卷入了新一轮的政治博弈之中。政治家们迅速评估她带来的政治价值,完全忽略了她的孤苦处境。亨利七世立即向凯瑟琳的父亲费迪南国王讨要未付清的嫁妆,而费尔南多则要求亨利七世先支付凯瑟琳作为遗孀应得的遗产。凯瑟琳因此"受困于两个相互争斗的政治大人物之间,在他们的倾轧下变得越发绝望"(约翰·马图夏客,2020:13)。更为残酷的是,凯瑟琳的父母并未表现出应有的关切,不仅没有考虑将她接回西班牙,反而提议让她改嫁亚瑟的弟弟亨利,以维持英西两国的联盟。更令她绝望的是,公公亨利七世甚至一度想把她变成自己的续弦。曼特尔在《狼厅》中通过红衣主教沃尔西之口再现了这段荒诞的情节。

> 上帝饶恕我们大家。老国王经常为自己的欲望而忏悔。亚瑟王子去世了,过了不久王后也离开了人世,当老国王发现自己也变成了鳏夫时,他觉得自己或许可以娶凯瑟琳。可是……在嫁妆的问题上他们谈不拢。她父亲费迪南是一只老狐狸。他会耍各种手段,赖着不肯掏任何钱。但我们现在的国王陛下在他们兄长的婚礼上跳舞时,还只是个十岁的孩子,不过我相信,就在当时当地,他已经迷上了她。(希拉里·曼特尔,2009:28)

被父母算计,被公公觊觎,被各方势力无情地利用……可想而知当时的凯瑟琳是何等的恐慌与绝望。在那样一个父权结构主导的世界里，她个人的情感和痛苦被彻底忽视，成了一个无人关心的孤独灵魂。更为残酷的是，除了精神上的压力，她还一度陷入了经济窘境。丈夫亚瑟去世后，她仅仅靠着亨利七世发放的 83 磅 6 先令 8 便士度日，这个收入还不到她应得经费的一半，远不足以维持她府上 50 多名佣人的生活开支。婆家克扣她的待遇，娘家也极其吝啬，不愿资助她。然而，凯瑟琳展现出了一个"尽职尽责的乖女儿"（Tremlett，2010：56）的特质，非但不记恨父母的冷酷无情，反而很清醒地认识到自己与英国王室联姻对西班牙的政治意义，因此甘心留在英格兰忍受动荡的时局。1503 年夏天，英国和西班牙再次达成协议，约定亨利王子（未来的亨利八世）在 15 岁生日时迎娶凯瑟琳。尽管这一婚约通过了教皇的特许状（dispensation），允许弟弟迎娶哥哥的遗孀，但在当时的基督教价值体系中，这种婚姻仍被视为存在乱伦色彩，引发了诸多争议。教皇的特别许可解决了法律上的障碍，却未能完全消除宗教和道德层面的疑虑，为亨利八世与凯瑟琳日后漫长的离婚案件埋下了伏笔。

凯瑟琳是一位能力出众且备受爱戴的王后，但她多次流产，生出的男婴也迅速夭折，未能完美地履行为"这个仍旧脆弱的王朝提供继承人"的职责（MacCulloch，2018：13），这给她在王室中的地位蒙上了阴影。进入 16 世纪 20 年代末，亨利八世萌生了摆脱凯瑟琳、另娶新欢的想法。双方都预见到了即将来临的不体面的诉讼和裁决过程：亨利八世希望公众承认他与凯瑟琳的婚姻无效，而凯瑟琳则竭力证明她与亚瑟未曾发生性关系，因此她与亨利八世是合法夫妻。当凯瑟琳收到亨利八世的离婚"请求"时，她已经年过四十。过去的岁月里，她似乎一直扮演着隐忍顺从的角色。然而，在离婚困境中，凯瑟琳却展现出了女性的觉醒和反叛意识。

> 从来没有哪个女人比她更了解她丈夫的需要。她了解那些需要；有生以来第一次，她不想满足他那些需要。一个女人难道必须惟夫命是从吗，如果结果是被剥夺妻子的身份？几乎是生平第一次，凯瑟琳拒绝服从亨利八世的命令，摆出了抗争到底的态势。（希拉里·曼特尔，2009：81）

这段话深刻反映了凯瑟琳在面对亨利八世离婚要求时，从长期的隐忍顺从逐渐走向觉醒和抗争的心理转变。在婚姻保卫战中，凯瑟琳摆出抗争到底的姿态，几乎是有生以来第一次明确表示不愿意唯夫命是从。她开始质疑并反抗父权社会中的性别规范，其表现出的勇气和决心一度让亨利八世感到不安和困扰。凯瑟琳首先向听证会宣称自己与亚瑟王子并未发生过性关系，据此认为那段短暂的婚姻无效，而她与亨利八世的婚姻则是合法有效的。这一立场不仅捍卫了她个人的尊严,也对亨利八世的离婚请求构成了强有力的挑战。凯瑟琳的外甥是当时的神圣罗马帝国皇帝查理五世,因此她的不满有可能引发查理五世的军事干预,给英格兰带来战争威胁。这使得凯瑟琳的抗争不仅影响了亨利八世的私人事务,也为整个英格兰的国家事务带来了巨大麻烦,一时间整个宫廷都疲于应付。为缓和局势,罗马教廷派出坎佩吉奥红衣主教进行调停。坎佩吉奥努力劝说凯瑟琳接受亨利八世的要求,甚至建议她自愿承认婚姻无效,并选择退隐修道院。这种提议反映了当时教廷希望尽快解决问题的态度,同时也体现了对亨利八世的支持倾向。对此,凯瑟琳优雅地回应道:"当然可以,我愿意去当修女:只要国王愿意去当僧侣。"(希拉里·曼特尔,2009:137)这一回答既表达了她对亨利八世要求的拒绝,也巧妙地讽刺了亨利八世不愿做出同等牺牲的态度,展现了凯瑟琳的智慧与坚定。

显然,曼特尔通过凯瑟琳这个角色展现了深刻的平等意识。作为一名 16 世纪的女性,凯瑟琳拒绝接受亨利八世的不合理要求,拒绝成为男性满足私欲道路上的垫脚石。她提出条件,只有在亨利八世愿意当僧侣的情况下,自己才愿意去修道院当修女。这看似是对亨利八世的故意刁难,但实际上背后蕴含着对男女平等的坚持。凯瑟琳用这种方式表达了她对公平对待的要求,以及对传统性别角色的质疑。这种反抗不仅反映了她个人的智慧与坚定,更是一种领先于时代的抗争精神。凯瑟琳的行为超越了她所处的时代背景,预示了未来几百年间女性争取平等权利的斗争。她在面对强权时不屈不挠的态度,彰显了她作为一位具有前瞻性的历史人物的独特魅力。凯瑟琳不仅为自己的命运而战,也为所有女性发声,呼吁社会重新审视并尊重女性的权利和价值。她的抗争不仅是个人的胜利,更是为整个女性群体争取平等迈出的重要一步。

3) 宫廷女性之间的权力博弈与相互倾轧

"三部曲"中,凯瑟琳与安妮·博林之间的权力博弈揭示了 16 世纪英格兰宫廷内部复杂的政治斗争。作为西班牙公主,凯瑟琳远嫁英国,成为亨利八世的第一任王后。她凭借忠诚和智慧巩固了英西联盟,并在亨利外出征战时成功管理国家事务。然而,随着亨利八世寻求新欢,凯瑟琳逐渐失去国王的支持,被迫独自面对复杂的法律和宗教程序。她在维护个人尊严和合法地位的过程中展现出非凡的勇气和决心,拒绝接受亨利八世的离婚要求,并为自己的婚姻辩护。她的抗争不仅是对个人权利的捍卫,也是对传统婚姻观念和天主教信仰的坚持。相比之下,安妮通过其聪明才智和对亨利八世的吸引力迅速崛起。她巧妙利用亨利八世对继承人的渴望,逐步赢得宫廷内外的支持。不仅如此,她还成功说服国王脱离罗马教廷,建立圣公会,从而为自己的地位奠定了坚实的宗教基础。她的成功也招致了许多敌视和嫉妒,尤其是来自那些坚守天主教传统的保守派。凯瑟琳和安妮两人的对抗不仅是个人命运的起伏,更是政治势力和宗教信仰的较量,充满了情感操纵、舆论塑造和宗教变革的元素。最终,安妮因未能生下男嗣而失宠,遭遇悲惨命运。她的失败不仅是个人的悲剧,也标志着新教改革初期的动荡与不确定性;而凯瑟琳虽失去王后地位,但她展现的坚韧和智慧为后来的女性树立了勇敢捍卫权利的榜样。两位王后的斗争展示了女性作为"他者"的生存困境和她们在逆境中不懈挣扎的过程,深刻反映了那个时代女性在权力中心的复杂处境及其抗争精神。

宫廷女性之间的争斗被描绘成一种无休止的权力游戏,其中伦理道德往往成为牺牲品。与亨利八世的两任王后凯瑟琳·阿拉贡和安妮·博林相比,其他宫廷女性的角色显得更加平庸且缺乏高尚的立场。她们陷入了"所有人对所有人的战争"(希拉里·曼特尔,2009:129),彼此间充满了嫉妒、憎恨和倾轧。这一现象在《镜与光》中克伦威尔与简·罗奇福德(Jane Rochford)的对话中表现得尤为明显。曾经作为安妮侍女的简·罗奇福德,在安妮遭遇不幸后被遣送出宫,后来又回宫服侍新后简·西摩。一次,当他们讨论起那幅神秘的"无头安妮"图画时——一幅显然象征着诅咒的作品,它曾出现在安妮的床头却从未被追查到来源——克伦威尔对简·罗奇福德表示了怀疑。罗奇福德不仅没有承认自己的责任,反而将矛头指向了简·西摩,还声称"亲眼目睹了她对安妮——仆人对主子——所做的一切"(希拉里·曼特尔,2022:181)。这种互相推诿和指责揭示了16世纪英格兰宫廷内部女性间的复杂斗争,以及她们为求生存而采取的极端手段。简·罗奇福德的经历尤其反映了宫廷生活的残酷。她自述从小就被贵族家庭欺凌,婚后也未得到应有的尊重,这使得她内心积攒了深重的怨恨。她的愤怒不仅仅是因为社会地位的差异,更源于个人尊严的受损。最终,在安妮失势之际,简站出来指控自己的丈夫乔治·博林和他的姐姐安妮乱伦,直接导致了这对姐弟的悲剧性结局。简的行为体现了她对安妮的深刻仇恨,同时也暴露了她在权力斗争中的绝情和心理扭曲。简·罗奇福德的故事表明了那个时代宫廷女性之间关系的复杂性和竞争的激烈程度。在这个世界里,忠诚和友谊往往被权力和自我保护的需求所取代,而那些处于权力边缘的人则可能为了改变命运而不惜一切代价。简的形象因此成为了那个时代女性困境的一个缩影,她既是受害者也是加害者,其行为展示了人性在极端环境下的黑暗面。简的经历不仅是个人悲剧,更是整个宫廷女性群体生存状态的写照,展示了她们在逆境中不懈挣扎的过程及其内心的矛盾与痛苦。简·罗奇福德的故事提醒我们,即使在最优雅的宫廷生活中,也隐藏着人性最黑暗的一面,而这些女性的抗争和妥协则构成了那个时代的独特历史画卷。

"克伦威尔三部曲"深刻揭示了16世纪英格兰宫廷女性在家庭、婚姻和权力场域中的多重困境。她们的故事不仅展现了个人命运的波折,更凸显了女性在男性主导的世界中如何通过智慧、勇气和信念争取自身的权利和地位。然而,纵观"三部曲"中的女性群像,几乎没有人持有独立自强的女性意识。多数女性不得不迎合男权观念,以换取权力和实现阶级跨越的机会;同时,她们内部也是矛盾重重,相互争斗与倾轧,难以形成有凝聚力的群体,因而未能高度参与到推动改革、促进人类进步的事业当中。尽管这些女性的生存策略和权力博弈展现了个体的智慧和勇气,但在更大层面上,这些努力更多是为了个人的生存而非集体的进步。曼特尔通过这些角色的塑造揭示了一个残酷的现实:真正的变革需要超越个人利益,建立在共同价值观和社会正义的基础之上。凯瑟琳和安妮·博林等王后的抗争,以及简·罗奇福德等侍女的挣扎,记录了一个时代的女性困境,也为现代读者提供了宝贵的思考素材。这些故事促使我们继续探讨如何打破结构性不平等,创造一个更加公正和平等的社会。通过"三部曲",曼特尔不仅让我们看到了历史的复杂性,也激发了我们对未来社会的美好愿景——一个人人都能平等追求尊严和幸福的世界。

第 4 章

黑暗中的个体抉择与伦理审视

在希拉里·曼特尔的文学世界中,个体在黑暗历史背景下的抉择和伦理审视构成了作品的重要主题。通过《一个更安全的地方》《弗勒德》《巨人奥布莱恩》《爱的试验》等小说,曼特尔探讨了不同历史和社会背景下人物的复杂心理和道德选择。

在《一个更安全的地方》中,德穆兰的形象深刻展现了革命时期个人在动荡的社会环境中寻求自我定位的艰难历程。作为法国大革命的重要参与者,德穆兰在理想主义与现实政治之间不断摇摆。他试图通过革命重塑社会秩序和个人身份,但在这一过程中逐渐被卷入权力斗争的漩涡。德穆兰的故事揭示了在颠覆旧秩序的过程中,个体如何面对内心的矛盾和外部的压力,进行痛苦而复杂的自我塑造。他的选择不仅决定了个人的命运,也映射出那个时代普遍存在的伦理困境。

在小说《弗勒德》中,曼特尔通过描绘英国费瑟霍顿小镇居民的生活,探讨了宗教改革背景下伦理乌托邦的构建问题。面对这一历史转折点,小镇居民被迫重新思考人类社会的基本原则和价值体系,陷入了"因循守旧"还是"变革创新"的伦理两难。最终,在神秘"幽灵"弗勒德的推动下,人们选择了"变革创新",摒弃了传统的束缚,重塑了思想认识和社会秩序,构建了一个适应时代发展的新伦理世界。《弗勒德》不仅是对特定历史事件的再现,更是一次对人类伦理重建的深度反思,揭示了个体与集体在面对重大变革时的复杂心理和道德选择。

《巨人奥布莱恩》聚焦于 18 世纪的英国社会,深入探讨了商品经济迅速发展带来的伦理问题。主人公奥布莱恩从爱尔兰乡村来到伦敦,被迫成为一件展览品展示于伦敦街头。这一过程揭示了消费社会中个体的异化和物化现象。曼特尔通过细腻地描写奥布莱恩的经历,批判了当时社会对人的剥削与利用,同时探讨了个体在商品天堂中如何保持自我认同和伦理底线。

《爱的试验》通过独特的空间叙事手法,探讨了女性在婚姻和家庭中的伦理困境。小说中的女性角色在有限的空间内寻找自由与束缚之间的平衡。她们既渴望独立和自主,又不得不面对社会和家庭施加的各种限制。曼特尔通过细腻的心理描写,展现了这些女性在有限环境中的内心冲突和抗争。她们的选择不仅反映了个人的生活方式,也揭示了那个时代女性在追求自我实现过程中所面临的挑战和矛盾。

无论是革命时期的自我塑造、灾难后的伦理重建、消费社会中的异化现象,还是婚姻家庭中的女性困境,曼特尔的笔触始终围绕着人类在逆境中如何坚守道德底线、寻求自我价值的主题。她笔下的故事不仅为我们提供了丰富的历史视角,也促使我们反思当代社会中的伦理问题,思考如何在复杂多变的世界中做出正确的选择。

4.1　颠覆与抑制中的自我塑造:《一个更安全的地方》中的德穆兰形象研究

希拉里·曼特尔的作品大多聚焦于英国本土故事,但其国际化特色也很鲜明,涉及法国、沙特阿拉伯等地的历史和文化,引起不同文化背景下读者的共鸣。长篇历史小说《一个更安全的地方》创作于 1974 年,完成后却未能正常出版。直到曼特尔凭借其他现代小说获得一定知名度后,该作才于 1992 年正式面世,并为她赢得了"周日快报年度小说奖"(Sunday Express Book of the Year Award)。《一个更安全的地方》围绕法国大革命的主要领导者卡米尔·德穆兰、乔治·雅克·丹东和马克西米连·罗伯斯庇尔三人展开,讲述了他们在革命各个阶段的经历与命运。1789 年爆发的法国大革命是一场深刻的社会和政治变革,不仅改变了法国的命运,也对全世界的历史进程产生了深远影响,因此吸引了众多文学家的关注。查尔斯·狄更斯的《双城记》、大仲马的《基督山伯爵》、维克多·雨果的《九三年》等经典作品都从不同角度呈现了这一历史事件,深入探讨了人性、社会正义以及政治变革的主题。然而,曼特尔的《一个更安全的地方》另辟蹊径,从伦理而非单纯的政治角度阐释这场影响深远的革命。她关注的是革命者从平民走向革命领导者再到政治牺牲品的"转变"过程,揭示了他们内心的矛盾和挣扎。通过细腻的心理描写和复杂的人物刻画,曼特尔不仅再现了历史事件,更深入探讨了个人在巨大社会变动中的道德选择和生存困境。这种独特的视角和风格使《一个更安全的地方》成为一部既具历史深度又富有人文关怀的杰作,展现了曼特尔作为历史小说家的独特才华。

4.1.1　新历史主义与历史语境中的伦理问题

　　虽然在影响力上不及"克伦威尔三部曲"，但《一个更安全的地方》因其丰富的人物刻画、细腻的历史细节和深刻的主题探讨而广受好评。该作以 18 世纪末期的法国为背景，主要描绘了从法国大革命前夕到热月政变这一段动荡历史时期的社会景象。小说不仅展现了王室贵族的骄奢淫逸与底层人民的水深火热之间的鲜明对比，还深入探讨了革命领袖的诞生及其内心的复杂斗争。革命前夕，法国社会呈现出两极分化的极端景象：王室贵族骄奢淫逸，国家财政入不敷出，食物价格不断上涨，底层人民生活困苦，水深火热。这种强烈的对比加剧了社会的紧张局势，呼唤着革命领袖的诞生。三位主角——德穆兰、丹东、罗伯斯庇尔的出身及童年故事被生动呈现出来。其中，德穆兰的形象获得了最多笔墨。曼特尔通过大量描写展现了德穆兰热情洋溢的性格、对自由的渴望，以及他与丹东和罗伯斯庇尔之间深厚的友谊。此外，她还细腻地描绘了德穆兰与安莱特母女之间的情感纠葛。起初，德穆兰只是一个普通的年轻律师，野心勃勃又自我质疑，甚至有口吃的毛病。然而，当他站在高处的演说台面对人群时，流畅连贯的句子奔涌而出，极具感染力的演说点燃了民众对革命的热情。攻占巴士底狱后，德穆兰的写作能力逐渐突显，他通过激情飞扬的文字力主革命暴力的正当性，积极撰写报纸文章和宣传册子传播革命思想。随着革命逐渐走向极端暴力，德穆兰陷入了深刻的自我矛盾和反思中。内心的良知和对民主的向往促使他逐渐与好友罗伯斯庇尔渐行渐远，最终走向对立面，并因此被送上了断头台。

　　德穆兰的故事不仅展现了法国大革命的复杂性和人性的多面性，也揭示了革命者在追求理想过程中面临的伦理困境和个人牺牲。德穆兰投身革命，努力追寻"一个更安全的地方"，但他的结局却讽刺地表明，世上更安全的地方只有"坟墓"。这一点早在小说的标题中就有所铺设，暗示了革命理想的破灭和个人命运的悲剧。通过对德穆兰人生境遇及人物形象的分析，可以更清晰地审视那些极端历史条件下普遍存在的道德困境及个人伦理选择的复杂性。新历史主义批评方法为探索这些伦理问题提供了天然的优势，使我们能够更好地理解革命与暴力、民主与专制、忠诚与背叛等主题在历史语境中的意义。

　　"新历史主义"起源于 20 世纪 80 年代，其批判思想根植于对历史的自我反省。这一理论潮流由美国加州大学伯克利分校英文系教授斯蒂芬·格林布拉特（Stephen Greenblatt）于 1982 年在《文体》（Genre）杂志上首次提出，并逐渐成为西方后现代主义之后一个重要文学批评流派。新历史主义认为，文本的写作、阅读和传播过程不仅受历史影响，同时也塑造了历史本身，是一种由历史决定并反过来影响历史的文化活动(王芳,2019:11)。格林布拉特(Greenblatt,1982:1-36)关于新历史主义的主要观点包括以下几个方面:一是注重文学作品作为特定历史情境的产物。新历史主义强调,文学作品不是孤立的艺术创造,而是特定历史情境的产物。它们与创作时期的社会、政治、经济背景紧密关联,反映了当时的历史条件和社会现实。因此,理解一部文学作品需要将其置于具体的历史环境中进行考察。二是注重文本间的互文性。新历史主义提倡将文学作品与其他同时代的文本(如日记、书信、法律文件等)一起解读。这种互文性方法有助于更全面地理解文本所承载的历史信息和文化含义,揭示单一文本无法呈现的复杂性和多样性。三是注重社会权力结构的再现与参与。新历史主义主张深入探讨文化权力关系,分析文学作品如何体现和再现社会权力结构,以及文学在建构和颠覆权力关系中的作用。通过这种方式,可以更好地理解文学作品中隐含的政治和社会意义,以及它们对当时社会的影响。四是强调微观史的重要性。新历史主义要求对历史微观层面进行深入探究,关注个体经验、日常生活和边缘群体的历史叙述。这些微观叙事虽然看似琐碎,但同样能揭示宏大的历史趋势和文化结构,提供了一个从底层视角理解历史的新途径。五是强调历史的多样性和复杂性。新历史主义认为历史是由不同的叙述和话语共同构成的。它试图揭示隐藏在文本表面之下的深层次历史构造,展示文学作品如何参与并反映其所处时代的文化生产与权力运作。显然,新历史主义重新界定了文学与历史之间的关系,突出了文本与历史相互塑造的动态过程,并鼓励读者在更广泛的社会和文化背景下解读文学作品,从而揭示更为深层的历史真相和文化内涵。这种方法论提供了一个更加全面和深入的研究视角,使我们不仅能够更深刻地理解过去,还能从中汲取宝贵的启示。

在新历史主义的理论框架中,"颠覆"与"抑制"是两个核心概念,主要用于探讨文学作品如何与其所处的社会历史背景产生复杂互动。颠覆是指作家通过创新的叙事手法、构建反叛角色和设计挑战性情节,对既有的社会意识形态进行质疑、解构乃至彻底反转。文学人物的人格往往与主流意识形态权力不一致,甚至表现为对权力的反叛和对权威的挑战(曹丹,2011:46)。这种颠覆不仅体现在作品内容中,也体现在其形式上,作家常常通过语言和结构的创新来突破传统的文学模式。例如,莎士比亚在其作品《哈姆雷特》中,经常通过角色对话和剧情发展,巧妙地质疑当时的社会规范和政治权威。另一方面,抑制是对颠覆力量的限制或抵制,表现为文本中用来制约颠覆元素的各种机制。这些机制,如道德规训、伦理教条、社会习俗等,使得作品中的颠覆性元素受到内在约束或批判。以乔治·艾略特的《弗洛斯河上的磨坊》为例,尽管主人公们努力打破传统束缚,作者仍强调履行义务和社会规范的重要性,展示了自我抑制的力量。这种方式在一定程度上保留或巩固了部分旧有的秩序（赵静蓉，2002：13）。总体而言，文学作品中的"颠覆"与"抑制"相互作用，共同构成了文本的张力和丰富性。这种张力不仅反映了作家对现实世界的深刻洞察和复杂态度，也揭示了统治阶级如何允许并鼓励这两种力量共存，通过适当地刺激民众挑战现存秩序，同时确保不危及其自身利益和统治关系。这一过程不仅展现了文本内部的动态平衡，还为读者提供了理解历史和社会结构的新视角。

虽然新历史主义批评方法的核心在于"政治"，但它同时也是一种"文化诗学"，强调对历史文化语境的重建及文学与语境之间的相互塑造（王芳，2019：11）。只有将文本置于特定的历史语境中，才能更加辩证地看待历史与文学的关系，并更好地观照文本中的伦理问题。曼特尔的小说《一个更安全的地方》便是这一方法论的典型例证。在小说中，德穆兰作为革命领袖，在政治上对既有的统治秩序提出质疑，推动了法国大革命的进程；在情感上，他爱上了已为人妻的安莱特，大胆挑战了社会伦理道德。无论是在政治领域还是个人生活中，德穆兰都对代表着统治秩序的社会意识和权威提出了质疑。然而，党派之间的激烈争斗、罗伯斯庇尔对革命过于极端的追求，以及社会伦理道德的限制，使得德穆兰的"颠覆"受到了"抑制"和"自我抑制"，最终甚至付出了生命的代价。德穆兰的形象塑造离不开法国大革命这一特定历史背景。一方面，德穆兰投身革命，通过演讲和写作吸引民众对革命的热情，试图颠覆法国的社会结构；另一方面，他在面对权力斗争和个人情感时所经历的挣扎，揭示了革命过程中个体内心的矛盾与困境。尽管德穆兰在某些时刻成功地挑战了既有秩序，但最终他仍无法逃脱被抑制的命运。这不仅反映了当时社会环境的严酷，也展示了个人力量在历史洪流中的局限性。通过德穆兰的故事，曼特尔不仅呈现了一个动荡时代的复杂面貌，还探讨了革命与暴力、民主与专制、忠诚与背叛等深刻主题。德穆兰的颠覆与抑制行为，进一步揭示了新历史主义视角下文学作品如何反映并参与构建特定的历史语境，以及文本与历史之间的动态互动关系。

4.1.2　政治层面的颠覆与抑制

颠覆产生于对权力的斗争。斗争主要包括两层含义："一层是本来意义上的政治权力斗争，主要指阶级和种族之间的斗争；另一层是指在日常生活中，如两性、性、家庭关系等所引发的矛盾冲突。"（杨正润，1994：28）颠覆也有两种形式："一种是'激进的颠覆'，这是针对国家政权进行的颠覆；另一种是'一般的颠覆'，这是针对一般的权力关系而言。"（杨正润，1994：29）在《一个更安全的地方》中，德穆兰的颠覆力量首先来自对政治权力的斗争。他积极加入革命者行列，组织武装力量推翻国家政权,试图从根本上改变现存的权力体系。这种"激进的颠覆"不仅体现在他对旧政权的挑战上,还体现在他对社会结构和政治体制的全面改革的追求上。然而,抑制这股颠覆力量的主要因素并非外部的政治压力,而是德穆兰自身的性格和他的良心。他的优柔寡断、内心的良知以及对民主理想的向往,使得他在面对极端暴力和权力斗争时产生了深刻的自我矛盾。这些内在的挣扎最终导致了他在政治斗争中的失败。面对罗伯斯庇尔等激进派的极端措施时,德穆兰的道德底线和社会责任感使他逐渐与革命的核心力量产生分歧,并最终被送上断头台。通过这一复杂的角色塑造,曼特尔不仅展示了德穆兰在革命进程中的双重颠覆:既是对国家政权的挑战,也是对个人道德和社会责任的坚守,还揭示了个体在历史洪流中的局限性和悲剧命运。

　　1) 从"口吃者"到"路灯律师":德穆兰的颠覆之路

　　a. 民主思想萌发

　　小说中,年轻的德穆兰说话有些结巴,是一个典型的"口吃者",苦苦挣扎于社会边缘。像同时代绝大多数青年一样,他也对社会充满焦虑,既野心勃勃,又自我质疑。实际上,他对国家统治阶级的不满由来已久。十岁时,德穆兰便展现出非凡的天赋,并被路易大帝高中录取。在那里,他结识了对他青睐有加的同学罗伯斯庇尔,还和一些出身名门的激进分子混在一处。福柯指出:"哪里有权力,哪里就有抵制,抵制是权力关系的另一极,是权力关系不可消除的对立面。"(米歇尔·福柯,2002:62 - 63)早在那所等级分明的学校里,德穆兰便已表现出对贵族权势的不屑。当罗伯斯庇尔建议他面对权威要更加谦卑时,德穆兰讥讽道:"卑躬屈膝的奴才,是你吗,东西?"(希拉里·曼特尔,2016:24)显然,他自己不愿屈服于权威的压力,甚至鄙夷罗伯斯庇尔过于顺从的态度和建议。在权贵面前,德穆兰经常展现出他这个年龄不应有的冷静。有一次,国王和王后来路易大帝高中视察,他们不顾师生的用心安排,半途便扬长而去,一副高高在上、不可一世的样子。冷眼旁观的德穆兰对国王和王后粗鲁无礼的行为感到不齿,于是出言嘲讽:"我们不妨用日语跟她交流。"(希拉里·曼特尔,2016:35)当本地区头号贵族孔代亲王不怀好意地上门拜访,讨论"公民机会平等""贵族纳税"等问题时,德穆兰回击道:"将有一场革命……你们这些暴君和寄生虫将会消失。"(希拉里·曼特尔,2016:45)德穆兰此时坚信法国将有一场革命,一场带来民主、自由、共和的革命,而这份信念让亲王对这位患有口吃的青年产生了畏惧之心。在那个时期,法国经济严重衰退,人民生活困苦,然而贵族和皇室仍然奢侈浪费。德穆兰深刻意识到了个人权利、社会公正和人民主权的重要性。他期待一场革命来颠覆贵族权力体系,创造一个新的社会秩序——一个更民主、更自由的法国。这些思想成为他领导革命的理论基础。

b. 投身大革命

文学人物的人格往往表现为反叛权力，挑战权威。对于当时法国封建统治秩序而言，德穆兰就是一个典型的反叛者和挑战者。他积极参与游行示威，发表激进言论，对皇室骄奢淫逸的生活感到愤怒，并对当权者的所作所为厌恶至极。他曾引用《圣经》中的话语来讽刺路易十六："在上帝发怒的这一天当中，他们的金子和他们的银子不可能拯救他们……如果他们一如既往就这样下去的话，他们将来就是这样，而且，也非常快了。"（希拉里·曼特尔，2016：126）这种尖锐的讽刺不仅表达了他对皇室腐败的不满，也展示了他敢于公开挑战权威的勇气。在德·伏伊咖啡馆里，当德穆兰讽刺并谴责国王对召开三级会议的态度时，他突然意识到自己已经克服了口吃的障碍。这一关键时刻成为他演讲生涯的转折点。从此，他开始大力诉说贵族的专横、议会的腐败和社会的不公。极具感染力的演说激励了咖啡馆里的民众，使他们凝聚成一股破坏旧秩序的强大力量。暴力革命不可避免。咖啡馆门口，一切准备就绪。有人递给德穆兰一把上了膛的枪，他就这样登上了历史舞台。他跳到人群中央的椅子上，面对着人山人海，激情澎湃地宣讲革命理念，呼吁民众团结。演讲结束后，"上百只手伸过去够他的衣服，够他的头发，够他的皮肤和肉。人们叫喊、咒骂、高呼口号。他的名字就在他们嘴里；他们认识他"（希拉里·曼特尔，2016：237）。显然，"咖啡馆演讲"是德穆兰投身大革命的标志性行动。通过手持上膛的枪，他展示了个人的勇气和决心；通过生动而极具感染力的演讲，他严厉批评了当时的王权，指责国王及其政府对民众的压迫和剥削，并宣讲了民主、自由和平等的革命理念。他鼓励民众拿起武器，参与革命，推翻旧的统治秩序。自此，德穆兰成为一个激情四溢、勇敢无畏的革命者。他的演讲不仅鼓舞了民众，也成为推动法国大革命发展的重要力量之一。他以实际行动证明了自己的反叛精神，并通过语言的力量点燃民众心中的革命火焰，使更多的人加入这场改变历史进程的伟大运动中。

c. 成为革命领导者

小说中，德穆兰凭借出色的演讲才能迅速在民众中获得声望，并在革命初期成为有影响力的公众人物。他不仅口头支持革命，更通过实际行动践行革命理念。他积极参与组织和领导多场抗议活动和起义，参加街头斗争，撰写大量文章和宣传材料，帮助罗伯斯庇尔谋划政治策略。他的言行赢得了众多追随者，使他在短时间内从一个默默无闻的"口吃者"跃升为革命领导者之一。革命者们崇拜他，听从他的指令，而"他给大家建议的，他给大家提供的，就是武装暴动，把整个城市变成一片战场"（希拉里·曼特尔，2016：236）。他坚持武装暴动推翻王权专制统治，建设民主平等的新世界。革命者视他为指挥棒，顺着他手臂挥舞的方向奔向巴士底狱。在革命期间，德穆兰逐渐确立了自己的领导地位，成为与罗伯斯庇尔并肩作战的关键人物之一。作为一个坚定的革命领导者,德穆兰逐渐认识到温和手段不足以实现革命目标,因此支持采取暴力手段来推翻旧的统治秩序。他所主张的暴力革命正当论为法国大革命涂上了一层血腥的色彩。在他的影响下,革命者把路灯作为处决人犯的刑具,让悬挂在路灯上的尸体成为革命成果的象征,他也由此被称为"路灯律师"。德穆兰的口吃并没有痊愈,在之后的革命过程中,他逐渐隐身后台,专注于对国王与各党派的口诛笔伐。他创办的第一份周报《法兰西和布拉班特革命报》激烈抨击封建统治,积极宣传共和制度,在革命前期起到了重要作用。1791 年 7 月,他出现在巴黎公社前,领导了以废黜国王为口号的集体请愿活动。尽管在当时的权力社会中,这样的请求无疑是叛国罪,但仍然有不少人追随他。德穆兰的影响力过于强大,当权政府多次下令逮捕他,但都未果。随后,德穆兰出版了《揭露布里索》,猛烈抨击革命中那些信念不坚定的人。后来,他还创办了《老科德利埃报》,该报倾向于反对罗伯斯庇尔政权实施的恐怖政策,要求废除《嫌疑犯法》,提倡仁慈、人道等温和施政策略,建议成立宽赦委员会。这些观点为他后来与罗伯斯庇尔的决裂埋下了隐患。总而言之,在《一个更安全的地方》中,德穆兰始终站在法国大革命的前沿,对革命的敏锐洞察使他成为一位极具号召力的革命领导人。然而,也正是对革命的热忱,使他在革命逐渐偏离正轨时能够及时觉醒。他逐渐意识到,过度的暴力和极端措施并不能带来真正的自由和平等,反而可能导致更多的流血和混乱。这种觉醒不仅是个人思想的转变,也为后世提供了宝贵的历史教训。

2) 从"革命领导者"到"共和国罪人":德穆兰的抑制与陨落

在解释历史事件中的权力流通模式时,颠覆聚焦于对代表统治秩序的社会意识形态提出质疑,使普通大众的不满得以宣泄。而抑制则是将这种颠覆控制在许可的范围内,使之无法取得实质性效果(朱刚,2006:388)。在《一个更安全的地方》中,德穆兰参与领导的法国大革命成功推翻了旧的封建制度,废除了贵族特权。然而,这个国家随后经历了多次政变和政权更迭,社会并未立即实现稳定,德穆兰的革命理想并未彻底实现,他所追求的民主和平等的社会新秩序也未如期而至。在德穆兰的故事中,颠覆力量和抑制力量相生相伴。德穆兰的颠覆力量背后,隐藏着更加强烈的自我抑制的力量。这种自我抑制不仅源于他对道德和社会责任的坚守,还反映了他在面对极端暴力和权力斗争时内心的矛盾与挣扎。

a. 与其他革命领袖貌合神离

革命初期,德穆兰与丹东、罗伯斯庇尔等人怀有同样的理想:从王室、贵族和神职人员手中夺取国家权力,努力创造一个更民主、更平等的国家。然而,随着暴力革命的形势愈演愈烈,国家政权在多个党派之间不断更迭,德穆兰开始担忧过度激进的形式可能会演变为暴力恐怖,从而让革命距离"民主"的目标越来越远。

起初，德穆兰与罗伯斯庇尔友谊深厚，互相支持。作为雅各宾派的重要领导人，罗伯斯庇尔担心布里索领导的吉伦特派会摘走革命的果实，因而对其持负面态度，认为"他们害怕人民。他们想要制衡革命，阻扰革命，因为他们畏惧真正行使人民的意志。他们想要革命满足他们自己的目的。他们想要填饱自己的私囊"（希拉里·曼特尔，2016：425）。实际上，革命期间，布里索和吉伦特派代表了温和派立场，他们反对暴力手段，希望在革命与保守之间找到平衡点，布里索甚至主张解散巴黎公社，与统治者达成妥协。尽管与雅各宾派政治立场不同，布里索也曾经多次援助德穆兰。即便如此，为了此时仍和自己志同道合的罗伯斯庇尔，德穆兰还是制作了许多传单猛烈攻击吉伦特派和布里索，视其为革命的敌人，将许多人送上断头台，包括布里索本人。对于德穆兰而言，革命的目标始终是建立一个公正美好的新世界，但他认识到结果的合理性并不能取代程序的正义。过分重视结果的合理性往往会导致过程中的不择手段和残暴血腥，从而偏离公平和正义的原则。在革命后期，当执政党坚持恐怖统治时，德穆兰站出来谴责支持暴力统治的雅各宾派。内心的良知与对民主的向往抑制了他对权力的欲望，使他逐渐远离权力斗争和阴谋诡计，这也导致了他与其他革命者之间不可调和的矛盾。他创办的《老科德利埃报》在最后两期中对罗伯斯庇尔和雅各宾派进行了尖锐的抨击。他甚至在委员会会议上公开斥责罗伯斯庇尔："焚烧不是回答"（希拉里·曼特尔，2016：792），以此回应罗伯斯庇尔的不合理要求。此处，德穆兰引用卢梭的名言来讽刺罗伯斯庇尔企图以"焚烧"的方式来回避革命中存在的问题。

可见，表面的团结掩盖不了深层次的矛盾。德穆兰与以罗伯斯庇尔为代表的革命领导人在理念与政见上出现分歧终究无法避免。德穆兰的顿然醒悟及自我抑制让他对雅各宾派其他领导人激进的社会政策不予认同，对革命的暴力倾向和极端手段无比担忧。这种内心的挣扎与外部的政治对立共同构成了对其之前颠覆力量的抑制，这也使得二人之间彻底反目，为德穆兰的死刑埋下伏笔。

b. 与"变味"革命背道而驰

英国著名文学评论家马尔科姆·布拉德伯里（Bradbury，2005）认为，统治阶级允许并鼓励颠覆与抑制共存，有时他们甚至刺激公众挑战现行的统治秩序，以让他们宣泄不满，但前提是保证统治阶级的实际利益不受损害，并且不改变当前的统治关系。小说中，在革命前期，德穆兰通过演讲、传单等形式积极宣传暴力革命的正当性，以挑战现行的封建统治秩序。他的小册子《巴黎灯塔演讲辞》宣扬了革命的正当性和必要性，以及革命后新社会的构想，激励民众参与到革命中来。这反映了德穆兰对暴力革命正当性的支持，以及他对建立一个更加民主、平等的新社会的渴望。然而，随着革命走向极端，原本追求民主和平的革命理想逐渐被权力斗争和暴力行为所取代。到后期，革命已经变味：雅各宾派实行了"恐怖统治",采用了激进的手段镇压温和派和反革命分子,从而将革命推向了极端暴力的顶峰。"在文学作品中我们能看到个人的反抗,同时也能够看到这种反抗被权力机制利用或招安的过程。"(赵一凡,2006:678)尽管个人反抗的努力被新的权力机制所抑制,德穆兰反对专制统治、支持民主和平的初衷不曾改变。他反感毫无节制的杀戮与恐怖统治,建议政府温和执政。然而一切为时已晚。他曾经宣扬的暴力革命正当论助推了"变味"革命的快速发展,反过来又抑制了自己的颠覆力量。对于法国大革命时期社会不公的深切感受,以及对于实现自由和平等的强烈愿望,促使德穆兰置身于变味革命的对立面。在《老科德利埃报》中,德穆兰呼吁:"把被你叫作'嫌疑犯'的二十万公民从监狱里释放出来吧。"(希拉里·曼特尔,2016:776)针对罗伯斯庇尔企图用暴力来统治社会秩序的行径,他批判道:"你好像决意要通过断头台来消灭反对派——但是,这是好不明智的行动。"(希拉里·曼特尔,2016:825)他曾感叹:"我曾梦见一个全世界都要羡慕的共和国,我根本不会相信,人竟会如此凶残,如此不公。"(希拉里·曼特尔,2016:914)可见,德穆兰对自由民主社会的向往使得他对这种"变味"革命的失望与抗拒更加剧烈。他的温和立场与对法治的坚持使其成为激进派眼中的"共和国的罪人",从而面临道德谴责与政治迫害,最终以莫须有的罪名被送上断头台。这种对暴力革命正当性的支持与反思,体现了德穆兰在革命过程中的复杂心态和对理想与现实之间矛盾的认识。

4.1.3　情感层面的颠覆与抑制

1) 情感颠覆:德穆兰与安莱特的禁忌之恋

颠覆不仅发生在政治权力斗争中,也发生在两性、家庭关系等日常生活所引发的矛盾冲突中。在《一个更安全的地方》中,德穆兰夫妻伦理意识缺失,在夫妻关系存续期间与安莱特保持暧昧关系,从而挑战了伦理禁忌,颠覆了传统伦理秩序。小说中,安莱特是公务员克劳德的妻子,两人年龄差距较大,没有多少共同语言,而且互相猜忌。丈夫克劳德一心努力奋斗,渴望晋升到公务员的最高职位。而妻子安莱特原本是出身富裕、备受追捧的女子,婚后,她对年长得足以当她父亲且毫无趣味的丈夫克劳德感到极度失望,甚至认为他们的婚姻"结局悲惨,仿佛泥泞田野中横陈的无名尸体"(希拉里·曼特尔,2016:84)。就在她对婚姻感到绝望,开始考虑"婚外情"等出路时,年轻的德穆兰走进了她的生活。两人的初次见面气氛微妙,仅通过短暂的目光交汇,德穆兰便对这位面带红晕、略显羞涩的女子留下了深刻的印象。而安莱特也被这个充满魅力的年轻人所吸引,心中泛起了难以忘怀的情愫。第二次拜访时,德穆兰看她的眼神变得更加谨慎,仿佛两人之间

已经达成了一种默契，决定不轻易做出任何冲动的行为(希拉里·曼特尔,2016:
87)。尽管身份和伦理道德对他们构成了约束,但对德穆兰而言,这份激情显得尤
为珍贵。正如宋希仁(2004:359)所言,"自由是心灵的最高存在"。这种情感上的
自由对他来说具有不可替代的价值。在接下来的两年里,随着德穆兰频繁拜访克
劳德家,他和安莱特有了更多的接触机会。他们通过讨论戏剧、书籍以及共同认
识的人,逐渐建立起一种微妙而亲密的关系。最终,德穆兰决定打破社会伦理的
束缚,向安莱特表白了自己的爱意。即使遭到了拒绝,他依然无法割舍这段感情,
深陷于这场不伦之恋中难以自拔。连丹东都忍不住感叹:"这是你最后的疯狂
吗?"(希拉里·曼特尔,2016:97)面对这段情感纠葛,德穆兰始终追随自己的内
心,勇敢挑战传统的伦理道德。为了更接近安莱特,他甚至选择与她的女儿露西
尔结婚。"我觉得娶了她(露西尔)更好。这样更长久,不是吗? 让自己成为她们
家庭的一员。安莱特总不会派人来抓我吧,如果我是她的女婿,她就不会那么做
了。"(希拉里·曼特尔,2016:97)尽管无法成为安莱特的丈夫或情人,但成为她的
女婿意味着他能以另一种方式融入她的生活,守护自己的爱情。当然,做出这样
的决定,德穆兰并非毫无顾虑,内心也承受着道德上的痛苦。他对安莱特的爱既
狂热又诚挚,他尊重她,并渴望能够陪伴在她的身边。德穆兰渴望摆脱世俗伦理
的束缚,追求自由的爱情。这种对爱情的执着追求与他在政治上追求民主自由的
革命理想一样坚定,使他的形象更加丰满立体。这段婚外恋情"没有情缘的交往,
但它确实有过令人怦然心动的时刻"(希拉里·曼特尔,2016:88),不仅挑战了传
统的婚姻伦理和社会规范,还展现了德穆兰在生活领域对既有秩序的反叛和个人
情感的解放。这体现了他个人感情和政治理想之间的复杂关系,揭示了他对自由
和平等的双重追求——无论是在政治舞台上还是在个人生活中。

2) 情感抑制:德穆兰忠于妻子露西尔的爱情

婚姻被视为"具有法的意义的伦理性的爱"(宋希仁,2004:373),其实质是一
种伦理关系,而夫妻关系则是家庭伦理的核心。德穆兰对安莱特的激情是对传统
伦理约束的挑战,这种感情不仅缺乏法律意义,还违背了伦理道德。相比之下,他
与妻子露西尔的婚姻则符合道德规范和社会习俗,是一种融合了情感、道德责任
和伦理承诺的契约关系。德穆兰对婚姻的伦理责任以及对妻子露西尔的伦理承
诺成为他与安莱特不伦之恋的抑制力量。他对婚姻的忠诚和对妻子的承诺使他
在个人情感与道德责任之间陷入了深刻的内心挣扎。最终,这种内在的抑制力量
促使他选择履行婚姻伦理责任,决定不辜负妻子露西尔的深情。

德穆兰迷恋安莱特,却选择和她的女儿露西尔结婚。这种行为本身就呈现出
一种矛盾冲突——个人欲望与伦理道德之间的冲突。与安莱特的激情相对照,德
穆兰与妻子露西尔的夫妻关系体现了他们对传统家庭伦理的坚守与对情欲的克

制。夫妻关系本质上是一种权力关系,而不平等的权力关系容易导致夫妻关系破裂。德穆兰在基于平等、尊重和相互支持的基础上经营着与露西尔的关系。尽管德穆兰迎娶露西尔的初衷是利用他们的婚姻来掩盖与安莱特的地下恋情,但他最终被露西尔的坚定与深情所感动,抑制住了内心的欲望和冲动。他并没有利用露西尔的单纯善良,而是回报以关爱与真心。他在乎露西尔的感受,曾多次询问她是否幸福,是否喜欢与他在一起的生活(希拉里·曼特尔,2016:340)。正是因为他有家庭责任心,他才对露西尔心怀愧疚,并渴望弥补自己的过错。夫妻之间的沟通和协商对于维护平等的权力关系至关重要。露西尔更是以"坚强"和"责任"诠释了一位好妻子的形象。她始终坚定地站在德穆兰身边支持他:在他遇到挫折时,她耐心倾听和安慰;当罗伯斯庇尔以高高在上的姿态向德穆兰提出不合理要求时,她勇敢地站出来指责;在丈夫的报刊遇到问题时,她积极协助解决;甚至在因丈夫的"罪行"受到牵连时,这位年轻的妻子也毅然决然地走上断头台。如果说年轻的德穆兰对安莱特的激情是颠覆社会伦理的冲动之举,那么妻子露西尔无怨无悔的付出无疑是抑制这一冲动的良药。在露西尔的陪伴下,德穆兰的伦理意识得以回归,他开始承担起作为丈夫的伦理责任:两人在困境中相互扶持,共同面对生活的风风雨雨。故事的最后,德穆兰在监狱中写信,向妻子袒露了革命五年来的酸甜苦辣,诉说着他对她的爱意与不舍。在审判庭上,德穆兰敏锐地察觉到阴谋的气息。当他意识到那些陷害他的人即将谋害他的妻子时,内心的愤怒与惶恐再也无法抑制,不顾一切地冲向那些虚伪的法官。最终,夫妻二人共同赴死,为小说勾勒出沉重而感人的一幕。

4.1.4　在颠覆与抑制中的自我塑造

"自我塑造"是指个体通过一系列有意识的选择和行动来发展和完善自己的个性、能力、价值观和社会角色的过程。它涵盖了个人成长和发展中的多个方面,包括个性发展、技能培养、价值观确立、目标设定与追求、情绪管理、人际关系建立等。作为一个持续的过程,"自我塑造"要求个体不断评估自己的现状与期望之间的差距,并施以各种努力去缩小这种差距。在这个过程中,个体可能会受到自我怀疑、社会压力等方面的挑战,但经过坚持不懈的努力,最终能够朝着成为更好的自己迈进。在《一个更安全的地方》中,德穆兰通过政治层面和情感层面的颠覆和抑制,实现了自我的成长和完善。他从组织和参与革命到反思和抵抗暴力革命,再到放弃不伦之恋选择坚守婚姻,这一系列经历展示了他在不同方面的自我塑造过程。

　　1)德穆兰在颠覆中自我磨炼

　　"自我塑造不是顺向获得的,相反,它是经由某些被视为异端、陌生或可怕的东西才得以获得。"(曹丹,2011:45)《一个更安全的地方》中的德穆兰被描绘为一位坚定的革命理想主义者,他与当时的社会权力结构格格不入,成为一个异端和对抗者。通过挑战既有的社会秩序,投身激进革命,并追求自由恋情,德穆兰完成了一次从普通民众到革命领袖、从权力边缘到权力中心、从道德束缚到情感自由的逆向自我淬炼过程。在政治方面,德穆兰质疑封建王权,提倡平等自由,支持共和制,从而成为保王党等封建旧势力的眼中钉。他对封建制度的批判和对共和理想的坚持,使他成为革命者眼中的领导者。他的坚定信仰不仅提升了他在革命者心中的形象,也让他成为推动社会变革的关键力量。在情感方面,德穆兰对传统社会伦理道德提出了挑战。他勇于追求爱情,敢于打破伦理禁忌,这不仅反映了他对个人自由的渴望,也展示了他在极端社会环境下的勇气与决心。尽管最初他试图利用婚姻掩盖与安莱特的关系,但他最终被露西尔的深情所打动,选择坚守这段婚姻,体现了他在情感上的成长与成熟。这些颠覆性行为促使德穆兰更新自我认知,拓宽视野,提升思维层次,助推自我的革新与发展。无论是政治上的激进革命,还是情感上的不伦之恋,德穆兰都在不断挑战权威,追求理想。这种复杂的个体形象塑造了一个敢于质疑、勇于突破的革命者形象。

2) 德穆兰在抑制中自我成长

"抑制"能够将"颠覆"控制在一定范围内,防止其产生实质性的后果。德穆兰原本希望通过暴力革命推翻旧政权,但这种激进的想法逐渐受到他的自我抑制。在革命初期,德穆兰积极支持暴力革命,通过演讲和传单宣传其正当性,旨在推翻旧制度,实现自由和平等的理想。然而,随着革命的发展,他开始担忧其暴力倾向,并对雅各宾派的极端立场提出批评。意识到极端暴力已偏离革命初衷后,德穆兰转而支持更加理性和温和的做法。内心的良知和对革命理想的坚持促使德穆兰反思革命及其自身的行动。他甚至为自己发表的小册子所带来的后果感到后悔。这种反思不仅体现了他对革命理念的重新审视,也展示了他在面对现实时的理智与责任感。德穆兰逐渐认识到,唯有通过理性和温和的方式,才能真正实现自由和平等的目标。在夫妻关系上,德穆兰的伦理意识也开始回归。妻子露西尔无怨无悔的陪伴和支持使德穆兰领悟到自己作为丈夫的伦理责任。他最终放弃了不伦之恋,选择回归了妻子身边。这种情感上的转变不仅反映了他对个人自由的追求,也展示了他在道德和责任之间的平衡。在反思暴力革命和坚守婚姻伦理的过程中,德穆兰展现了作为一个革命者面对理性与现实之间冲突的深刻反思。他顺应社会主流价值观与道德规范,实现了自我提升。种种抑制性行为体现了德穆兰的理智、责任感以及对个体道德边界的坚守,使他在动荡的时代中保持了一定的道德高度与人格完整性。

3) 德穆兰在颠覆与抑制的交织中自我完善

　　曼特尔笔下的德穆兰在情感与伦理、个人与政治之间的挣扎,使得他的形象更加丰满立体。在革命初期,德穆兰支持暴力革命,通过演讲和传单积极宣传暴力革命的正当性,这种对社会意识形态的颠覆体现了他对自由和平等理想的追求。在革命后期,他开始担忧革命的暴力倾向,并对雅各宾派的激进立场提出批评,这反映了他对权力滥用和极端行为的抑制。随着革命的发展,他逐渐意识到极端暴力已偏离了革命的初衷,于是转向支持更加理性和温和的做法。这种从激进到理性的转变,不仅展示了他对革命理念的重新审视,也体现了他在面对现实时的理智与责任感。在情感方面,德穆兰起初沉迷于对安莱特的婚外情,挑战了传统社会对于婚姻和爱情的伦理规范。后来,他对婚姻的伦理责任以及对妻子露西尔的伦理承诺成为了他与安莱特不伦之恋的抑制力量。他最终被妻子感动,选择坚守自己的婚姻。这种情感上的转变不仅反映了他对个人自由的追求,也展现了他在道德和责任之间的平衡。由此,德穆兰在颠覆与抑制的交织中实现了政治与个人的融合、情感与伦理的平衡。政治立场与个人情感之间的冲突促使他反思并调整自己的行为与信念,从而在政治和道德层面上不断自我完善。在颠覆与抑制的双重面向中,曼特尔笔下的德穆兰形象既揭示了个体在历史巨变中的矛盾与挣扎,也展现了人性在理想追求与现实制约之间的复杂互动。

　　小说《一个更安全的地方》通过德穆兰的故事,不仅为读者提供了一个全面理解法国大革命的多维视角,还深刻反映了理想与现实之间的冲突,以及个体在历史洪流中如何寻找自己的位置。曼特尔巧妙地融合了详尽的历史记录与丰富的个人想象力,生动再现了法国大革命时期重要的历史事件和人物的内心世界。德穆兰是一个极具深度与魅力的人物。他对革命抱有坚定不移的热忱和支持,同时又对革命过程中出现的问题进行了深刻的反思。他既表现出对传统伦理道德的反叛,又能坚定地承担起婚姻伦理的责任。这种复杂的性格特点反映了革命者在面对现实挑战时内心的挣扎和成长。通过德穆兰的视角,曼特尔不仅展现了个人命运的起伏,还重现了大革命过程中社会的深刻矛盾、旧秩序的崩溃,以及恐怖统治期间的政治氛围。她精细地处理了历史人物的心理与情感世界,赋予他们独特的自我思想,使这些人物形象更加具象化。德穆兰的故事揭示了在极端历史条件下个人伦理选择的复杂性。这些选择不仅塑造了个人的命运,也深刻地影响了整个社会的发展轨迹。德穆兰的经历提醒人们,在追求理想的同时,需要不断地审视行为是否符合更高的道德标准,并思考如何在不断变化的社会环境中坚守信念。通过德穆兰这一角色,曼特尔不仅描绘了历史事件的宏观框架,还深入探讨了历史人物的情感波折和个人经历,从而为读者提供了一个更为立体、全面的历史认知。《一个更安全的地方》不仅是对一个时代的描绘,更是对人性、理想与现实之间永恒张力的深刻探索。它展示了即使在最动荡的时代,个体的选择和信念依然能够照亮前行的道路,指引人们在历史的长河中找到属于自己的位置。

4.2 伦理乌托邦的构建:《弗勒德》中的伦理困境与伦理选择

希拉里·曼特尔是当代英国文坛富有创造力和趣味性的女作家,擅长利用小说叙事的虚构力量对"异化"世界进行批判,不断构建和完善自身的伦理乌托邦构想。她的第四部小说《弗勒德》以 20 世纪 50 年代英格兰兰开夏郡的小镇费瑟霍顿为背景,讲述了小镇居民的日常生活故事,展示了他们在面对超自然现象时的心理变化和动态人生。在宗教改革快速推进过程中,小镇居民们难以改变其根深蒂固的宗教思想和生活方式,对外来新事物摆出了极度排斥的姿态。然而,"幽灵"弗勒德的出现为整个小镇带来了巨大转机。在他的引导下,人们起初的愤怒和无措逐渐消解,他们经历了个人的道德觉醒和转变后,最终选择摆脱旧时代的思想枷锁,迎合新世界的变化,步入一个更为理想的伦理环境。曼特尔用"幽灵"隐喻那些隐藏着的不确定因素,促使人们思考更深层次的社会、文化、道德问题。通过"幽灵弗勒德"的视角,她呈现了当时人们压抑的生活氛围和扭曲的心理状态,并借助"幽灵之手"推动人们做出理性的选择和改变。最终,小说呈现了作家的伦理乌托邦图景,展示了如何通过个人行为和社会变革来构建一个更加公正和道德的社会。

《弗勒德》面世后便获得威妮弗蕾德·霍尔特比纪念奖(Winifred Holtby Memorial Prize),引发学界的陆续关注。评论者普遍认为,《弗勒德》是一部"难以捉摸"(Arnold, 2020:147)的作品,其中的超自然元素、鬼魂、炼金术、宗教等成分赋予该作独特的美学特征,同时也增加了理解其内涵的难度。有学者把《弗勒德》和约翰·厄普代克(John Updike)的《东镇女巫》(*The Witches of Eastwick*)以及穆里尔·斯帕克(Muriel Spark)的《佩卡姆的歌谣》(*The Ballad of Peckham*)归为同类作品,认为它们都表征了"笼罩在看不见的力量之中的带有不同程度现实主义的日常生活"(Horner & Zlosnik, 2000:136)。后续还有学者探讨了《弗勒德》以及曼特尔其他作品中的"超现实主义"(Knox, 2010:313)手法,或者分析《弗勒德》与哥特小说的关系(Pollard, 2019:39-65),又或关注《弗勒德》中的"后现代幽灵"叙事(Funk, 2013:147)。近年来,另有学者注意到《弗勒德》和曼特尔"克伦威尔三部曲"的互文关系(Arnold, 2018:117-132)。本节拟从文学伦理学视角探讨《弗勒德》中的人物处境以及伦理姿态,解读作品中的"转变"

(transformation)主题,揭示曼特尔对英国社会宗教现状的态度以及对社会革新的殷切期盼。

4.2.1 《弗勒德》中的伦理困境

伦理困境强调"文学文本中由于伦理混乱而给人物带来的难以解决的矛盾和冲突"(聂珍钊,2014:258),可见伦理秩序和伦理身份是分析伦理困境的重要因素。通过深度剖析费瑟霍顿小镇居民面临的伦理困境,曼特尔探索了作品中的社会制度、道德观念和生活方式存在的问题,表达了自身对于现实世界的不满和批判。在《弗勒德》中,小镇居民,尤其是神父安格温(Angwin)、修女菲洛梅娜(Philomena)等人一定程度上都因社会伦理秩序混乱或者自身伦理身份的转变而陷入各种伦理困境。信奉上帝的民众、疑似恶魔的烟草商、备受诋毁的悲惨修女、陷入信仰危机的神父等不同类型的人,都面临着道德和伦理上的难题:是继续盲目无趣地过着毫无变化的生活,保持着一成不变的社会关系,还是选择做出一些"改变"以适应社会发展和变化? 他们必须在个人利益与社会责任之间做出选择。曼特尔曾经在非洲生活过一段时间,这段经历"改变了她思考问题的方式,从而使其成为了一个不一样的作家"(Arias, 1998:286),"转变"正是其竭力表达的重要主题。

《弗勒德》的故事始于主教艾丹·拉斐尔(Aidan Raphael)。他携着一股"改革之风"来到费瑟霍顿小镇。初现时,他是一位与时俱进的神职人员,是施行宗教改革的先锋。这一伦理身份决定了他的伦理责任:推动小镇居民脱离罗马天主教权威,改革其落后的宗教思想。费瑟霍顿小镇是现行伦理秩序的载体,居民们遵循着一套长期形成的伦理规范和社会秩序。拉斐尔首先要求小镇神父安格温改变迂腐的天主教教会仪式,并命令他带人拆毁那些圣徒雕像。由此,新旧思想的交锋与矛盾突显:一方面,主教谴责小镇教会和民众在搞"偶像崇拜"(Mantel,1989:21),是盲目守旧的思想体现;另一方面,镇上的人则坚持这些圣像"是象征,是强大的东西"(Mantel, 1989:79),应该得到应有的尊重和崇拜。拉斐尔的改革思想难以实施,就连同僚安格温也对他的伦理价值体系持怀疑态度,甚至视其为"一个超出我经验的人"(Mantel,1989:9)。宗教改革过程中新旧价值观引发的矛盾与冲突推动了社会的思想解放,但同时也伴随着激烈的争斗。为了防止小镇居民的旧思想、旧方式死灰复燃,拉斐尔主教更是扬言要指派副牧师来协助安格温对小镇施行更深层次的改革。这便为小说后续弗勒德神父的出现以及对他身份的认定设下了伏笔,也为小镇上各类人物即将陷入的伦理困境作出了预设。

安格温神父的信仰危机。神父通常负责一个教堂或堂区的教务,并主持宗教活动，是教会内拥有神权之人。安格温神父负责费瑟霍顿小镇的教务，主持各类仪式，被视为当地信徒灵魂上的引导者。然而，就是这样一位教民们眼中德高望重的神职人员，如今却陷入了严重的自我怀疑和信仰恐慌之中。一方面，作为一个传统闭塞小镇上的神父，安格温面对宗教改革带来的新思想无法适应，对新要求无所适从。表面上，他是一个虔诚的基督徒，坚持的是天主教教义和教规仪式，崇拜的是那些有象征意义的圣像。拉斐尔主教要求他改革教会、发挥道德榜样时，他表现出为难和反感：他依然坚持守旧和传统的管理模式，认为宗教改革有可能让镇上居民的思想变得混乱。尽管最终迫于主教的压力他还是带领众人将那些圣像掩埋，但他心中对"旧教"和"新教"之间的教义和实践有了疑问，从而开始反思自己的信仰之路。另一方面，安格温内心实际上早就"背叛"了传统的天主教，"背弃"了自己的伦理身份，为此他一直惶惶不安，愧疚交加。与此同时，为了"顺应信徒对于确定性上的心理需求"（施路赫特，2014：33），他继续向教民们提供宗教关怀，令其坚信自己依然是上帝的选民，从而能够获得救赎，以此来维持小镇现有的秩序。作为一名罗马天主教会的神职人员，他本应全心全意地信仰上帝，遵循教会的教义，过着简朴的生活，远离世俗的诱惑。然而，在他内心深处，对于现世生活的渴望却如同野草般疯狂生长——他渴望品尝美酒、享受美食，甚至向往那些被教会视为禁忌的快乐。尽管这种渴望与他的身份背道而驰，但他依然努力戴着"虔诚"的面具生活，以此掩盖内心信仰的丧失。这种表里不一的生活状态意味着安格温陷入了难以抉择的困境，从而也让他变成了一个典型的"莎士比亚式"人物：内心充满矛盾和挣扎，不断进行自我质疑与反思。"也许信仰会再次长出来，面具会长进肉里"（Mantel，1989：52）。他内心进行着深刻的自我对话，或许有一天，信仰会再次在他心中生根发芽，但在此之前，他不得不继续戴着面具生活，直到面具与他的肉身融为一体。安格温深知自己触犯了天主教的禁忌，却无法控制内心的欲望，甚至试图通过酒精来麻痹自己，逃避现实。在英国宗教改革的大背景下，安格温面临着一个重大的选择："我的思想可能会发生世俗化的转变，我可能会成为某种理性的人。"（Mantel，1989：354）这种信仰危机不仅是他个人的挣扎，也是时代变迁的反映——虔诚的基督徒在新旧思想碰撞中逐渐产生了理性的世俗化思维转变，他们既纠结于国家宗教制度的新变化，又竭力想摆脱旧思想旧体制的束缚。这种"自我意识"的不确定性正是安格温信仰危机的真实写照。

菲洛梅娜修女的两难抉择。身为爱尔兰后裔，曼特尔从小便接受了天主教思想的教育，参加过各种宗教活动，但到12岁时，她却放弃了自己的宗教信仰。这一人生经历在《弗勒德》中的菲洛梅娜修女身上得以体现。菲洛梅娜是一位来自爱尔兰的年轻修女，她因故被赶出原来的修道院，后来到了偏远的费瑟霍顿小镇，加入了当地的一家修道院。在这里,她受到佩佩图亚(Perpetua)修女严格恐怖的管理和控制:从无味的食物到无休止的祈祷,再到笨拙的穿着以及必须始终戴着的头巾。严格的教条教规和严苛的修道院生活几乎令菲洛梅娜窒息。她拥有一个纯真且明智的灵魂,一直梦想着摆脱传统宗教的束缚,逃离毫无意义的修道院生活,追寻现实世界的美好。实际上,虽身为修女,但菲洛梅娜对教义一直持怀疑态度,对上帝的信仰似乎也不那么坚定。她认为,上帝"从来没有伸出一根手指把我们从愚蠢的生活中解放出来"(Mantel,1989:117)。但迫于佩佩图亚修女的强权威慑以及自我理性的抑制,她将所有的恐惧和渴望深埋在心底。

随着弗勒德的到来,菲洛梅娜的痛苦进一步加剧,她即将面临足以改写命运的伦理困境。菲洛梅娜与弗勒德最初相遇于圣托马斯·阿奎那教堂。在那里,弗勒德逐渐了解到菲洛梅娜复杂的内心情感:对上帝的质疑、对未来的迷茫以及对自由的渴望,他意识到,现在正是拯救菲洛梅娜"摇摆"的灵魂、推动"变革"的关键时刻。自此,伊甸园中撒旦引诱夏娃偷吃禁果的一幕再现:弗勒德开始像恶魔一般引诱菲洛梅娜修女堕落,追求世俗生活,享受男欢女爱。此时,菲洛梅娜陷入了伦理两难:是克制自我的欲望,继续维持寡淡严格的修道院生活,还是遵从本心,打破教条,追求自己的梦想生活?选择前者意味着继续承受无尽的欺凌和痛苦,选择后者则可能要放弃自己的伦理身份,去面对未知的将来。这种选择就像哈姆雷特的名言"To be or not to be,that's the question."一样,成为一个令人痛苦不堪的伦理难题。菲洛梅娜"发出一声长长的哀嚎,这是震惊和痛苦的哀嚎;她哭着把拳头放进嘴里,嘴巴绕着骨节,呜咽声从骨头周围发出"(Mantel,1989:110)。这种难以用言语来形容的心境体现了这位修女内心的伦理交锋,是维持信仰、坚守贞洁,还是摆脱陈腐教条、迎接新生,她陷入了无休止的两难抉择。

小镇居民失衡的伦理环境。费瑟霍顿位于英格兰北部,三面环绕着沼泽地,交通不便。这里的建筑呈现出哥特式风格,尖形拱门大教堂的"窗户上覆着厚重的油脂和烟灰,还有角落里的灰色蜘蛛网"(Mantel,1989:182),营造出一种封闭且窒息的空间感以及衰微萧条的孤独氛围,隐喻着小镇居民不安与恐惧的心理及精神状态。当地民众受教育程度不高,盲目崇尚罗马天主教,思想保守落后,对新教改革持强烈的抗拒态度。修道院的修士修女们受到严苛的教条教规管束,只能吃掺杂沙砾的水果面包,生活压抑痛苦。当地的孩子们默认被送到由佩佩图亚修女管理的圣托马斯·阿奎那教区修道院学校接受罗马天主教思想教育。几乎所有的人都过着单调沉闷的生活,保持着一成不变的社会关系。大多数居民都是贫困的工人,希望通过信奉上帝来获得内心的安慰以及精神的寄托。受社会阶层和生活环境所限,镇上的人安常守故,不肯轻易接受新事物,对于一切打破常规、改变他们生活模式的东西,如文字、抱负等都充满歧视和抗拒。

当宗教改革之风席卷欧洲并吹入这片宁静的土地时，小镇居民就像看到挑事的邻居上门一样充满了敌意。虽然在阶层威压和改革趋势的推动下，他们不得不压制自己的主体性，但内心的不满和抱怨从未停止过。对于拉斐尔主教要求他们拆毁并埋葬圣徒雕像的命令，他们雇佣了专业掘墓人来准备圣地，并"带着哀悼的表情参加雕像的葬礼"(Mantel，1989:27)。在小镇居民固守的思想认识中，那些圣徒雕像不是虚幻的存在，而是真正的"死尸"，代表着真实存在过的人。就像邓普西(Dempsey)小姐所认为的那样，"他们就像人一样，他们就像我的亲戚一样"(Mantel，1989:27)。当人们将雕像埋入地下并从上面走过时，他们会感到"不寒而栗，就像在死人身上行走一样"(Mantel，1989:79)。对现状的依赖和对变化的排斥，正是小镇居民对于失衡的伦理环境的一种防御姿态。在"流动的现代性"社会中，变动是唯一不变的东西。小镇居民在这样的时代背景下，面对突如其来的变化，不知道该如何生活，也不知道该信仰什么。他们感到茫然若失，惊恐不安，渐渐丧失了主体性。

在《弗勒德》中，无论是安格温神父、菲洛梅娜修女，还是多数小镇居民，都面临着不同程度的伦理困境，而这些困境的主因，则是"变化"带来的挑战。对于迎面而来的宗教改革和社会发展，小镇居民如果固守成规，则意味着贫穷和愚昧，意味着僵化和落后；如果选择"改变"，则代表着要放弃传统和信仰，走上一条未知的道路，这条道路具有可能对当下生活带来深刻影响的不确定性。在这样的伦理两难中，弗勒德主教的到来成为他们的伦理救赎。在他的帮助下，他们经历了个人成长和伦理觉醒的过程，通过变革和自我超越，努力构建一个更加美好的社会。

4.2.2 《弗勒德》中的伦理选择

弗勒德的伦理义务。在西方哲学史上，巨匠尼采和叔本华创建了人的自我救赎的现代思想，认为人得到救赎的关键在于进行自我认知和自我创造(杨玉昌，2020:206)。其终极目标是在对自我价值的深入探索后，找寻自己真正的社会责任和义务，使灵魂真正得到安宁，从而完成自我救赎。个体追求作为最重要、最具伦理救赎性的行动(施兰，2018:16)，成为众多作家在作品中竭力探索的伦理路径。如果说弗洛伊德的鬼魂是个人未完成事业的象征，德里达的鬼魂是集体压抑的症状，那么弗勒德神父则可以被解读为曼特尔认识论的象征和通道。"幽灵"弗勒德在小说中的神秘存在不仅是超自然现象的象征，更是推动小镇居民伦理觉醒的重要力量。可以说，"弗勒德"就是曼特尔在小说中实现她伦理义务的代表，他通过引导安格温神父、菲洛梅娜修女等人的个体追求，实现了自己真正的社会责任和义务。"幽灵"弗勒德这一隐喻折射出的意象本质上是乌托邦式的道德想象，体现出虚无的不确定性。一方面，曼特尔通过塑造这样一个游离于真实时空之外的角色来表达对我们这个时代之前的天神国度的绝望和渴望；另一方面，这个角色还预示着人类对自身和对世界的认识可能出现一种新的形态。

在《弗勒德》中，曼特尔"在她反现代主义的认识论思想下赋予看不见的东西特权"（Davis，2005：373），以此来对抗想象中的超现实主义，引导人们完成自我认知的转变，获得自我救赎。小说主人公是来自 15 世纪的炼金术士弗勒德，作为一个"不能被过早简化为已知对象"的"幽灵"（Davis，2005：379），他拥有某种未知的魔力，不仅能够打破时空限制，还能"扰乱"过去、现在和将来。而他那神秘的"幽灵"形象完全有迹可循。在一个雷雨交加的夜晚，弗勒德凭空出现在小镇上，引起小镇居民的困惑和恐慌，引发了各种猜测和想象。他的到来本身就具有伦理维度，自此该角色开始贯穿于整部小说的故事线。他的形象变化多端。凡是见过弗勒德的人都很难说清楚他的长相，就连和他有过漫长谈话的安格温神父也只是"清楚地记得他们的谈话内容，却无法把这个年轻人的脸记在心里"（Mantel，1989：55）。弗勒德神秘莫测。喝水时，他杯中的水永远不会减少；吃饭时，餐盘里的食物也总是吃不完。就连他的行为举止也怪诞诡异，当他睡着时，就像死去一般，连呼吸都仿佛停止了（Mantel，1989：167）。"幽灵"弗勒德游移在费瑟霍顿小镇上，穿梭于各类居民中间，对小镇造成了不可忽视的影响：他引导安格温神父正视内心的真实想法，帮助菲洛梅娜修女转变伦理身份，推动小镇居民逐渐习惯于趋同的社会团体生活模式。弗勒德犹如一个"催化转换器"（Honer，2000：146），他所做的不是直接改变人们的生活方式及个人信仰，而是鼓励人们自己挣脱压迫性宗教制度的枷锁，实现自我意识的根本性转变，这也正是弗勒德这个形象的伦理意义所在。在弗勒德的力量推动下，人们进行着不同形式的伦理选择，作出了一种向着更加公正、开明的社会状态过渡的努力，朝着伦理乌托邦迈进。

安格温神父的选择：坦白和信任，从信仰危机中解脱自我。"伦理身份是人的根本标志，身份决定行为，身份承担责任，身份要尽义务"（聂珍钊，2014：263）。"神父"是安格温的伦理身份，这一身份决定了他必须承担的责任和义务。作为神职人员，他必须虔诚地信仰上帝，这种信仰不仅是理论上的认识，更是通过实际行动和生活方式体现出来的生动的信仰实践。他还必须致力于传播这种信仰，教育和指导信徒，确保他们得到正确的神学和伦理教育。然而本应如此的安格温神父此刻却陷入了伦理信仰危机：表面上他信奉上帝，内心里却推崇恶魔的影响，否定上帝的权威。神父的责任与义务对安格温来说是一种负担，给他带来了极大的精神压力。与此同时，"幽灵"弗勒德出现了，他帮助安格温逐渐认清自己的本心。"由于理性的成熟，人类的伦理意识开始产生，而理性的核心是伦理意识"（王灼，

2019:17)。在幽灵之手的推动下,安格温的伦理意识得以回归,在理性思维的驱动下,他选择向弗勒德神父坦白困扰自己的信仰危机。

在弗勒德出现之前,尽管安格温内心对上帝的权威存疑,甚至认为魔鬼的力量更强大,但他表面上依然不折不扣地执行教区神父的职责。在拉斐尔主教提出改革原有宗教仪式和教义时,他内心并不以为然,但仍然指导教民们把旧的圣像埋入地底。他一直将信仰问题深藏于内心,不让任何人窥探到。而当炼金术士弗勒德凭空出现在小镇时,转变悄无声息地开始了。"炼金术"是曼特尔故事的常见主题,充满隐喻色彩。"炼金术士"的伦理身份让人想到那些能够合成药水、魔法道具等物品的魔法师,神秘莫测。在费瑟霍顿小镇居民眼中,弗勒德神父就好像每天都戴着不同的面具,根本无法窥测其真容。于是,他便被人们赋予了不同的伦理身份。在安格温神父眼中,弗勒德是拉斐尔主教派来的监督者,是宗教变革的推动者,是打破社会秩序的动荡因素。然而,神秘的"炼金术"最先作用在安格温神父身上,使他对弗勒德的态度从一开始的戒备和提防转变为信任和坦白。

安格温神父内心备受煎熬。尽管他质疑上帝的力量,相信恶魔的影响力,但却深受其扰。他感觉自己身边总萦绕着某种"幽灵",神秘而恐怖,令他无比压抑,急需找到一个宣泄的出口。于是,在一个阴森恐怖的夜晚,安格温邀请弗勒德来家里共进晚餐。其间,他向弗勒德祖露了自己长久以来隐藏的真实感受:"我醒了,它在夜里消失了。"(Mantel,1989:49)他通过隐喻的方式,将自己的信仰实践当作"梦"了一场,生动的表达使弗勒德这个听众更容易感知和理解他此刻复杂的情感和内心的挣扎。如今,梦"醒了",他的伦理意识开始回归,能够更加理性地思考和看待自己的信仰危机。对于安格温给予的信任,弗勒德的回应耐人寻味:"常识与宗教无关,个人观点与罪恶没有多大关系。"(Mantel,1989:55)此时的弗勒德犹如哲学家一般,通过批判性的思考来审视常识与宗教的关系,挑战和重构传统的思想体系。他的剖析加强了安格温的自我认识,助推其理性意识的回归,并使其清醒地认识到自己的思想枷锁。随后,安格温在弗勒德的引导下不断完善自我认知:他发现拉斐尔主教现在虽然是一位宗教改革先锋,但他曾经坚定地信仰罗马天主教,认为其"没有任何怀疑或异议的余地"(Mantel,1989:157)。这种背离原有的信念体系,转而接受另一种新的信仰,明显就是一种"信仰变节"(Faith Apostasy)行为。拉斐尔主教这种易变的思想状态让安格温神父看到了人性的善变和伪善,从而对新旧信仰体系中出现的不公、伪善、教条僵化、伦理失序等问题更加失望和不满。通过对弗勒德的坦白和与其交流,安格温进行了深度的个人反省和精神探索,对原有信仰价值观和实践产生了疑问,最终发现只有适应新世界、新变化,才能满足自己的精神需求及对真理的追求。

　　菲洛梅娜修女的选择:释放天性,从禁欲理性中解脱自我。禁欲主义者认为:人的肉体欲望是低贱的、自私的、有害的,是罪恶之源,因而强调节制此岸的肉体欲望和享乐,甚至要求弃绝一切欲望,如此才能实现在道德彼岸的人格完善(钟建,2013:43)。在《弗勒德》中,菲洛梅娜修女因为教义中禁欲主义思想要求与自我天性追求的冲突而陷入伦理两难:是继续压抑个人的生理需求和欲望,做一个合格的修女,还是遵从个人自由意志,追求自我幸福和人性完整? 陷入伦理困境中的修女痛苦不堪。在修道院中,她备受精神上的奴役,苦苦压抑自己的生理欲望和情感需求,时刻寻求机会逃离这个精神牢笼,摆脱宗教禁欲枷锁,奔向能自主决定自己的生活方式和价值观的地方。因而,当炼金术士弗勒德伸出手时,她最终选择奔向他的怀抱,迈向她的乐园。人的欲望是人性中不可分割的部分,且欲望的合理满足有助于社会和谐和个人幸福。菲洛梅娜修女的伦理选择实际上打破了禁欲主义思想的束缚,满足了自我生理层面和精神层面的双重需求。

　　与弗勒德春风一度之后,"修女"菲洛梅娜从此变成了"女人"菲洛梅娜。炼金术士弗勒德的"催化转换器"作用可见一斑。故事开篇时,菲洛梅娜修女几经转辗来到这个偏僻的小镇,生活在当地一座灰扑扑的修道院里。她总觉得小镇弥漫着一股腐烂的气息。表面上,这是埋在地下那些逐渐发霉的雕像散发出的腐味,而实际上,这股腐烂的气息隐喻着陈旧的小镇及其僵化的思想体系。虽然菲洛梅娜被困在这个沉闷封闭的小镇中,受忽视人性的宗教禁欲主义思想束缚,但心理压力和伦理冲突并没有打倒她,也没能令其放弃对个人自由意志的坚持和对现实美好生活的向往。面对复杂而艰难的现实,她敢于挑战传统观念和宗教制度,积极尝试各种方法和途径来推动自我进步。她始终对未来抱有乐观态度,相信通过持续努力,目标总有一天会实现。面对挑战,她始终站在"理想主义者的指尖"(Mantel,1989:101),重视自我内在的成长和精神追求,坚信改变是可能的,并坚持着对美好未来的向往与追求。

　　人是一种伦理的存在,分析文学作品就要"分析其中人物的伦理选择过程及其结果,揭示文学作品的历史价值及现实意义"(聂珍钊,2014:9)。菲洛梅娜修女身上人性因子和兽性因子的伦理因素并存,她个人的伦理选择显得尤为重要。对于菲洛梅娜而言,她的兽性因子表现在绝对遵从上帝的权威和旨意,继续做着禁欲主义的"笼中鸟",缺乏自由和尊重,没有人的思考权利;她的人性因子则体现在善于发现问题,对社会问题、宗教制度、行为方式等进行深入的思考和批判,尤其对不公、腐败、堕落等现象表现出深切的关注和反抗。人性因子与兽性因子的不同组合和变化形成伦理选择的过程。在人性因子主导下,菲洛梅娜修女选择放弃修女的伦理身份,跟随弗勒德逃离小镇,开启自由生活的新模式。伦理身份的转变不是一个容易的过程。当菲洛梅娜来到曼彻斯特酒店时,陌生的环境令她感到恐惧,她一下子很难摆脱固有思想的影响。在她眼中,接待员就像一个来自"梵蒂冈城的阴谋家",让他们在"像一本被锁起来的圣经"的登记册上签名,就连接待员帮他们挑选房间钥匙的行为都好像是"圣彼得为一个刚刚被选出的人挑选一把钥匙"(Mantel,1989:163)。由于身份同道德规范联系在一起,因此伦理身份的转变就容易导致伦理混乱(王灼,2019:119)。此时,伦理身份即将完成转变的菲洛梅娜实际上面临着修女伦理身份的道德责任与个人欲望追求之间的冲突,导致思想认识和伦理判断陷入混乱,因此无论看到什么,都会联想到令她内心深处感到恐惧与焦虑的事物。

　　"人的形式是人获得人性的前提。"(聂珍钊,2015:13)对于菲洛梅娜而言,"修女"只是她做人的形式,是她获得人性的前提基础,而只有从"修女"转变成真正的"女人",具有了人的七情六欲及理性情感,才算是获得了真正的人性。菲洛梅娜理性意识增强并最终摆脱伦理混乱正是因为她获得了人性,能够做出理性的判断。她从"修女"变成"女人"的经历犹如弗勒德运用炼金术进行的实践,这一过程能够唤醒个人的灵性、净化灵魂,隐喻着对生命的哲学探索和精神实践。在弗勒德的引领下,菲洛梅娜选择自主决定自己的生活方式和价值观,摆脱了宗教禁欲理性的束缚,成为一个完整的人。弗勒德帮助菲洛梅娜变成了"女人",完成了自己的伦理义务,随后便诡异地消失了。第二天早晨,当从床上醒来时,她感受到了自己的变化。随着失去童贞,她感觉自己换上了新的皮肤,又像穿上新的盔甲一样,变得更加坚硬和强大(Mantel,1989:167),完全能够以新的伦理面貌追求自己的幸福生活。于是,她恢复了自己的俗家姓名——罗伊森·奥哈洛兰(Roison O'Halloran),从而开启了新的人生。

　　小镇居民的选择:顺应改革趋势,从思想枷锁中解放自我。"不同时期的文学有其固定的属于特定历史时期的伦理环境和伦理语境,对文学的理解必须让文学回归属于它的伦理环境和伦理语境。"(聂珍钊,2014:5)费瑟霍顿居民们处在20世纪的英格兰小镇——一个受罗马天主教精神支配与封建制度控制的地方。教堂是小镇的核心地标和社交中心,居民的日常生活主要围绕教会活动进行。他们在宗教信仰中深受天堂与地狱、罪恶与救赎等观念影响,迫切希望通过积极参与教会提供的告解与弥撒等圣事寻求获得灵魂的救赎、罪行的赦免,以及与神圣力量的和解,从而缓解内心焦虑,找到精神上的慰藉与安宁。与此同时,教会通过对教义的权威化、道德规范的严格设定、精神生活的直接干预等手段,实现了对居民思想的深度控制和行为的严格要求。牧师、神父、修女等神职人员就是教会对居民进行精神指导和灵性监督的执行员。在《弗勒德》中,拉斐尔主教来到小镇,以新教改革先锋的伦理身份对当地居民进行精神指导和新教传播。然而,一直以来,罗马天主教传统已深植于小镇民众心中,许多人对教皇的权威、教会的圣事体系等有着深厚的信仰和情感依附。拉斐尔主教带来的"改革"要求试图改变这些根深蒂固的信仰和习俗,自然会遭遇居民的心理抵触和情感阻力。对于普通百姓而言,日常生活的稳定性更为重要。突如其来的宗教改革可能带来的社会动荡和信仰混乱令他们感到不安,他们担心改革会导致社会秩序的破坏,增加日常生活中的不确定性。

　　然而,宗教改革符合 20 世纪英国社会经济变革需求,因而势在必行。炼金术士弗勒德带着施行改革的使命而来,在深陷伦理困境的小镇居民身上应用炼金术。他通过增强人们内心对于幽灵、恶魔的恐惧,迫使人们跳出舒适圈,转变传统的思想观念,去适应新思想新变化。"幽灵"弗勒德是游移在过去和现在、死亡和生活、一种文化和另一种文化之间的一个神秘的过渡人物(Brogan,1998:6)。他就是小镇中的不稳定因素,通过他那变幻莫测的行为表现来影响居民们的思维模式和生活方式,激励他们打破传统教义和习俗障碍,适应社会经济变革需求。小说一开篇就呈现出这样一幅伦理场景:小镇居民在安格温神父的带领下无奈地拆除圣像埋入地下,这隐喻着变革已经开始,但民众根深蒂固的信仰和情感并不容易改变。

　　只有弗勒德的炼金术才能使小镇居民最终改变信仰和生活方式。小说中写到,在一个寂静的午夜,弗勒德施展他的"炼金术"将镇上的人都吸引到墓地。在"炼金术"的催化下,人们仿佛失去了意识,不能自我控制。安格温神父从床上惊醒,他几乎不知道自己在做什么,不由自主地跑出了房门(Mantel,1989:130);菲洛梅娜修女醒来时,"好像被电击了一样",当她站起身,她感到"关节处突然剧痛无比,就好像骨头被锋利的刀具锉过一样"(Mantel,1989:129);邓普西小姐也感觉到了"一丝莫名的凉意"(Mantel,1989:129)。此处的"炼金术"既是神父弗勒德做道场的幻术,也是炼金术士弗勒德的"变革催化剂",更是一种象征性探讨精神成长、灵魂净化、宇宙秩序等深层主题的思想体系。在"炼金术"的影响下,人们身体和感觉的异常反应实际上是一种预警:变革即将带来巨大的冲击,导致普遍的社会性焦虑症和疼痛症。小镇居民对于未知的变革结果感到担忧和不安。当他们跟随弗勒德的召唤到达墓地,并且见证他用铁锹将地下那些雕像挖掘出来的那一刻,实际上就意味着他们共同经历了价值观冲突和混乱导致的适应困难以及身份认同危机之后,重塑了自己的信仰体系和生活秩序。在弗勒德一系列"魔术"催化下,居民们重新审视自我并且顺应了新变革,将自我从传统思想枷锁中解放出来。于是弗勒德"做了他要做的一切"(Mantel,1989:140),完成了自己作为"幽灵"的伦理义务,重塑了小镇居民的集体信仰结构。

4.2.3 《弗勒德》中伦理秩序回归与伦理乌托邦的构建

小说《弗勒德》通过探讨费瑟霍顿小镇居民的伦理困境与伦理选择，展示了伦理秩序的回归和伦理乌托邦的构建过程。作品中的主要人物，如安格温神父、菲洛梅娜修女以及其他小镇居民，各自面临着不同的伦理挑战，而"幽灵"弗勒德的出现则成为推动应对这些挑战的关键力量。弗勒德通过一系列的超自然现象，促使小镇居民们经历了个人的道德觉醒和转变，最终选择摆脱旧时代的思想枷锁，适应新世界的变化，构建了一个更为理想的伦理乌托邦社会。《弗勒德》的叙事表明，通过艰难而不懈的"改革"，人们可以转变旧有的思想认识和社会秩序，构建一个适应时代发展的理想社会。这种构建不仅反映了曼特尔对于"转变"主题的一贯关注，也为读者提供了一个反思现有社会结构和道德规范的机会。实际上，小说结尾，曼特尔巧妙地设计了"光"的隐喻来表征她想要构建的伦理乌托邦图景。"光"这一意象蕴含着知识、启示、生命，与新生、复苏、希望等主题紧密相连，标志着小镇居民的精神觉醒：从蒙昧走向觉悟，从黑暗走向光明。在居民们接受了"光"的启迪后，小镇的伦理秩序得以恢复，整个小镇也变得更加明亮。正如书中所述："地上的霜冻在人行道上折射出耀眼的光芒，宏伟的建筑和高耸的教堂熠熠生辉，居民们摆脱了他们的酸涩和节俭，优雅地行走在街道上，笑容可掬，犹如温暖的太阳，具有点燃心灵的力量。"(Mantel，1989：183)显然，小镇变革后呈现出一派气象更新的面貌，居民们成功摆脱了束缚自我的思想枷锁，进入更广阔的发展空间，获得了更深的生命满足感。

小说《弗勒德》无不体现出曼特尔的"转变"主题，其中"幽灵"就是顺应该主题的重要载体。"幽灵"作为曼特尔小说中不断出现的母题，有着极强的不确定性："幽灵"的存在往往使问题充满变数，其行动和目的也没有明确的定性。因此，作者有意将"幽灵"融入人们熟悉的场景之中，通过意境、人物和情节的构建，让读者体验到一种"不确定性"。小说在宗教改革的大背景下，使"幽灵"弗勒德突破时空与生死的界限，披露了暗藏在当时社会中的伦理道德问题，打破了传统教义强加在人们身上的枷锁，恢复了社会的道德秩序，重构了一个作者理想中的伦理世界。在弗勒德"炼金术"的催化下，小镇居民做出了正确的伦理选择，顺应了变革的需求。在伦理选择过程中，人们呈现出复杂且富有层次的个性，读者难以对其进行准确的定性，从而产生对人物复杂内心世界的猜测和探索，引发文本多重解读的可能性。从结局来看，弗勒德最终消失了。他为什么会消失？他去了哪里？弗勒德是否与小镇里发生的超自然现象有关？种种疑问不得而解，留下无限的探索空间。通过费瑟霍顿小镇这一伦理乌托邦空间的构建，曼特尔不仅展示了个人和社会的双重变革,还传达了对社会革新的殷切期盼。《弗勒德》不仅是对个体道德觉醒的描写,也是对社会整体进步的呼唤,为读者提供了一个反思和追求更美好社会的视角。

伟大的作品必须具备视野的深度与题材的广度,应当关怀人类社会的各个层面,同情各种不同的人们,通晓并关心历史,但是最重要的是要有预见性——作家不单单为自己写作,也要把通过作品传递信息作为自己不可推卸的责任(Sjöberg, 1982:267)。曼特尔以历史人物为原型,借助丰富的想象力描绘社会的伦理现状,关怀人们的信仰危机,积极探索救赎之道以实现自己的伦理义务。她努力从道德层面引导读者主动思考和探索小说中存在的伦理问题,激发其对伦理问题的重视与参与,呈现个人的道德觉醒和转变,构建了一个她所期望的伦理乌托邦世界。

作为曼特尔较早的一部作品,《弗勒德》集中体现了她将贯彻一生的小说创作策略和现实关切,这两者在她之后的作品中从未缺席,包括让她蜚声世界的"克伦威尔三部曲"。曼特尔出生在英格兰中部村庄哈特菲尔德的一个天主教家庭中。在她发表于 2003 年的自传《气绝》中,曼特尔回忆了她成长其中的天主教氛围浓厚的家庭以及这种氛围对她的精神产生的重大影响,同时也讲述了她曾见证的天主教的独裁主义、刻板教条和对女性的压迫,批评了天主教对避孕、流产和独身制度的态度与政策。这也是她在几年后放弃天主教信仰的根本原因之一。曼特尔在《弗勒德》之后的作品中继续表达对英格兰天主教的抵触和批判,"三部曲"中的天主教被刻画成操控和禁锢人类精神的机构,《变温》中的教堂呈现出一片破旧衰败之气,却仍然让人们墨守成规,死气沉沉地生活。总之,在曼特尔看来,英格兰天主教有着落后和迂腐的一面,是普罗大众的精神枷锁,她从早年就开始期望一种革新力量能把人们解放出来,完成向着自由的转变。

曼特尔反抗天主教束缚的文学策略是从历史中取材,将历史人物改编成具有革新精神的主人公,书写出焕发着解放性光辉的故事。在《弗勒德》中,她以英格兰文艺复兴时期的医生和科学家罗伯特·弗勒德为原型,塑造了一位"把个体从压迫性宗教体系的桎梏中解放出来"(Funk,2013:154)的幽灵般的角色。罗伯特·弗勒德在历史上具有占星、炼金、数学和医学等多个领域的知识,曼特尔借用他的形象,探讨了个体如何在宗教束缚中寻求自由和变革。《弗勒德》看似与"三部曲"迥然不同,但实际上采用了相同的艺术策略。在"三部曲"中,曼特尔从都铎王朝的历史中取材,将克伦威尔打造成引领英格兰宗教改革、用福音书为人民带来思想启蒙和进步的风云人物。无论是弗勒德还是克伦威尔,曼特尔都在通过这些历史人物,表达她对彻底扫清天主教落后思想的热切期盼。曼特尔在两部作品中所书写的宗教改革,正是她希望在当代英国社会继续上演的解放性事件。从这个意义上说,《弗勒德》不仅是曼特尔小说创作策略的典型代表,也为其"三部曲"的问世做了隐形的预告。

4.3 商品天堂中的迷失:《巨人奥布莱恩》 中异化消费的伦理审视

曼特尔出生于英格兰德比郡,她的祖母是爱尔兰人。这种独特的爱尔兰家庭背景对曼特尔的创作产生了深远影响,使她的多部作品蕴含着浓厚的"爱尔兰情结"。她不仅多维度描绘了爱尔兰的历史人物,还深入探讨了爱尔兰人的文化、历史及身份认同等主题。曼特尔的第八部小说《巨人奥布莱恩》便是这一兴趣的具体体现,该书通过18世纪末真实存在的爱尔兰历史人物查尔斯·奥布莱恩的故事,深刻反映了爱尔兰的文化和历史。小说以真实的爱尔兰历史人物——巨人查尔斯·奥布莱恩为原型,讲述他为了生计从爱尔兰流亡至伦敦的经历。在伦敦,奥布莱恩不得不靠展示自己的巨人形象来赚取微薄收入。故事中,奥布莱恩遇到了来自苏格兰的外科医生约翰·亨特,后者对奥布莱恩的身体产生了浓厚的兴趣,并试图购买他的遗体用于医学研究。奥布莱恩和亨特,一个不得不出售自己的巨人形象,另一个则为了医学实验求购人体,两人的异化劳动和不健全的消费方式生动地呈现了当时英国社会繁荣表象下的深层异化现象及伦理困境。在18世纪这个科学与迷信交织的时代,社会对奇人异事的好奇心与科学研究的兴起尤为突出。尤其是在18世纪末的伦敦,作为商业中心,这里经济繁荣,物质生活丰富多样,人们沉醉于"进步的浪潮"中,热衷于消费和追求名利。然而,表面的繁荣掩盖不了深层次的社会问题与伦理困境。曼特尔通过奥布莱恩和亨特的故事,揭示了个人在追求生存和知识的过程中所面临的异化劳动和不理性的消费模式,以及由此引发的深刻伦理问题。

在《巨人奥布莱恩》中,爱尔兰农民奥布莱恩多才多艺,擅长讲述古老的爱尔兰神话故事。18世纪是欧洲各地圈地运动的高峰期。这一时期,贵族和地主大规模圈占土地,导致许多农民失去土地和生计。正是在这种历史背景下,奥布莱恩不得不离开家乡,来到英国伦敦,靠展示自己的"巨人"身体来吸引观众的好奇心,以谋取生计。与此同时,苏格兰外科医生亨特为了追求医学进步,不惜花重金求购奥布莱恩死后的巨人尸体用于实验,试图揭示科学奥秘。小说最终以悲剧收场:奥布莱恩因无钱医治而病死在伦敦,亨特也死于医学实验之中。这种戏剧性的结局引发了深刻的思考。奥布莱恩消费自己的"巨人身体"究竟是何种行为?

亨特医生不择手段购买尸体用于科学研究又是何种行为？如何从伦理上评价奥布莱恩及亨特的异化消费？

在 18 世纪的英国社会，"一切皆商品"的价值观盛行，消费者们面临着前所未有的消费选择和消费文化刺激。他们的消费行为不仅反映了个人的生活状况和社会地位，也成为社会变迁和个人身份构建的重要组成部分。小说中，奥布莱恩将自己异化为"商品"，通过展示自己的身体来获取生活资料；而亨特则沉迷于医学实验，将"人"视为商品进行交易。他们在"卖"和"买"的过程中失去了自我主体意识，从而导致其消费行为与自身需求、价值观、生活方式严重脱节。奥布莱恩和亨特的故事不仅揭示了他们的个人悲剧，更映射出当时社会深层次的问题——在物质繁荣的背后，隐藏着对人性尊严的侵蚀和伦理价值的迷失。

4.3.1　异化消费的伦理价值评价

始于西方发达国家的"异化消费"是资本主义社会快速发展的产物，它无时无刻不在影响着人们的生活。根据西方马克思主义的观点，资本主义社会进入"消费时代"后，消费超越了其原本的功能，成为一种符号，促使人的价值目标发生错位，最终导致自我迷失（蔡雪芹，2003：21）。在此背景下，几位重要思想家提出了各自的思想见解。德裔美籍哲学家赫伯特·马尔库塞（Herbert Marcuse）在其著作中指出，尽管发达资本主义社会比以往任何时候都更富裕、更具竞争力，但它始终保持着压抑性，无法真正改善人类的命运。他认为，这个社会通过非恐怖手段实现了经济和技术的一体化，将人改造成畸形生物，形成了一个极权主义社会。在这种社会中，个人的本能、精神和社会生活都被迫服从于资本主义体系的要求。在这里，人丧失了自己的尊严、独立性和人性，缺乏批判性和创造性的思想，成为了被资本主义社会同化的"单面人"（One-Dimensional Man）（马尔库塞，1988：6-7）。法国哲学家让·博德里拉（Jean Baudrillard）则认为，"消费"和"富裕"是现代资本主义社会的主要特征。它们以丰富多彩的物、服务和消费品的形式包围了人类，从而引发了人类生存状态的根本性变化。更多的人处于欺骗性和臣服性的物质环境之下，无法摆脱这种物质环境的束缚。博德里拉强调，现代社会中的丰富物质不仅没有带来真正的幸福，反而使人陷入了一种虚假的满足感中，进一步加剧了个体的异化（博德里拉，1988：29-30）。以上无论哪种观点，都将异化消费视为一种深刻的社会问题，并从社会伦理的角度对其进行探讨。这表明，现代社会中的消费不仅仅是经济行为，更是关乎个体尊严、自由和社会正义的重要议题。通过这种视角，我们可以更全面地理解异化消费如何影响人类的生活质量和社会结构，进而寻求解决之道。

事实上,消费作为一种正常的社会生活方式,不仅满足了人们的基本需求,还推动了经济发展,帮助构建个人和社会身份,促进了文化交流,并提升了生活质量。因此,除了对经济发展的贡献外,消费在塑造人类的行为方式、人际关系和价值观念方面也发挥着重要的指引作用。消费不仅仅是个人的选择,更是整个社会的一种群体行为模式。这种群体性和社会性赋予了消费特定的伦理属性。其伦理意义在于规范和引导人们的消费行为与观念,正确处理人与人之间、人与社会之间以及人与自然生态环境之间的关系。合理的消费伦理要求人们在消费活动中遵循道德原则,确保消费行为既有利于个人福祉,又能促进社会和环境的可持续发展。反之,异化消费作为一种不道德的社会现象,其本质是对消费自身本质的背离、对人的背离和对人的操纵和控制。在这种情况下,理性缺失和过度消费欲望驱使人们为了满足个人的消费利益,往往忽视甚至损害社会利益;为了眼前的一己私利,忽视社会的长远利益。由此产生的异化消费行为可能削弱人际联系,影响身心健康,阻碍社会整体进步和发展。在资本主义社会中,消费逐渐被工具化,消费过程中经济利益的获得常以牺牲社会伦理精神为代价。这种异化的消费方式使人们失去价值理性,从而陷入一系列难以克服的伦理困境。

在《巨人奥布莱恩》中,主人公奥布莱恩通过展示自己奇特的身高来吸引观众并获得报酬。这种行为不仅是对他身体的物化,也揭示了资本主义社会中劳动者与劳动产品之间的异化现象。马克思在其著作中深刻指出了资本主义私有制下劳动者的困境:"劳动为富人生产了珍品,却为劳动者生产了赤贫。劳动创造了宫殿,却为劳动者创造了贫民窟。劳动创造了美,却使劳动者成为畸形。劳动生产了智慧,却给劳动者生产了愚钝、痴呆。"(马克思,1979:46)马克思一针见血地揭示了资本主义社会中异化劳动的真实表现:劳动者生产了珍品、宫殿、美丽、智慧等好东西,但他自己只分配到了赤贫、贫民窟、畸形和愚钝。劳动者与劳动产品相异化,劳动创造的快乐、价值与满足得不到应有的体现。在小说《巨人奥布莱恩》中,奥布莱恩既是生产劳动的主体,又是通过自身劳动创造出来的"商品"。尽管他努力巡回展示自己的身体以获取报酬,却未能获得维持基本生活所需的生活资料,更谈不上体面和尊严。最终,他在贫病交加中死去。街头展览不仅未能实现他的价值,反而让他陷入了被劳动异化的悲惨命运。奥布莱恩的异化劳动使他成了观众观赏的对象,并最终被亨特医生"购买"用于医学实验。在这个过程中,他逐渐失去了自我意识和意志,丧失了人的本质。他的身体被物化,成为消费异化的重要表现形式。生产实践活动在本质上是人类得以生存、人类社会得以发展的能动基础,推动社会历史的不断向前发展,因而生产的原初面貌是积极的、能动的、体现人的主体性和价值的实践活动(王震,2020:11)。然而,在18世纪末的英国伦敦,资本主义社会生产力的发展并未表达出生产本身的正向意义,反而将奥布莱恩这个投身生产劳动的人的主体地位替换为客体地位。奥布莱恩"卖身"的目的和动力不过是在压抑的资本主义生产理性中能够获得微薄收入以维持生计。他的思维显然已经被物化限定,陷入了被动麻木的境地。当时的社会制度合理化原则、科学技术的发展以及工业化机械化的生产方式进一步加深了这种境况。社会制度合理化原则使得奥布莱恩的劳动与社会生产之间存在着被奴役、被限定的关系。科学技术的进步虽然带来了生产力的提高,但也加剧了劳动者的异化,使得他们更加依赖于资本家提供的工作机会。

小说还通过另一个主人公——外科医生亨特,探讨了科学与伦理之间的复杂关系。18 世纪末期是科学技术迅速发展的时代,被称为启蒙时代或理性时代。在这个时代,挑战传统权威、探索促进人类进步的新思路和新方法成为科学研究领域的主流趋势。亨特积极响应这一时代精神,对医学技术的进步充满热情,并对解剖学有着浓厚的兴趣,渴望通过研究来推进医学技术的发展。然而,在疯狂地追求医学知识的过程中,亨特常常跨越道德界限,失去了人性,变成了一个冷冰冰的医学工具。实际上,亨特身上隐含着"浮士德精神"——尽管他与浮士德生活在不同时代,但两者都展现了对知识的渴望、对未知的探索以及对道德界限的挑战。不同之处在于,亨特在非理性的欲望和社会压力的双重驱动下,逐渐陷入了消费异化的泥沼。18 世纪末期科技与工业的迅猛发展催生了极端的技术理性,亨特在这种环境下变得过度依赖技术手段来解决问题。这种极端的技术理性不仅激发了他对知识的无尽渴望,还驱使他通过追求技术进步以获得更大的控制力和生产效率。作为一名外科医生,亨特本应承担治病救人的伦理责任。在进行医学研究时,他也应当严格遵守伦理准则,确保研究对象的安全和权益得到保护。然而,在小说中,亨特医生在想要购买"巨人"奥布莱恩的身体时,并没有考虑"人"的情感、价值和意义,而是更看重"巨人身体"这个商品的符号价值。这种行为是一种异化的、扭曲的消费,反映了科技发展与伦理责任之间的冲突。为了迎合"科技进步"的浪潮,亨特购买、收藏各种奇特的东西,导致人被科学研究消费所困。这种行为使他失去了价值理性,沦为"知识欲望"和"科技进步"的奴隶。亨特的行为不仅违背了医学伦理的基本原则,也揭示了在追求科学进步过程中可能产生的严重伦理问题。身处 18 世纪末的亨特热衷于通过科学技术手段解决问题,为此购买了大量的医学试验品用于科学实验。尽管这种行为在一定程度上推动了医学技术的进步,但也带来了严重的社会与伦理问题。为了实现研究目标,亨特有时会伤害其他生命,挑战伦理底线。他忽略了研究对象作为人的价值和意义,仅仅将其视为科学研究的工具。亨特的行为展示了科技如何使人类沦为物的奴隶,成为机器体系中的一个部件,失去了主体性和人性。在进行医学实验的过程中,亨特逐渐变成了医学机器的一部分,失去了理性和独立思考的能力,陷入了科学研究消费的陷阱。

消费伦理涉及人们对消费水平、消费方式和消费环境的道德观念、规范及价值判断(汪淑娟,2020:145)。无论是奥布莱恩还是亨特医生,他们的行为都深刻反映了 18 世纪末社会中的异化消费现象,并由此引发了严重的伦理失衡。这种失衡不仅影响了个人的命运,也对整个社会产生了深远的影响。奥布莱恩的身体被物化为商品,失去了体面和尊严;亨特为了追求知识和技术进步,将人类作为实验材料,严重违背了人道主义原则。他们的行为揭示了资本主义社会中消费与伦理之间的深刻矛盾。

4.3.2 个人层面上异化消费造成的伦理困境

自 18 世纪初以来,英国逐步从农业文明迈向工业文明。这一重大转型不仅带来了政治制度、科学技术规划和经济运行模式的深刻变革,还激发了人们更加理性和积极的心态,鼓励他们探索新的制度与理论。随着这些变化,社会制度不断完善,科学技术取得了显著进步,经济运行模式不断创新,社会公共事业也得到了长足发展。这一切共同推动了社会的进步。然而,尽管 18 世纪关于"进步"的话语充满希望,但它并未能完全兑现其创造永恒幸福的承诺。对于像奥布莱恩这样的普通人而言,"进步"带来的并非梦想的实现,而是自我主体性的丧失。奥布莱恩曾怀揣着"文艺之梦"和"生存之梦",希望通过展示自己的身体来维持生计并追求更好的生活,但最终在"进步"话语的压力下,他的梦想破灭,沦为被展出的商品,失去了作为人的尊严和价值。同样,亨特的"科技之梦"和"改造世界之梦"也在现实中遭遇挫折。他为了追求科学知识和技术进步,将人体样本用于研究,忽视了基本的人道主义原则。亨特的行为不仅体现了对知识的过度渴望,也暴露了极端技术理性驱动下的道德失范。这些消费异化现象背后隐藏着深刻的伦理困境。

1) 奥布莱恩"卖身谋生"却客死异乡

18 世纪末的爱尔兰同样面临着一系列复杂的经济、政治和社会问题:经济严重依赖农业、土地制度不合理、政治权力受英国支配、宗教歧视等问题交织在一起,导致人民广泛的贫困和社会不稳定。圈地运动致使许多农民失去土地,被迫进入城市或流离失所,社会财富集中在少数人的手中,大多数爱尔兰人依然生活在贫困之中。《巨人奥布莱恩》中的主人公奥布莱恩出生在一个典型的爱尔兰贫困家庭,家中有十个孩子,他是最小的一个。依靠土地为生的父母难以养活这么多孩子,这也导致其他兄弟姐妹早逝。奥布莱恩身高 8 英尺(约 2.4 米),体型大,胃口好,这给贫困的家庭带来了额外的经济负担。尽管食不果腹,奥布莱恩依然生活在传统的爱尔兰文化家庭中,并且擅长讲述古老的爱尔兰神话故事,这些故事体现了爱尔兰人民的精神生活和传统价值观。最终,受圈地运动影响,许多爱尔兰农民无地可种,无家可归。奥布莱恩和他的朋友们不得不逃离爱尔兰前往伦敦谋生。

18 世纪末的伦敦街头展现出一幅繁忙而复杂的景象。奥布莱恩一行初到这座城市,立刻感受到了一种"英国的奢华生活方式"的氛围。他们第一次目睹了密集的建筑群,"大楼层层叠嶂,房屋鳞次栉比"(Mantel,1998:29)。面对这些宏伟的建筑,有人好奇英国人是如何登上高楼的,因为他们连"楼梯"这样的基本建筑结构都感到陌生。唯有奥布莱恩"熟悉楼梯的原理"(Mantel,1998:30)。另一些同伴甚至对床的概念一无所知,初次见到床时,他们将其形容为"一个空中平台"(Mantel,1998:67)。工业化吸引了大量的农村人口涌入城市,使伦敦成为当时世界上最重要的商业和文化中心。街头遍布各类商店、市场和摊贩,人们可以欣赏街头艺人的表演,也可以观看巡回演出的剧团。然而,在这表面的繁荣之下,隐藏着严重的贫富差距和社会不平等。此时的伦敦,既是消费的天堂,也是异化现象滋生的沃土。奥布莱恩一行身处这样的社会环境中,生活异常艰难,通往幸福的道路似乎遥不可及。为了维持生计,他们不得不从事各种劳动,出卖自己的体力和技能。

奥布莱恩是一个温和、敏感且富有内省精神的年轻人,他深植于爱尔兰传统文化之中,对家乡文化有着深厚的情感,渴望通过讲故事的方式来传播爱尔兰文化,尽力保存这份文化遗产。刚到伦敦时,奥布莱恩凭借其独特的魅力和才华,给当地居民留下了深刻的印象,被认为是一个健谈的天才和优秀传统文化的传播者。然而,在这个充满好奇与探索欲望的社会环境中,人们的兴趣很快转向了其他新奇事物。为了生存,奥布莱恩不得不放弃他的文艺理想,转而利用自己巨大的体型来吸引观众的眼球。在劳动异化、人的异化和消费异化的复杂过程中,劳动首先发生了异化(王震,2020:17)。奥布莱恩的劳动形式变成了"展示自己的身体",这是一种被迫从事的生产活动,也是他为了维持生计的手段。这种劳动使他失去了自由和对精神生活的追求,与追求幸福的生活背道而驰。奥布莱恩被当作一种"奇异展品"展出,他的巨大体型不再被视为个人特质,而是成了一种可以被利用和消费的商品。这种物化和异化过程使他失去了作为人的尊严和主体性。通过"卖身谋生"的劳动,奥布莱恩经历了自我与劳动本身的相异化,这正是典型的异化劳动现象。

消费异化会导致人的精神世界被严格操控,使得人的主动意识、丰富思维和思想进步被压制,最终丧失对理想的追求(王震,2020:25),从而引发伦理失衡。在小说《巨人奥布莱恩》中,当奥布莱恩走上伦敦街头开始"卖身谋生"时,他作为爱尔兰文艺青年的身份变得无关紧要，甚至连他的名字"奥布莱恩"也失去了意义。唯一重要的是他那奇特的"巨人"形象。因为这种独特的身体特征，他的身份发生了根本性转变，不再是一个具有独立主体的人。在马戏团团长的眼中，奥布莱恩只是个能为其赚钱的工具，与那些表演杂技的动物并无二致。而在伦敦街头那些喜欢猎奇的消费者眼中，他的"巨人"身材如同一道"奇观"，吸引他们进入一个奇异消费世界。主体性的丧失使奥布莱恩不再是一个拥有主动思想意识的活生生的人，而像一件被标上价格的商品，迷失在伦敦这个繁华的商品天堂里。奥布莱恩通过展示自己的身体来谋生，实际上是已经将其身体变成了商品，从而在异化劳动中逐渐迷失自我，丧失了个人尊严。消费伦理的核心在于如何通过消费实现幸福美满的生活。然而，对于奥布莱恩来说，他消费自己的"巨型身躯"不仅未能带来幸福，反而因贫病交加客死异乡，最终落得被解剖、尸骨无存的悲惨结局。这种结局揭示了一个深刻的伦理问题：他被迫展示自己身体的消费行为是否正当、合理？奥布莱恩的异化消费行为不仅涉及个人尊严和身体健康，还触及了更深层次的社会和文化命题，引发了人们对社会正义和个人尊严的深刻反思。

2）亨特"购尸求知"却沦为科技进步的"奴隶"

曼特尔通过外科医生亨特的形象，深刻揭示了对英国工业革命进程中所谓"进步"的焦虑。亨特生活的 18 世纪启蒙时代，正值资本主义经济体系兴起，商品经济占据主导地位。这一时期，人们开始追求物质享受和个人幸福，消费主义思潮逐渐形成并蔓延开来。启蒙时代不仅是商品消费的时代，更是科学技术飞速发展的时代。科技进步不仅推动了生产力的提升和社会的进步，还加剧了物质主义价值观的盛行，促使人们通过物质消费来寻求自我认同和社会地位。这种趋势进一步助长了消费异化的现象。在这种背景下，亨特的形象成为了对当时社会进步观念的一种批判。

在《巨人奥布莱恩》中，亨特的异化消费源于他对科学知识的极度欲望及其引发的"购尸解剖"行为。作为一名外科医生和解剖学家，亨特重视观察和实验，擅长通过解剖实体来进行科学研究。他从小就对昆虫的肢解表现出浓厚兴趣，细致入微地观察它们的构造形态。随着年龄增长，他对各种科学创新研究的热情愈发高涨，甚至曾尝试将人类的牙齿移植到公鸡的鸡冠上。亨特对奥布莱恩的巨大身躯极为着迷，渴望通过解剖来研究其独特的生理构造。实际上，亨特对活生生的"奥布莱恩"毫无兴趣，甚至不愿意花钱去观看作为展品的"奥布莱恩"。相比之下，他对作为实验品的"奥布莱恩"则有着强烈的兴趣。为了获取奥布莱恩的骨骼，亨特不惜投入巨额资金参与其尸体的争夺战。这种行为不仅揭示了他对科学的过度狂热，更显示了他的科学追求已经超出了伦理和道德的界限。很显然，亨特这种"购尸解剖"的行为具有明显的异化消费色彩,反映了启蒙时代科学进步与道德冲突的主题。

本杰明·迪斯雷利在其作品《柯宁斯比》(Coningsby)中指出,"功利精神"已成为 19 世纪英国的"时代精神"(Disraeli,1982:118)。但实际上,这种功利主义的精神早在 18 世纪末的英国就已经深深植根于社会的各个层面,影响着公共生活和私人生活的方方面面,并与人们对社会"进步"的渴望密不可分。在《巨人奥布莱恩》中,亨特为了追求科学知识不惜一切代价,甚至牺牲伦理和道德底线。作为一名外科医生和解剖学家,亨特痴迷于通过解剖各种奇特的物体来进行医学实验。于他而言,似乎只有通过这种方式才能迅速揭示医学的奥秘。这种"简单粗暴"的方法充满了功利色彩,导致亨特陷入严重的伦理困境。他在科学追求中,将自我价值完全寄托于科学成就,逐渐丧失了精神信仰,变成了一个没有情感和道德的"机器"。在功利主义精神的驱使下,亨特的良知和同情心逐渐被外在欲望所抑制,变得冷漠无情,丧失了自我的主体性,失去了作为人的基本情感和道德。他被手中那把冰冷的手术刀所主宰,不仅手变得机械了,连头脑和心灵也变得麻木不仁。为了追求医学进步的速度,他忽视了道德关怀与审美情趣,放弃了对人的内在价值的关注。这种异化现象深刻反映了启蒙时代商品经济和技术进步对人类精神世界的深远影响。

实际上,功利主义精神早已渗透到整个英国社会。在启蒙思想的引领下,伦敦人对知识的渴求和探索精神不断高涨,科学实验和精确计算成为他们探索未知世界的主要方式。许多人热衷收藏各种奇特物品,从干花和蝴蝶标本到装在瓶中的胎儿及其他新奇物件。这些收藏不仅满足了他们的好奇心,也为科学研究提供了丰富的素材。尽管当时专业的科学家尚未成为普遍职业,生物学、化学和医学的研究技术也尚未成熟,但在好奇心和求知欲的驱使下,人们痴迷于收集各种物品并进行相关的科学研究。这种"收集效应"反映了社会对科技进步的热烈回应。

消费文化的兴起标志着价值判断标准的重大转变,从重视生产过程中的劳动转向强调消费者的趣味和欲望(John & Jenkins,2000:4-11)。这种欲望不仅表现为对物质享受的追求,更在深层次上反映了人们对身份认同和社会地位的渴望。像亨特这样为了追求"医学进步"而牺牲伦理和道德的行为,正是对技术和科学成果极端崇拜的表现。然而,将欲望作为唯一的价值判断标准,是否真的能够引领我们走向真正的进步和文明呢?亨特的故事警示我们,在追求科学和技术进步的同时,必须关注人的精神世界和社会伦理。否则,人类可能失去自我,沦为技术的工具。亨特"购尸求知"最终沦为科技进步的"奴隶"。这一情节深刻揭示了作者曼特尔的伦理立场:在追求知识和技术进步的过程中,人们应当坚守自我的主体性和道德底线,避免被技术进步和科学理性束缚自由和尊严。

4.3.3　社会层面上异化消费造成的伦理困境

　　从 18 世纪初开始,英国逐步从农业文明转向工业文明,国家政治体制、科技振兴计划和经济运行方式都经历了巨大变革。这个时代人类进步的速度之快,导致旧体制和旧学说迅速被废弃,而新体制和新学说尚未完全成型。这种新旧交替使得社会"进步"的图景变得复杂而多面。曼特尔的小说《巨人奥布莱恩》敏锐地捕捉到了这一现象,并通过对转型期社会群体、人的本质及人际关系问题的深入剖析,审视了那种"压迫在人们心头的复杂体验"(Williams,1973:17),反思了工业化进程中人类所付出的精神代价。凯瑟琳·加拉赫(Catherine Gallagher)认为,任何叙事虚构作品——特别是小说——一旦成为讨论工业主义的重要组成部分,便会经历根本性的转变(Gallagher,1980:xi)。作为一部历史小说,《巨人奥布莱恩》深入探讨了 18 世纪末英国社会转型期人们的精神生活和文化生活,反映了对这一时期社会现状的深刻质疑与反思。因此,该书可以被视为一本"英国状况小说"(the Condition-of-England novel),为读者提供了关于工业革命期间人们的异化消费形式及其伦理困境的独特视角,并在揭示工业化进程中社会伦理价值观的变迁方面发挥了重要作用。

　　1) 奇观消费与精神贫瘠:18 世纪社会转型期的异化现象

　　18 世纪的社会转型带来了前所未有的物质繁荣,推动了商品经济的迅猛发展,并催生了多种形式的异化消费。小说中,伦敦人的"奇观消费"现象正是这种异化消费环境的具体体现。巨人奥布莱恩一行初到伦敦街头,原本希望通过讲述爱尔兰民间故事来谋生,但未能成功。在商品经济的推动下,消费主义文化逐渐兴起。相较于文学和艺术,人们更倾向于通过"消费"来展示个人品味和社会地位,尤其偏爱那些具有强烈视觉冲击力的展览和表演。伦敦人对奥布莱恩的文艺表演兴趣寥寥,却愿意花钱观赏他那独特的"巨人"身躯。这种偏好凸显了奇观消费的核心特点:人们更愿意为那些能提供视觉震撼和新奇体验的事物付费,而非深入的文化或艺术内容。这不仅反映了当时社会大众的审美情趣,也揭示了他们普遍存在的"猎奇心态"——为了追逐新奇事物不惜花费大量金钱。伦敦街头常见人们成群结队去观看各种奇观,如来自遥远国度的植物、本地奇特的动物(如知识渊博的猪)以及各种怪人(巨胖、巨瘦、巨高、巨矮之人,甚至长了胡子的女人)。只要足够奇异或罕见,人们都愿意为之付费。实际上,奇观消费是一种典型的异化消费现象,其核心是物质主义。在商品世界中,金钱被视为衡量一切的标准。人们通过购买更多物品来追求物质享受,展示自己的财富和地位,从而忽视了精神价值和生命意义。

在这种不良消费风气的影响下,奥布莱恩不得不迎合大众口味,通过展示其"巨人身躯"这一奇观来吸引观众消费金钱,最终沦为供人赏玩的商品,失去了作为人的尊严和主体性。而亨特则是一个"科技狂人",为了追求技术进步而不惜一切代价,甚至将所有金钱和精力都投入对"巨人身躯"的研究中。亨特这种将人体商品化的科学探索方式揭示了一种畸形的消费观念:他不仅忽视了科技进步背后的精神贫瘠,还牺牲了他人的人格尊严和幸福。亨特的行为反映了当时社会对物质成就的过度崇拜,以及对精神价值和社会伦理的忽视。他的"购尸求知"行为不仅是对人性的漠视,更是对科学研究伦理的严重背离。尽管亨特可能在科学上取得了一些进展,但他为此付出了巨大的道德代价,这也揭示了工业化进程中人类精神世界的深刻困境。

2) 伦理困境与精神迷失:社会"进步"背后所隐藏的人性异化

"消费异化"现象已成为 18 世纪英国工业发展进程中的深刻社会问题,并引发了一系列伦理挑战。小说中,奥布莱恩和亨特在 18 世纪英国的商品消费环境中,分别作为"成为商品"和"消费商品"的典型代表陷入了深刻的伦理困境,生动地呈现了一幅"人性异化"的图景,揭示了工业革命带来的商品社会"进步"背后的沉重代价。奥布莱恩因其巨大的身躯而成为一种奇观,沦为供人观赏的商品。从此,他不再是独立的个体,而是有钱人娱乐和消费的对象。这种异化导致了他个人价值和尊严的丧失。相比之下,亨特秉持"技术至上"的工具理性思维,用以指导自己的消费行为。他对实验材料、工具和设备极度痴迷,不惜花费重金收集各种标本进行医学实验研究。在追求科学知识的过程中,亨特的精神追求缺失,道德麻木,自我异化为一个单纯追求知识的工具,失去了主体地位,成为被工具化、物化的存在。

在《巨人奥布莱恩》中,18 世纪商品经济"进步"的浪潮不仅摧毁了奥布莱恩和亨特的人生,同时也深刻影响了普通民众的心理状态。在伦敦这座繁华的大都市中,商业街的喧嚣、奇观消费以及对怪异收藏品的狂热追求,无不揭示了商品对社会的潜在侵蚀,逐渐将人们转变为消费主义的俘虏。这种转变催生了金钱至上的价值观、物质崇拜、良心麻木及伦理观念的扭曲,使得人们在追求物质财富的同时,逐渐失去了内在的精神支撑和道德准则。人际关系日益简化为纯粹的金钱与利益交换,除了冷冰冰的商品交易、炫耀性消费和相互间的攀比,其他情感纽带几乎荡然无存。小说中,奥布莱恩和亨特的命运,正是对这些商品文化现象的直白式批判。随着科技进步的不断推进,物化现象日益普遍,对人类的精神领域造成了前所未有的冲击。人们过度沉溺于物质追求,忽略了精神层面与道德需求的重要性,忽视了个人价值和内在潜能的挖掘。这种失衡的发展观不仅引发了人们内心深处的空虚感,还加剧了人际的冷漠,削弱了同情心和社会责任感。

　　显然,在《巨人奥布莱恩》中,曼特尔借助主人翁奥布莱恩和亨特的命运轨迹,深入探讨了资本主义社会消费主义文化的特征。作品中,人类被无处不在、多姿多彩的"消费"与"享乐"所包围,处在欺骗性和臣服性的商品的漠视之下,其生存状态发生了巨大变化。人们的日常生活逐渐被各种商品所主导和定义,导致他们忽视了内心真实的需求,并在不断追求物质享受的过程中迷失了自我价值与方向。这种现象不仅体现了物质生活的表面繁荣,更揭示了精神层面的空虚与异化。消费主义文化扭曲了人们对幸福的理解,剥夺了个人自由,并阻碍了人的全面发展。曼特尔通过描绘奥布莱恩的悲剧和亨特的命运,展现了资本主义社会中异化消费对人性的深远影响。在这个物化的世界里,人们已然沦为商品的奴隶,失去了自我价值和个人尊严。在健全的制度下,人们会自发地从事善的行为,而不健全的制度不仅为人们"从恶"创造了条件,甚至有可能会抑制人们"从善"的想法和愿望(李冠亚,2015:25)。资本主义社会的消费文化就是这样一个不健全的制度,为"异化消费"创造了条件。在消费主义文化体系下,消费能力成为衡量个人价值的重要标准。富人不断积累财富和权势,而穷人甚至连基本的温饱都无法保障。"过度消费"与"无力消费"的现象进一步加剧了社会的不公,并加深了人的异化。事实上,消费主义所宣扬的通过消费实现个人价值的理念,从本质上说就是一个骗局。实际上,"消费"不仅仅是经济问题,更是一个伦理道德问题。作为一种不健康、不合理的消费方式,异化消费直接导致了物质生活与精神生活的失衡,使人们的幸福感偏离了其本质意义。

　　通过对18世纪英国工业革命时期消费异化现象的探讨,曼特尔呼吁现代社会重新审视消费伦理的价值,旨在促进个人和社会的健康发展。《巨人奥布莱恩》不仅是对历史的一次深邃反思,更是对现代社会的一种警醒,提醒我们在追求物质进步的同时,不应忽视精神层面的成长和社会道德责任的重要性。唯有构建一个更加公正、健康的消费文化,才能真正实现个人价值和社会和谐。

4.4　自由与束缚:《爱的试验》中的空间
叙事与女性伦理困境

　　曼特尔的女性成长小说《爱的试验》曾荣获霍桑登奖(Hawthornden Prize)。该作品通过女主人公卡梅尔·麦克拜因及其朋友们在20世纪60年代末的成长故事,从女性视角深入探讨了爱、性、金钱和权力之间的复杂关系,生动地展现了女性的生存困境及伦理探索。小说中,卡梅尔的形象深深烙印着曼特尔自身的成长经历。从修道院学校走向伦敦大学,卡梅尔经历了女性意识的初步觉醒。她通过改变说话口音和方式,告别过去的生活环境,这一过程象征着她对自我身份的重新定义。作品通过对卡梅尔家庭生活和学校经历的描写,揭示了来自家庭的精神压力、教育体系以及社会意识形态对她的压制,同时也强调了物理空间对她造成的压迫感。《爱的试验》采用了第一人称叙述,站在"我"的伦理立场讲述发生在"我"身上的故事,使读者能够深切体验卡梅尔从家庭到学校、从学校到社会、从外表到内心的多重空间转换过程中的个人经历和情感波动。对于卡梅尔而言,每一次的空间转换都伴随着思想意识的变化,充满了心酸与泪水、挣扎与抉择,映射出曼特尔笔下"艰难但坚强"的女性成长历程。该作不仅是对特定历史时期女性命运的深刻反思,更是对人性、自由与束缚之间永恒主题的细腻探讨。通过卡梅尔的故事,曼特尔告诉我们,即便面临重重挑战,女性仍能找到自己的声音与力量,实现内在的成长与自我解放。

4.4.1　空间叙事与女性伦理困境

弗吉尼亚·伍尔夫(Virginia Woolf)在《一间自己的房间》(*A Room of One's Own*)中提到,"女人要写小说,必须先有钱,有一间自己的房间"。这句话并非单纯讨论写作与物理空间的关系,而是强调了经济独立及拥有个人空间对女性实现自我表达的重要性。伍尔夫的观点揭示了"空间"在更广泛的意义上是个人发展和社会参与的必要条件。在文学创作中,空间不仅是故事发生的背景,更是推动情节发展、塑造人物性格、反映社会问题的关键因素。借助空间叙事,作家可以更加细致入微地描绘出人物与其环境之间的复杂互动,从而增强故事的表现力和感染力,引导读者深入探索作品所蕴含的多重意义。米克·巴尔(Mieke Bal, 1995:156)指出:"几乎没有什么源于叙述文本概念的理论像'空间'这一概念那样不言自明,却又含糊不清。"此话表明,尽管"空间"在表面上看似是一个简单直接的概念,但实际上它在叙事理论中扮演着既复杂又至关重要的角色。20世纪后期,随着全球化进程的加速和后现代主义文化的深化,"空间转向"(spatial turn)成为当代文学批评的重要议题。这种转向强调了"空间"在叙事中的多重功能,鼓励研究者关注叙事中的空间结构及其象征意义,为理解文学作品提供了新的视角。"空间叙事"(spatial narrative)在此背景下重新受到重视,它主要探讨空间如何影响故事情节发展、塑造角色行为与心理以及体现其象征意义。该理论突出了空间维度在理解叙事结构及其与社会、文化和历史背景关系中的重要性。叙事的本质在于"用语言(尤其是书面语言)表现一系列真实或虚构的事件"(热拉尔·热奈特,1989:279)。因此,"空间叙事"的内涵主要体现在两个方面:一方面,叙事的对象和事件发生在特定的空间内,人物行动与空间之间因此形成相互作用的关系;另一方面,文学作品利用空间建构事件和情境,从而增强了叙事的层次感和真实性。由此可见,空间不仅为故事的发生提供了一个舞台,还成了探索人性、社会关系及文化价值的重要工具。这种双重作用使得"空间叙事"成为理解和分析文学作品不可或缺的一部分。

空间叙事的双重作用在小说《爱的试验》中表现得尤为突出。在这部作品中,曼特尔运用空间叙事探讨了女性角色的成长与伦理困境,展示了空间如何深刻影响人物的发展和社会互动。该作品的主要场景设定在 20 世纪六七十年代的英国大学校园,故事围绕几位年轻女性在大学期间的学习经历展开,深入探讨了她们在成长过程中遇到的各种挑战,描绘了一幅女性群体在现实中不断碰撞、面对诸多伦理问题的生动画面。通过不断思考和探索爱情,这些女性努力进行自我发现与自我实现。作者运用了高超的空间叙事技巧,巧妙地将不同空间所承载的伦理规范与主人公们的个体经验相结合。例如,通过灵活转换故事人物的视角,作者不仅展示了三位女性各自遭遇的不同伦理困境,还深刻揭示了这些困境背后的社会文化背景。这种手法不仅丰富了叙事层次,也使得读者能够更加贴近角色的内心世界,感受到她们的情感波动与心理变化。由此可见,《爱的试验》具有丰富的空间性。从空间叙事的角度研究该作品,不仅可以加深对文本的理解,还能进一步拓展空间理论在曼特尔作品分析中的应用深度。这种方法提供了重新审视小说中女性角色成长历程及其社会环境的新视角,有助于人们更全面地把握这部小说的艺术价值和社会意义。

文学上的"空间叙事"表现为高度专业化的编织技巧和结构意识(李优雅,2023:3)。在《爱的试验》中,这种技巧同样得到了淋漓尽致的展现。曼特尔以细腻的笔触和丰富的想象力描绘了三位女性角色在成长过程中的挣扎与变化,展示了高超的写作技巧和引人入胜的故事情节。《爱的试验》中空间叙事的研究可从三个维度展开。一是社会背景和文化语境:探讨小说创作的社会背景、文化语境以及作者曼特尔的个人生活体验。二是空间的意义生产:分析小说中的故事空间与主要人物卡梅尔的心理空间如何共同构成意义。三是叙事技巧:研究文本中多重空间的叙事作用以及作者如何设置家庭、社会和心理空间。在《爱的试验》中,乡村、家庭、大学校园、酒吧等空间不仅是社会文化背景,更是整个故事的核心元素,推动了主要情节的发展,并揭示了不同女性的内心世界和社会关系。这些空间不仅是故事发生的场所,更是角色互动与成长的重要舞台。小说中的家庭、校园等空间生动再现了 20 世纪六七十年代英国的社会规范和伦理道德。主人公卡梅尔在这些空间中的行动与互动,具体展示了她在特定社会环境下的道德选择和行为准则。通过在不同的物理和社会空间中构建事件,曼特尔深入探讨了女性在特定社会环境下的伦理道德选择,揭示了空间在叙事中的伦理意义。

4.4.2　压抑的物理空间中女性的伦理困境

空间理论家亨利·列斐伏尔(Henri Lefebvre,1991:1)提出,人们关注的空间可以分为物质空间、精神空间和社会空间三种类型。这三者相互关联、相互作用,共同构成了人们完整的空间体验。其中,物质空间指的是具体的物理环境,如建筑物、街道和自然景观,它们为人们的日常生活提供了具体场所。龙迪勇(2015)指出,叙事作品中描述的"物理空间"实际上是指事件发生的具体地方或地点。在小说《爱的试验》中,主人公卡梅尔的故事主要发生在她的家庭和大学校园这两个核心物理空间中。家庭和校园不仅是故事发生的背景,更是推动叙事发展的关键因素。卡梅尔在这两个空间中的经历展示了她的成长历程和行为准则。家庭空间不仅反映了卡梅尔的家庭关系和私人生活,还揭示了她与家人之间的复杂情感及社会期望。大学校园则展示了她作为一个年轻女性在学术和个人成长方面的探索与挑战,尤其是在学习竞争与个人自由之间的平衡问题。这些物理空间不仅是卡梅尔生活的重要组成部分,也深刻体现了她内心世界的外在表现。

1) 紧张的母女关系迫使卡梅尔逃离家乡

家庭空间不仅是物理上的居住场所,更是伦理道德冲突的舞台。家庭空间中的事件,如家庭成员之间的争吵、子女教育问题等,无不揭示了女性在特定社会环境下的权利地位和生存状态。在小说《爱的试验》中,家庭空间中的问题主要体现在紧张的母女关系和女性欲望的压抑上。卡梅尔是家中独女,与父母一起居住在英国北部的一个小乡村,父亲是一位小职员,母亲则是清洁工,家庭生活并不富裕,全家都信奉罗马天主教。20 世纪六七十年代的英国正处于社会转型期,这一时期见证了女性权利和地位的显著变化,但传统的性别角色和社会期望仍然根深蒂固。在这种背景下,卡梅尔的家庭成了社会变迁的一个缩影,展示了女性在追求自我实现过程中所面临的多重挑战。卡梅尔的母亲在家庭中颇有话语权,对丈夫和女儿的控制欲极强,其争强好胜、固执己见且精明能干的性格特征尤为明显。这位老来得女的母亲对唯一的女儿卡梅尔极为重视,精心养育她:"让我看起来漂亮,让我看起来与众不同,这是我母亲一生的目标。她在我的裙子上绣出整片奇幻的风景;在我的衣领上缝制红色的帝王蝶;在我的开衫上点缀星星和新月。我从不穿那些普通的、海蓝色的百褶裙,也不穿任何普通、洗旧、褪色或薄的衣服。"(Mantel,1995:29)母亲对卡梅尔的爱不仅体现在这些细致入微的关怀上,还表现在对她生活的过度保护中。她不允许女儿自己烧开水,怕她烫伤;不允许女儿用面包刀切面包，怕她割伤；甚至当女儿想要养一只狗时，她也只能容忍她养"一只体型很小且完全训练有素的猫"(Mantel，1995：24)，以避免任何潜在的危险。除了在生活上的精细管理和严格控制外，母亲还一心希望送女儿去伦敦上大学，攀登上"财富、外貌、教养和社会礼仪"的山峰(Mantel，1995：134)，使她成为"人上人"，从而赢得更高的社会地位。母亲希望通过这种方式提升家庭的社会地位，并为女儿创造更美好的未来。这种愿望深刻反映了社会空间对家庭空间的影响，展示了母亲如何利用教育和社会期望作为工具，试图改变家庭和女儿的命运。社会空间中的阶层划分和社会期望渗透到家庭空间中，影响着家庭成员的行为。尽管母亲希望通过教育提升卡梅尔的社会地位，但在日常生活中，她仍然按照传统的性别角色和社会标准来看待女性。她不让卡梅尔动手学习家务，当卡梅尔走进厨房要求学做蛋糕时，母亲会说："别在这里捣乱，走开。"(Mantel，1995：53)然而，她却羡慕邻居的女儿卡琳娜，并真心称赞她的家务能力和技巧。母亲竭尽全力地将卡梅尔培养成一个"小姐"，希望她只需专注于学业，无需操心其他事务。但与此同时，她又羡慕那些独立自强、能够支撑门户的女孩。这种矛盾的心理和行为不仅加剧了母女之间的紧张关系，也给卡梅尔带来了巨大的心理压力。母亲一方面希望女儿成为社会认可的"成功人士"，另一方面又不自觉地遵循传统性别角色的要求，限制了卡梅尔的发展空间。最终，卡梅尔凭借自己的努力考上了伦敦大学，逃离了沉闷压抑的家庭环境，开始追求属于自己的自由与独立。进入大学后，卡梅尔表面上似乎脱离了母亲的专制管束，但实际上仍受到许多无形的束缚，母女关系日益疏远。特别是在卡梅尔跟随男友尼尔回家过圣诞节这一事件上，双方的分歧进一步加深了彼此间的隔阂。面对此事，卡梅尔的母亲通过一封措辞严厉的回信表达了强烈的不满，指责卡梅尔忘恩负义、行为轻率且道德放纵。母亲认为，作为未婚女子，卡梅尔应当留在父母身边，而不是随随便便就去一个男人家里留宿(Mantel，1995：159)。她对女儿的决定感到极度失望，并对其行为进行了严厉的批评。信中甚至使用了极端的言辞，如"如果不回家过圣诞节，那就永远不要回来了"(Mantel，1995：160)，以此表达对卡梅尔行为的强烈不满。家庭是展现伦理道德冲突的重要舞台。母亲的高压管教和对女儿未来成就的期望与卡梅尔个人的愿望和发展需求形成了尖锐的对立。家庭空间中的每一次互动都充满了伦理道德的考验。母亲不仅对卡梅尔的学业提出了严苛的要求，还试图严密控制她的身体和情感生活。这种过度的干涉不仅限制了卡梅尔的自由，也加剧了她在家庭环境中所面临的伦理困境。

2）沉闷的校园空间限制了卡梅尔的自我欲望

在小说《爱的试验》中，卡梅尔的学习经历主要分为两个阶段：天主教女中学习期和伦敦大学学习期。具体而言，校园空间的故事主要发生在圣救主学校和汤布里奇宿舍楼。20世纪英国的圣救主学校作为教育机构,承担着塑造女孩道德和行为的重要任务,"它重视女生的行为举止胜过她们的独创性和智慧"(Mantel,1995:127)。在这样的教育环境中,孩子们既没有自由也不快乐,他们的成长完全遵循着社会预期的既定模式(Mantel,1995:129)。学校对女生的着装要求极其严格。"入学须知"要求十岁的小女孩每天都要穿着合身的校服,以避免胸部"突出"(Mantel,1995:125),这使得在圣救主学校长大的女生更像是胸部发育的小男生(Mantel,1995:164)。学校还禁止女生在公共场所吃东西,唯一允许佩戴的首饰是具有天主教性质的路德圣牌、十字架和链条。这种以男孩模式培养女孩的行为不仅体现了男权社会中女性的从属地位,还暴露了深层次的社会和文化问题。它暗示了女性的身体应该符合特定的社会标准,而不是自然发育的结果。这种规定给卡梅尔带来了沉重的心理负担,使她在成长过程中不仅要面对身体发育带来的压力,还要应对社会对女性身体形态的审美要求。除了着装规范外,学校还对女生的行为有着严格的规定,甚至对食堂就餐也有明确的要求。卡梅尔虽然"渴望像北方人那样把吐司和培根一起吃,但却不敢那样做,如果表现不佳,她可能会被送回家,她的教育也可能就此结束了"(Mantel,1995:40)。学校还禁止学生谈论身体发育、恋爱等问题,这些规定限制了学生的自由表达和个性发展。

大学校园是故事主要情节发生的物理空间。18岁的卡梅尔和好友卡琳娜、朱莉安娜一起入读伦敦大学。时值1970年,女性主义运动正处于关键时刻,这场复杂的社会运动既给当时的年轻女性带来了不少问题,也让她们看到了性别平等的希望。曼特尔在文学创作中惯常关注女性身体,探讨女性在社会中的地位、面临的伦理困境以及身体与身份认同之间的关系。在《爱的试验》中,卡梅尔的形象可视为曼特尔自我的一次暴露,是她自己的"心声"与"情感"的表露(朱振武,2004:9)。经过家庭教育和教会中学的规约,大学阶段的卡梅尔对自己的身体发育状况格外关注。为了迎合社会对女性身体形态的期待标准,她秉持着"受过大学教育的女孩们几乎不需要食物"(Mantel,1995:41)的理念,在大学生活中不断节食。最终,她的节食行为导致她患上了"厌食症",对任何东西都提不起兴趣,她甚至觉得自己的身体已经是"一种累赘,一种罪恶"(Mantel,1995:69)。在文学领域里,空间并不是一个静止的容器,也不仅仅是一个生活或竞技的舞台,更重要的是空间特征与社会里各种人物关系、心理变化之间的一种双向互动关系。校园空间作为社会空间的缩影,对女性学生严格的着装要求、行为准则和道德教育使得她们在面对身体发育、个人欲望和社会角色时产生了复杂的内心挣扎,影响了她们的自我认同和心理健康。小说中,卡梅尔的大学生活是她成长经历中的一个重要阶段。她在大学校园这个空间中经历了学习压力、自我探索、情感经历以及身体和心理的变化。大学生活不仅为她提供了自我发展的机会,也让她面临各种伦理困境和心理挑战。卡梅尔在大学期间不得不应对学业上的高期望,同时还要处理个人情感和身体形象的问题。通过这一阶段的经历,卡梅尔逐渐成长为一个更加独立和成熟的个体,学会了如何在复杂的社会环境中找到自己的位置,并在这个过程中克服了许多内心的矛盾和冲突。

汤布里奇宿舍楼是卡梅尔等女大学生在伦敦大学的主要生活空间。这栋由灰色砖块和科德人造石建造的建筑,按照规划整齐排列,展现出一种类似工厂的严格秩序和标准化设计,缺乏自然生长和个性发展的有机美感。这种公共环境体现出高度的机械化和工业化特征,其空间设计和布局主要侧重于功能性,而非满足个体的情感需求。与传统家庭环境相比,汤布里奇宿舍楼犹如"斯堪的纳维亚的监狱"(Mantel,1995:163),尽管它提供了基本的生活设施,但其冷漠、疏离的氛围导致居住者更容易经历情感隔离和归属感的缺失,从而陷入深刻的伦理困境。小说中,卡梅尔在收到母亲言辞激烈的回信后,情感冲突和内心挣扎尤为明显。她独自一人从图书馆回到宿舍,"置身于一片寂静之中,只有诗句陪伴着我,还有那只旅行钟微弱的滴答声。我站起来,关掉了灯,选择坐在黑暗中"(Mantel,1995:162)。这段描写深刻揭示了卡梅尔内心的孤独与无助,与狭小压抑的宿舍空间形成强烈共鸣。大学生活中,女生们大部分时间都在宿舍里度过。宿舍的厨房小得可怜,几乎与橱柜无异,仅能容纳两口煤气灶和一个水槽。相比之下,洗衣房则成为重要的社交场所,女生们在这里不仅洗衣服,还进行日常的交流互动。宿舍楼内逼仄的厨房和洗衣房反映了女性在教育空间中的局限性,这些空间的设计和功能未能充分考虑女生的实际需求,导致她们只能在狭小的空间里进行基本活动,并将洗衣房当作主要的社交场所。物理空间的限制加剧了她们对传统家庭环境的怀念,因此她们"每周四打扫房间,放置新床单"(Mantel,1995:163),试图通过建立家务常规,重新营造缺失的家庭氛围,渴望找回归属感。汤布里奇宿舍楼冷硬、机械化的特征与英国传统家庭环境形成鲜明对比。女性在这个空间中面临的情感隔离、归属感缺失等伦理困境,促使她们通过个人行为来重建一种类似家庭共同体的氛围,揭示了物理空间对女性情感状态的重要影响。

4.4.3 复杂的社会空间中的女性伦理困境

社会空间是指由社会结构、社会关系和社会活动构成的空间。它不仅局限于物理上的场域,更是涵盖人在社会中的互动、角色和身份等方面的内容,反映了社会结构中的权力关系、文化规范和伦理道德。在《爱的试验》中,卡梅尔所处的社会空间是小说空间叙事的另一个维度。小说的空间价值不仅在于展现固定的场景,更在于展现这些场景与相关空间的关系(Ronen,1986:421-438)。卡梅尔的家庭和校园不仅是她主要活动的物理空间,也是社会空间的组成部分。除了物理空间的意义之外,家庭和校园中的社会关系、文化规范以及权力结构都受到社会空间的影响,同时也反作用于社会空间。在家庭中,卡梅尔面临着母亲的严格要求和管束;在校园中,她需要适应严格的校规校纪和行为规范。除了家庭和大学,卡梅尔还接触到了更广阔的社会空间,如公共场所、社交场合等。在这些不同的社会空间中,卡梅尔会遇到不同的人和事,社会中的人际因素、文化因素以及权力结构也会对她的思想行为、自我认同及个人发展产生较大影响。在不同的社会空间中,卡梅尔经历了复杂的伦理困境和心理挑战,呈现了女性在特定社会环境下的权利地位和生存状态。小说中,受女性主义运动的影响,大多数女性都面临着一个进步与保守拉锯的两难境地:一方面,她们受到时代新思想的召唤,试图打破男权文化的禁锢,以一个独立女性的姿态与社会共同进步;另一方面,她们又常常在男权文化面前不自觉地妥协、认同,在男权文化的规约中迷失自我(林珊,2014:84)。作品中,以卡梅尔为代表的女性在成长过程中努力突破社会现状,积极实现自我价值,但她们在教育空间和婚恋空间中遇到的各种挑战和选择却无法被忽视。

1) 僵化的教育空间促使女性变成了无性人

20 世纪,女性主义运动不断发展。女性在教育、法律、劳工权利、社会参与、文化和思想等多个领域取得了重要成果。随着义务教育制度的推广和普及,女孩开始享有与男孩同等的教育机会,随后一些大学如剑桥大学、哈佛大学的拉德克利夫学院也逐渐开始允许女生入学就读。但即便如此,女性依然是教育领域的边缘者。"当男性决定女性可以接受教育时,他们是按照男性的计划来教育她们的;她们被送进了有校训、校歌、有摸爬滚打的团队游戏的学校,她们被要求穿衬衫、打领带。"(Mantel,1995:164)这是一种承认女性学习权利同时又能保持男性权力的教育方式。女性被迫模仿男性,却又不被允许越过男性获得成功。以卡梅尔、朱莉安娜和卡琳娜为代表的一代女性在校园里"面容朴素,穿着厚实的紧身裤,穿着结实的鞋子,背着鼓鼓的书包"(Mantel,1995:165),她们的教育是基于男性的模式实施的。这种模式表面上承认了女性的学习权利,但实际上是在限制她们的发展潜力。她们被允许在男性社会规范内展示自己的智力,争取高分和好成绩,但只能模仿男性学习,却不能获得男性的权利和地位。她们作为女性的本质和力量得不到真正的彰显。在性别角色固化的教育空间里,她们被迫变成了中性人,既没有男性的力量,也没有女性的责任。作品中,卡梅尔、朱莉安娜、卡琳娜等人虽然接受了教育,考入了伦敦大学,但她们仍然被束缚在传统女性角色中。这种矛盾反映了她们在追求教育权利时所面临的伦理选择。小说中洗衣房的情景就是明证:受校园空间的限制,洗衣房中的女生们忙于熨烫男性的衬衫,特别是男朋友的衬衫,这反映了男权社会对女性行为的影响。她们在熨衣服时表现出的专注和有条不紊,实际上是在重复一种传统女性角色,即照顾、服务男人。这种行为背后隐藏着复杂的动机:女性既想寻求自我价值的实现,又陷入了传统角色的束缚,既要反抗现实生活,又要反思教育目的。这种矛盾体现了她们在追求男女平等地位时面临的伦理困境,她们需要在传统角色与现代教育之间找到平衡。小说中,卡梅尔等人在大学校园里的经历不仅仅是物理空间的问题,更是伦理和心理上的挑战。她们在追求教育权利的过程中,不断与传统角色和社会期待进行斗争,努力摆脱男权社会的束缚,追求真正的自我实现。从洗衣房交际到为男朋友熨烫衬衫,从偷偷把男生带进宿舍过夜到和男朋友回家过圣诞节,种种斗争和反抗体现在她们日常生活中的每一个细节中。女生们的行为虽然受到了男权社会的规范和限制,但她们依然在有限的空间内积极寻求自己的生活方式。

显然,当时的女性虽然在教育、法律等多个领域取得了重要成果,但仍被束缚在男权社会的框架内。尽管她们获得了与男性相似的教育机会,但教育模式本质上是按照男性的标准设定的,这限制了她们的发展潜力。在小说《爱的试验》中,卡梅尔、朱莉安娜和卡琳娜的经历揭示了女性在追求教育权利时所面临的伦理困境。她们在洗衣房中的行为反映了传统角色的束缚,而她们在日常生活中的努力则体现了对自我实现的追求。这种矛盾和斗争不仅发生在物理空间中,更在伦理和心理层面展开,反映了女性在追求平等地位时面临的复杂挑战。

2)失衡的婚恋空间中推动女性"试验爱"的行为

20世纪的英国经历了一系列深刻的社会变革和转型,社会对女性的期待呈现出传统与现代交织的复杂特征。一方面,随着女性主义运动的兴起,女性开始享有与男性相当的教育机会和社会权利,婚恋空间里也呈现出自由恋爱与婚姻自主的发展趋势。她们被鼓励追求个人发展和实现自我价值。然而,另一方面,传统的家庭观念仍然根深蒂固,女性在家庭生活中继续承担着照料家庭、抚养子女、管理家务的重要角色。她们的责任并未因社会地位的提升而减少,反而在教育子女、参与社区活动等方面有所增加。这种双重角色的压力导致许多女性在婚恋观上产生偏激倾向,婚恋空间失衡,从而陷入极大的伦理困境。在《爱的试验》中,伦敦大学不仅是学习的地方,更是社会化的重要场域。卡梅尔和其他女生在这里学习如何成为社会期待的"好女孩",这包括服从权威、遵守规则、维护贞洁等。这些规则背后,隐藏着对女性行为的严格规范,而这些规范往往与个人的欲望、抱负产生冲突。

　　我们渴望有自己的家。我们渴望有自己的房子,甚至孩子:用乳白色的口水代替墨水的流畅。我们虽然没有说出来,但汤布里奇宿舍楼的每一条走廊都充满了生育恐慌。晚餐后聚在一起喝咖啡的群体中,总有一个女孩觉得自己可能怀孕了,另一个则在庆祝自己没有怀孕,至少表面上如此。早晨见面或者周末归来时,总有一种探究的潜台词,一个挑眉——你怀孕了吗?你可能怀孕了吗?你没怀孕吗?"又晚了!"有人焦急地低语。我们大多数人都服用避孕药,但我们表现得好像不相信它有效。我们的怀疑反映了我们的欲望和矛盾心态。药丸的一点点气泡声,一口水,舌尖的一丝甜味——这些怎么能对抗大自然的强大运作呢?自然已经被用叉子驱赶出去,但它正悄悄地重新回来。(Mantel,1995:165 – 166)

尽管卡梅尔等女大学生接受了与男性同等的高等教育,但她们似乎更渴望爱情和婚姻,更倾向于追求自由恋爱并自主选择恋人和伴侣。与此同时,受传统家庭观念的深刻影响,她们同样渴望拥有自己的家庭和孩子,并愿意承担相应的伦理责任。个人自由和发展追求与对家庭和婚姻的渴望之间形成了极大的冲突,这在这些女大学生的婚恋空间中尤为突出。汤布里奇宿舍楼里弥漫的"生育恐慌"正是这种矛盾心态的具体体现:女生们既渴望生育后代,又担忧怀孕带来的种种后果;既向往自由恋爱,又偷偷地服用避孕药。这种内心的挣扎和矛盾心态揭示了女性在婚恋空间中的伦理困境。

小说中,通过卡梅尔和克莱尔围绕苏"留宿男友"事件的对话,生动展现了不同女性在婚恋观上的差异及其内在冲突。苏将男友罗杰带入宿舍的行为引起了室友克莱尔的困惑与不安。克莱尔基于自身的宗教信仰与道德准则,无法认同苏的做法。她认为作为室友及朋友,自己有责任干预并引导苏走上正确的道路。克莱尔告诉卡梅尔:"我很担心苏。她的新男友,你知道,她和他有性关系。"(Mantel,1995:168)克莱尔的思想观念很传统,坚信婚姻应当保持圣洁,并且对性行为持保守态度。当苏提出希望她暂时离开宿舍,以便自己和男友罗杰能够独处时,克莱尔陷入了道德与情谊的两难境地:如果她留下,不仅会让苏感到尴尬,还可能破坏室友之间的和谐;但如果她选择离开,则意味着放弃了自己坚守的原则。在这种情境下,克莱尔的内心冲突尤为明显。她一方面珍视与室友的情谊,理解苏的情感需求;另一方面,她的宗教信仰和个人道德准则使她难以接受这种违反宿舍规定和她个人价值观的行为。克莱尔的困境不仅反映了她在维护个人原则与尊重他人选择之间的挣扎,也揭示了现代女性在婚恋观上的复杂性和多样性。相较之下,卡梅尔的观点则显得更为开放与现实。她认为,在步入婚姻殿堂前,情侣间有必要通过共同生活来检验彼此的兼容性,这就好比购车前的试驾过程。"只有试过之后,才能知道是否合适。"(Mantel,1995:166)这种"先试验后婚姻"的理念不仅契合了小说的主题"爱的试验",也反映了当代年轻人对婚恋关系的新思考。卡梅尔本人就是一个典型例子:尽管面临母亲的强烈反对,她仍然选择与男友尼尔同居,并一同度过了圣诞节假期,以此作为对她与尼尔之间关系的一种考验。在克莱尔和卡梅尔之间的对话中，两人的观点形成了鲜明对比。克莱尔秉持传统的婚姻观，认为婚前应保持圣洁，任何违反这一原则的行为都是不可接受的；而卡梅尔则主张通过共同生活来检验情侣间的兼容性，认为这是确保未来婚姻幸福的重要步骤。这段对话不仅揭示了两人截然不同的立场，还映射出当代女性在坚守传统伦理与拥抱现代价值观之间寻求平衡的挑战。

卡梅尔的同学苏与其男友罗杰的关系进一步揭示了女性在婚恋领域内的伦理困境。苏大胆地与罗杰发展亲密关系，并毫无顾忌地将其带入宿舍留宿，甚至坚持让室友克莱尔搬出房间以给他们腾出私人空间。苏的这些行为与克莱尔的保守观念形成了鲜明对比，凸显了传统与现代价值观之间的张力。克莱尔试图从宗教和道德的视角去理解和接纳苏的行为，但她内心的矛盾和焦虑却无法平息。对她而言，苏的做法挑战了她心中根深蒂固的伦理标准。克莱尔担心这种行为不仅违反了宿舍的规定，还可能影响其他室友的生活秩序和心理健康。她的立场反映了对传统价值观的坚守，以及对社会规范和伦理道德的重视。相反，苏则以一种新时代女性的姿态，勇敢地追求自由的爱情与婚姻。她与男友发生关系并在宿舍留宿的举动，不仅挑战了传统道德，还突破了社会规范的约束。有一次，苏还在宿舍里公开表达了她的未来计划：她打算一毕业就结婚，并且明确表示不需要订婚戒指，因为苏认为它过于庸俗(Mantel, 1995:171)。订婚戒指作为传统婚姻仪式的重要组成部分，通常象征着情侣正式步入婚姻的门槛。然而，苏选择拒绝这一习俗，表明了她对传统婚恋模式的否定，同时也体现了她对自己未来生活的独特规划。苏的行为展示了在一个特定的社会背景下，女性在面对传统道德与个人选择之间的冲突时所展现出的态度。她勇于打破常规，追寻自己心中的理想生活，这也从侧面反映了当代女性在探索个人价值与社会角色定位过程中所经历的复杂心理历程。

4.4.4 异化的心理空间中的女性伦理困境

心理空间涉及人的内在世界，包括思想、感受、记忆以及心理状态。人们基于对外部空间中事物及人际关系的认知，将这些认识投射到内在世界，从而形成了个体对外部世界的主观体验。20世纪，美国语言学家吉尔斯·福康涅(Gilles Fauconnier)提出的"心理空间"理论特别强调了"跨空间映射"(cross-space mappings)。该理论指出，人类在认知过程中不仅依赖于单一的心理空间，还会在多个心理空间之间建立联系，通过映射机制将不同空间中的元素相互关联，从而创造出新的意义(Fauconnier & Turner, 2002:46-48)。这种关于心理空间及其映射机制的理论，为我们理解文学作品中人物复杂的内心世界提供了有力的工具。在曼特尔的小说《爱的试验》中,卡梅尔的心理空间充满了自我的情感和精神体验,以及更深层次的个体意识思考和自我价值的建构。在心理空间的映射过程中,卡梅尔面临着多重伦理困境。这些困境在她的内在世界中表现为各种思想、感受和心理状态的冲突。卡梅尔在追求个人自由与独立的同时,必须面对来自家庭和社会的期望与规范。她在求学过程中不仅要应对学业压力和个人成长的挑战,还需处理复杂的人际关系和个人情感问题。通过分析她与母亲、与男友以及与室友等人之间的关系,我们可以观察到卡梅尔是如何在不同心理空间之间进行映射和转换的。一直以来,卡梅尔努力在个人意愿、社会规范、家庭责任、未来规划等不同认知域之间寻求平衡。这种跨空间映射不仅展现了她在不同心理空间之间的转换过程,还揭示了她在处理复杂情感和道德问题时的内心挣扎。她的经历展现了现代女性如何在多重价值观间寻求和谐共存,并通过复杂的心理映射机制来应对这些挑战。

1) 女性个人自由与社会规范的张力

小说中,卡梅尔的心理空间充满了对自由和独立的渴望,但同时也受到社会传统和家庭期望的制约。这种异化的心理空间表现为她的行为与家庭期望以及社会伦理规范之间的矛盾冲突。卡梅尔对母亲强硬的管制极度不满,内心一直渴望摆脱母亲的期望和传统的束缚,追求自我解放。在发型选择、学业规划、社交活动、恋爱关系等方面,卡梅尔表现出显著的反抗意识。尽管她自幼便认识到母亲是一个非常强势且不易改变主意的人,命令一旦下达,卡梅尔就必须服从(Mantel,1995:161),但她依然在条件成熟时选择挑战家庭和社会的期望。

卡梅尔的母亲非常注重女儿的淑女形象,特别希望通过打理卡梅尔的长发来塑造这种形象。

> 她拿起梳子,把我的头发分成一缕缕。在每一缕头发的顶端,她打一个结。然后我们就开始一圈一圈地缠绕,越来越紧,我自己因疼痛和愤怒而陷入狂乱,而她则面无表情地把我的头发像木乃伊一样缠起来。我哭喊着想要剪掉头发,像其他人那样剪短,用一个大的黑色发夹或者粉色塑料发夹固定,而她则咬牙切齿地说我不知道自己要什么。(Mantel,1995:48)

母亲为女儿梳头束发的行为体现了她对传统女性角色的坚持和期望,希望女儿能够符合社会对于淑女的标准。然而,对于卡梅尔来说,母亲的行为是对她外貌的控制和对她行为的严格规范。在缠绕头发的过程中,卡梅尔感到疼痛和愤怒,她的心理空间中充满了对自由的渴望和对母亲权威的反抗。通过头发的梳理和缠绕,卡梅尔内在世界(对自由的渴望)与外在世界(母亲的期望)之间的冲突被具象化了。

进入大学后,卡梅尔迅速以自己的行为反抗母亲的专制,追求自己想要的生活方式:"我的头发,在中学结束时还垂到腰部,现在已经被剪得很短,只留了一英寸长。在过去的一周里,每次我在商店橱窗中瞥见自己,都会猛然转身去看看那个似乎总是在我肩后的陌生人;那是我自己,就像一株蒲公英。"(Mantel,1995：15)剪短头发不仅改变了她的外观,还赋予了她一种全新的自我感知。她描述自己在看到新形象时的惊讶与不适应,同时也表达了这种改变带给她的轻松感和对未来可能性的憧憬。这种心理上的转变象征着卡梅尔在成长过程中的一个重要阶段,以及她对自我形象和身份的新认识。剪短头发不仅是对外观的改变,更是对母亲权威和社会规范的挑战。它标志着卡梅尔开始独立思考并寻求自我实现的道路,尽管这一过程充满了内心的挣扎和外部的压力。

卡梅尔的母亲望女成凤,对她的学业寄予了极高的期望。在中学阶段,经过周密的考虑,全家决定让卡梅尔参加圣救主学校的入学考试。由于该校在当地社区享有较高的声望,卡梅尔的母亲对其抱有积极的态度,认为能够进入这所学校是一种荣誉和特权。入读该校后,母亲对卡梅尔的学习成绩寄予厚望,经常拿她与表现优异的同学朱莉安娜相比,质问道:"既然朱莉安娜能在班上名列前茅,为什么你不行?"(Mantel,1995：160)在日常学习过程中,母亲对卡梅尔的学习方式也实行严格管理。卡梅尔很少被允许看电视,而是被要求专注于学习,只有在特定情况下,如电视播放名为"大学挑战"的智力竞赛节目时,才会被鼓励看电视。当尼尔建议卡梅尔找一个周六兼职时,卡梅尔的母亲直接拒绝了这一提议。在她看来,周六是做家庭作业的时间,为进入牛津、剑桥等名校打好基础(Mantel,1995：145)。母亲的高期望和严格管理无疑给卡梅尔带来了巨大的心理压力。这种压力不仅影响了她的自信心,还可能削弱她的学习动力。在母亲的严格要求下,卡梅尔可能对自己的能力产生怀疑,并在与他人的比较中产生挫败感。

卡梅尔的母亲不仅对她的学业寄予厚望,还对她的社交活动表现出极度的关注。自卡梅尔 11 岁起,母亲便进入了长达 20 年的暴躁期。在此期间,她的言谈中充满了失望、失落、背叛、欺骗等负面情绪。

> 如果我提议参加一次学校郊游,她会说:"你去那儿干什么?你不会喜欢的。"如果有人邀请我去她家,她会说:"你为什么要跟她打交道?你应该跟家人在一起。到时候没人会帮你,你只有自己的家人。"我看到她说这些话的样子:她的脸庞憔悴,眼睛里没有光亮。而在其他时候,她又会极力向我推崇外面世界的好处……"重要的不是你知道什么,而是你认识谁。"(Mantel,1995：134)

母亲的话语充满了矛盾。她一方面阻止卡梅尔参与社交活动,如学校郊游或拜访朋友,认为这些活动没有价值,甚至暗示家庭成员才是唯一可靠的支持来源;另一方面,母亲又鼓励女儿走出家门,走向更广阔的天地,追求独立和成功。这种矛盾的态度不仅反映了母亲内心的复杂情感,也给卡梅尔带来了困惑和心理负担。母亲一方面表现出对外界的不信任和对家庭内部支持系统的强调,另一方面却又鼓励卡梅尔建立广泛的社交网络,以获取社会资源。这种高期望和复杂矛盾的心理使卡梅尔在成长过程中面临着艰难的选择和困惑,使她的心理空间充满了对成功的渴望与对失败的恐惧。在家庭空间(母亲的期望)与学校空间(学业竞争、社交活动)之间,卡梅尔的内在世界与外在世界之间的冲突被具体化为学习和社交活动的严格管理。母亲对卡梅尔的学习方式和社交活动实施了严格的管控,试图通过这种方式确保女儿成功。然而,这种过度干预反而加剧了卡梅尔内心的挣扎和压力。卡梅尔逐渐意识到自己与母亲之间的矛盾冲突,她需要在母亲的期望与个人意愿和自我追求之间找到平衡。于是,她最终选择了自己喜欢的发型、学习方式以及恋爱关系,以凸显对女性个人自由与社会规范之间张力的抗衡。

2) 女性个人情感与外部压力的碰撞

进入大学后,女生们对个人自由和情感的渴望变得更加强烈。学校以"男性教育模式"培养她们的智慧,同时又以传统女性的标准规范她们的行为,完全忽略了她们作为女性的欲望和责任。"我们十八九岁,渴望高分……但现在我们的身体也开始发出它们的需求信号。我们已经有过性经历;性经历引发了对后果的担忧。内心的小女人透过我们的眼睛向外张望,向这个世界挥手。"(Mantel,1995:165)尽管家庭期望和学校规范都要求女孩保持贞洁,但随着女性发育成熟,其身体欲望和情感需求逐渐显现,急需缓解和满足。因此,许多女生不惜违规,偷偷交男朋友,帮男生洗衬衫,甚至发生亲密关系。在生理和心理双重需求的推动下,卡梅尔主动追求男友尼尔,并最终与他同居。对于卡梅尔交男友并陪其回家过圣诞节的行为,母亲强烈反对。她希望卡梅尔成为一个传统意义上的淑女,外表端庄,行为举止和道德观念符合社会对女性的期待。在这种背景下,卡梅尔面临着巨大的压力和内心的挣扎。一方面,她预见到母亲会对她与男友同居的行为持强烈反对态度,因而内心紧张不安。卡梅尔深知母亲对她的期望是严格遵循传统的女性角色,即保持贞洁、举止端庄,但这与她自身的愿望和需求产生了剧烈冲突。选择与男友同居不仅违背了母亲的意愿,也挑战了社会对女性的传统规范。另一方面,卡梅尔跟随男友回家意味着她为了追求个人自由和情感满足而背离了学校的教育要求和社会对淑女的期待。这种行为不仅彰显了她的个人独立性,更是对传统性别角色的挑战。卡梅尔意识到,她的决定必将引发家庭和社会的双重压力,这令她内心的思想斗争尤为激烈。小说中的"浴袍"意象深刻反映了卡梅尔在追求个人自由与应对社会规范之间的困境。浴袍象征着舒适与隐私，同时也暗示了女性在私人空间中的自我保护与隔离。这一意象与卡梅尔决定去男友家过圣诞节的事件紧密相关。卡梅尔写信告诉父母她已受邀在圣诞节期间去尼尔家做客："为什么会紧张呢？我该如何表现？他们的浴室礼仪是什么样的？我没有浴袍。在汤布里奇宿舍里，我习惯穿戴完整地进入浴室，再完整地出来；虽然衣服稍微有点湿，但非常得体。在私人住宅里，这种做法可能会被认为奇怪。"（Mantel，1995：157）这段内心独白不仅揭示了她在面对新环境时的不安全感，也展示了她在个人自由与社会规范之间的复杂心理斗争。"浴袍"成为卡梅尔内心紧张和自我意识的象征，反映了情感与理智的较量。尽管她决定去尼尔家过节，但她丰富的心理活动表明她对新环境的不安与困惑。她担心自己的行为举止不符合预期的社会规范，害怕被视为异类或不合群。这种担忧不仅是对外部评价的恐惧，更是对她自身身份认同的探索。圣诞节过后，卡梅尔收到了母亲措辞严厉的回信，批评她回男友家过节的行为举止轻浮堕落，甚至在信中让她永远不要再踏入家门。母亲的反对和指责进一步加剧了卡梅尔的困境："我带着一种恐惧问自己，我真的爱我的父母吗？如果我不爱，为什么她们的回信让我如此难受。"（Mantel，1995：161）母亲的强硬态度使她在追求个人幸福与履行家庭责任之间感到左右为难，她甚至"为自己属于这样一个家庭而感到羞耻"（Mantel，1995：162），这反映了她在个人欲望与家庭责任之间的挣扎。可见，卡梅尔在个人情感空间（与尼尔的关系）和社会道德空间（家庭和社会的期望）之间建立了复杂的映射关系，使她在享受个人幸福的同时，也感受到来自家庭的压力和道德的约束。

小说《爱的试验》通过空间叙事冲突，揭示了女性在追求个人自由与情感满足时所遭遇的外部压抑及其在多重维度中的复杂伦理困境。女主人公卡梅尔的经历尤为典型地展现了这种内在冲突与外在挑战。一方面，卡梅尔渴望追求个人自由与情感满足，体现了现代女性对独立与自我实现的深切期盼；另一方面，她必须面对家庭和社会的传统期望，这些期望要求她遵循社会对女性角色的刻板规范。这种内外矛盾使卡梅尔陷入了深刻的痛苦与两难境地。她在发型选择、学业规划、社交活动及恋爱关系等方面表现出强烈的自主性，试图通过这些行为表达反抗意识并寻求自我解放。卡梅尔一心追求个人自由与幸福，但也不得不应对母亲的高期望和社会规范的束缚。这种内心挣扎不仅反映了现代女性在追求个人自由与发展过程中所面临的伦理困境，也揭示了她们在不同价值观之间的艰难抉择。通过对卡梅尔细腻的心理活动与丰富的思想情感的描写，《爱的试验》生动呈现了 20 世纪六七十年代女性在物理空间（如家庭与学校）、社会空间（如性别角色与社会规范）及心理空间（如自我认知与情感需求）中的复杂体验。这种复杂的心理映射机制深化了我们对个体成长的理解，并启发了对更广泛的社会文化背景下性别角色与伦理问题的思考。小说通过卡梅尔的故事，展现了女性在追求自我认同与社会接受之间不断寻找平衡的努力，同时也为读者提供了深刻的反思空间，促使我们重新审视当代女性的思想与行为。

第 5 章

希拉里·曼特尔伦理思想研究总结

　　文学作为个体叙事的艺术形式,其基本使命之一是将个人从"群体"的束缚中解放出来,赋予其独特的意义(谢有顺,2010:101)。希拉里·曼特尔在其创作实践中,通过聚焦历史、伦理与人性的小说叙事,完成了这一使命。她的文学创作不仅是对历史人物的重新审视,更是一场关于人性复杂性的深刻对话。

　　曼特尔的作品揭示了历史与现实中"恶"的存在,同时努力塑造和守护那些在逆境中依然保持坚韧与善良的灵魂。"恶"作为现当代文学的重要精神母题,贯穿于国内外众多文学作品中。与"恶"的主题相伴而行的常常是犯罪、阴冷、恐惧、异化、绝望、死亡等元素,它们共同削弱了人类存在的价值与希望。然而,在这样沉重的主题之下,曼特尔却另辟蹊径,探索出另一种可能。她的文学创作虽然同样触及上述黑暗主题,但她并未止步于此。相反,她通过不同类型小说的叙事,探讨了人性的多维面向。

　　在曼特尔笔下,"恶"并非不可逾越的深渊,而是与人的复杂情感和社会背景紧密相连的一种状态。她的小说展示了即使是在最艰难的环境中,个体仍然有可能展现出人性中最光辉的一面。因此,尽管曼特尔的作品同样涉及了"恶"所带来的伤害与绝望,但通过细腻的叙述,我们仍能看到她对人性美好面目的坚持与颂扬。她的作品不仅仅是对黑暗现实的反映,更是对人类内在力量的一种肯定。

　　总体而言,本书从文学伦理学层面对曼特尔的作品进行了深入研究。不仅探讨了她独特的创作背景及其作品在全球范围内的影响力,还详细分析了曼特尔小说中的伦理叙事和文化构建。曼特尔的文学创作不仅是对生命力的尊重,更是一种对个体生命感觉的回应。她的作品超越了一般意义上的善恶是非的价值判断,从历史、伦理、人性等多个维度出发,以人的生存意义来解构现代性所带来的伦理危机。

5.1　历史的镜鉴

曼特尔无愧于"历史小说女王"的称号,她的多部作品扎根于深厚的历史背景之中。无论是"克伦威尔三部曲"中的历史人物托马斯·克伦威尔,还是《一个更安全的地方》中的卡米尔·德穆兰,抑或是《巨人奥布莱恩》中的奥布莱恩和亨特,其命运都与时代紧密相连。曼特尔通过对历史人物的细腻刻画和深刻描绘,展现了个体在宏大历史进程中的生命状态与复杂体验。

历史小说叙事不仅在于复述历史,更在于探索历史的可能性,而"可能性"正是叙事伦理的终极旨归。曼特尔创作历史小说的意图不仅在于重现过去,更在于通过历史的"可能性"来反思当下与未来。她的作品揭示了个体在历史洪流中的生存困境与艰难抉择。在"克伦威尔三部曲"中,托马斯·克伦威尔不仅是一个历史人物,更是曼特尔借以探讨人性与伦理困境的载体。在波诡云谲的宫廷权力争斗过程中,克伦威尔的每一次选择都是对人性复杂性的深刻揭示。克伦威尔的故事展现了这样一种生命形态:即使在最艰难的环境中,个体仍然有可能展现出人性中最光辉的一面。在《一个更安全的地方》中,卡米尔·德穆兰的形象同样体现了作者对历史人物的深刻理解与重构。德穆兰在法国大革命中的命运起伏,反映了个体在历史转折点上的伦理抉择与生存策略。曼特尔通过对德穆兰的细腻描写,展现了历史人物在复杂历史情境中的多重面相,提醒人们从历史镜鉴中审视现实。在《巨人奥布莱恩》中,曼特尔通过奥布莱恩和亨特的对比描写,探讨了科学与人性的关系。奥布莱恩和亨特在 19 世纪末的社会背景下的遭遇,反映了科学进步带来的社会变迁及各种伦理问题。这些人物的命运从不同视角呈现了各自的生存之道,展现了个体在历史变革中的复杂情感与伦理困境。曼特尔的历史小说不仅是对过去的记录,更是对当下与未来的深刻反思。通过这些细腻的历史刻画,曼特尔意在提醒人们:要从历史镜鉴中审视现实,从中汲取教训,更好地应对当下的挑战与未来的不确定性。

5.2　伦理的探讨

叙事不仅仅是为了复述故事,更是为了将那些已经历和将经历的生活转化为一个个伦理事件。在这些事件中，生命的感觉得以舒展，生存的疑难得以思考，个人的命运得以被审视。曼特尔小说中的伦理叙事不仅呈现了一个个独特的伦理事件，还体现了个体在伦理困境中的挣扎与抉择，并积极探讨了伦理乌托邦的可能性与局限。

从"三部曲"中克伦威尔的伦理身份和伦理选择，到《弗勒德》中的伦理困境与转变主题，再到女性在空间层面的伦理困境及表现，曼特尔通过具体的故事情节和人物塑造展现了伦理的复杂性与多元性。她的小说不仅揭示了伦理的内在冲突，还探讨了伦理在个体与共同体之间的张力。"三部曲"不仅揭示了历史人物克伦威尔的生存伦理，还通过叙事展现了伦理关怀的力量。小说叙事的力量意在将生活中的伦理问题呈现出来，让人们在品鉴中获得伦理上的启发。曼特尔通过对克伦威尔形象的塑造，不仅展示了历史人物的复杂性，还探讨了现代小说中的伦理问题。克伦威尔的多维形象不仅是对一个历史人物的再现，更是对现代人生存伦理的一种启示。在"人与人是狼"的生存环境中，克伦威尔不仅要面对诸多政敌的威胁，还要竭力处理家庭和个人情感的纠葛。克伦威尔起伏的命运展现了个体在历史洪流中的无奈与抗争。尽管身处险境，但克伦威尔依然保持着忠心与善良。对老主人的情谊、对家人的关爱、对国家的责任、无不体现了他在困境中保持的伦理力量。克伦威尔的"生存"追求的正是自我价值的确认，存在责任的承担，以及对幸福生活的向往。曼特尔的叙事不仅展现了克伦威尔的生存之道，还通过伦理关怀让人们在阅读中获得深刻的伦理共鸣。在《一个更安全的地方》中，曼特尔通过对德穆兰的形象研究，探讨了在重大历史事件中个体的伦理感觉与生存方式。在《巨人奥布莱恩》中，曼特尔探讨了科学进步带来的社会变迁及相关的伦理问题。亨特的研究在推动医学进步的同时，是否忽略了对个体的关怀和尊重？奥布莱恩的身体成为众人瞩目的焦点，人的身体的商品化反映了社会对个体权利的忽视。通过这些具体的伦理问题，小说展现了科学与人文关怀之间的冲突以及个体在社会中的伦理情感。在《弗勒德》中，曼特尔聚焦伦理乌托邦的构建，探讨了历史中的光明与黑暗。通过分析费瑟霍顿小镇居民们在伦理困境中的复杂心态，展现了人性的多维面向。曼特尔还非常关注女性角色的伦理困境。在"三部曲"中，曼特尔通过对皇室女性、平民女性在历史背景下的伦理困境的剖析，展现了女性在追求自由与面对束缚时的复杂心态。在《爱的试验》中，曼特尔通过空间叙事展现了卡梅尔等女大学生在追求个人幸福和欲望的过程中遭遇的社会观念和家庭责任的抑制，揭示了女性在心理空间中的无奈和无力。可见，曼特尔通过细腻的历史刻画、复杂的人性展现、伦理重构、科学与人性关系的探讨、伦理乌托邦的构建与反思、女性角色的伦理困境以及空间叙事等方式，实现了对伦理的探讨。

5.3　人性的探索

曼特尔的作品不仅关注历史与伦理,还深入探讨了人性的复杂性。从《狼厅》中克伦威尔的心智培育,到《巨人奥布莱恩》中的异化消费,再到《弗勒德》中的信仰危机,以及《爱的试验》中的空间与伦理困境,这些作品共同构成了曼特尔对人性复杂性的深刻洞察。无论是历史人物的心理刻画,还是现代社会中的伦理冲突,曼特尔都能够通过丰富的叙事手法,揭示出人类行为背后的深层次动机和社会背景。她的小说不仅仅是对历史事件或个人命运的再现,更是对人性在不同情境下的多样性和复杂性的探索。

曼特尔的历史小说虽常围绕着那些身处权力漩涡中心的人物展开叙事,但她真正关心的则是这些人物背后精彩的个人故事。通过丰富的故事情节、细致的心理描写以及细腻的情感刻画,曼特尔的故事表明,即使是历史上被标签化为"恶"的角色,也有其"善"的光辉。在她笔下,"恶"并非绝对,而是与善良、忠诚、责任等正面品质紧紧交织在一起,凸显了道德的模糊性和人性的复杂性。曼特尔的叙事中,"黑暗"尤其象征着历史的复杂性、人性的阴暗面以及个体在伦理困境中的挣扎,而"光明"则象征着人物的心智、良知、品德、善念等积极因素,尤其指人们在黑暗中的努力与追求,以及对美好生活的向往。"曼特尔式"的人物尽管身处困境和逆境,但他们仍然积极面对挑战,努力寻求自我存在的价值和意义,试图在复杂的伦理环境中找到正确的道路。站在黑暗中呼唤光明,这是曼特尔作品的亮色,也是作家想要彰显的伦理思想内涵。无论是克伦威尔、德穆兰、奥布莱恩、弗勒德等男性角色,还是安妮·博林、菲洛梅娜修女、卡梅尔等女性形象,他们都被赋予了一种内在的韧性:即使面临困境也毫不退缩,即使在最艰难的时刻也不放弃希望。这种在"恶"的伦理环境中坚守人性信念与力量的伦理叙事,体现了曼特尔在现代主义阴影之下的伦理实践。她的作品不仅是一次对历史的再解读,更是对人性光芒的颂扬,证明了即使在最严酷的环境中,个体也能展现出令人钦佩的勇气与美德。

显然,现代人的生存经验在曼特尔的作品中得到了最为积极的响应。在她眼中,恶、暴力、腐朽、歧视、黑暗性等问题是横亘在生存途中的致命障碍。只有通过小说叙事的形式,把这些"恶"性因子或者说"普遍的不幸"揭露和强调出来,才能提醒人们向上、向善,珍惜生命中的每一刻。曼特尔的作品不仅揭示了这些负面因素的存在,还通过细腻的叙事展现了人性中光明的一面。她的作品不仅具有深刻的批判性,还具有积极的导向作用,鼓励人们在面对困难时保持希望与勇气。她笔下的人物虽然身处黑暗之中,但仍能保持坚韧与善良、乐观与勇气。通过对黑暗现实的揭露和对人性复杂性的深刻探讨,曼特尔肯定了人类内在的力量,坚定了战胜"阴暗"的信心,表达了对美好生活的向往与追求,并提醒人们要珍惜生命中的美好,勇敢面对生活中的种种挑战。

希拉里·曼特尔作品一览

Every Day Is Mother's Day: Chatto & Windus, 1985

Vacant Possession: Chatto & Windus, 1986

Eight Months on Ghazzah Street: Viking, 1988

Fludd: Viking, 1989

A Place of Greater Safety: Viking, 1992

A Change of Climate: Viking, 1994

An Experiment in Love: Viking, 1995

The Giant, O'Brien: Fourth Estate, 1998

Learning to Talk: Fourth Estate, 2003

Giving Up the Ghost: Fourth Estate, 2003

Beyond Black: Fourth Estate, 2005

Wolf Hall: Fourth Estate, 2009

Ink in the Blood: A Hospital Diary: Fourth Estate, 2010

Bring Up the Bodies: Fourth Estate, 2012

The Assassination of Margaret Thatcher: Fourth Estate, 2014

The Mirror and the Light: Fourth Estate, 2020

Mantel Pieces: Fourth Estate, 2020

希拉里·曼特尔大事记

时间	事件	备注
1952 年	出生于德比郡小镇格洛索普	是工人阶级家庭的孩子
1957 年	就读于罗马天主教小学	从小跟随祖母信奉天主教
1963 年	举家搬迁至柴郡,就读于哈里教堂修道院学校,改姓曼特尔	生父离家出走,改姓为继父杰克·曼特尔的姓氏,父母婚变对希拉里的成长产生深远影响
1964 年	放弃宗教信仰	对她的生活与写作影响深远,她逐渐养成了一种内省和自我审视的习惯
1970 年	先后就读于伦敦经济学院和谢菲尔德大学	主修法律
1972 年	与地质学家杰拉尔德·麦克尤恩结婚;同年在老年医院做社工	丈夫一贯支持她的研究和写作,但是婚姻状态也时常陷入绝望;在老年医院的工作让她逐渐意识到自己想要写作
1973 年	获法学学士学位	对重塑克伦威尔形象有重要影响
1974 年	开始写作《一个更安全的地方》	一边工作一边尝试写作
1977 年	为了丈夫杰拉尔德的工作,与他一起搬到南非的博兹瓦纳	在这里完成了《一个更安全的地方》的绝大部分手稿;确认自己得了子宫内膜异位症
1979 年	被诊断出晚期子宫内膜异位症,需要进行子宫切除手术;《一个更安全的地方》的手稿被出版社拒绝出版	失去做母亲的资格,后因服用类固醇药而导致迅速发胖,精神和身体双重煎熬
1980 年	离婚	/

（续表）

时间	事件	备注
1982 年	与杰拉尔德复婚,并于次年与他一起搬到沙特阿拉伯	为写作《每天都是母亲节》《空白财产》以及《加沙大街上的八个月》创造条件;在博兹瓦纳和沙特阿拉伯的经历"影响了她对所有事物的看法"
1985 年	出版了第一部小说《每天都是母亲节》	展现母女之间的紧张关系,表现出黑色喜剧和哥特式小说的风格
1986 年	出版续集《空白财产》	与《每天都是母亲节》风格和内容相当
1987 年	担任《观察家》首席电影评论家(持续到1991 年),并成为包括《伦敦书评》在内的英国和美国多家报纸和杂志的评论员	获得希瓦·奈保尔纪念奖(Shiva Naipaul Memorizal Prize)
1988 年	出版《加沙大街上的八个月》并返回英国	该小说取材在沙特阿拉伯的亲身经历
1989 年	出版《弗勒德》	风格较为温和,讲述天主教社区的惨淡生活
1990 年	凭借小说《弗勒德》获得多项大奖	《弗勒德》获得南方艺术文学奖、切尔滕纳姆文学奖和温尼弗雷德·霍尔特比纪念奖
1992 年	出版《一个更安全的地方》	该小说获《周日快报》年度小说奖
1994 年	出版《变温》	取材于沙特阿拉伯的生活
1995 年	出版《爱的试验》	该小说获霍桑登奖
1998 年	出版《巨人奥布莱恩》	该书被改编成 BBC 四台的广播剧
2003 年	出版回忆录《气绝》以及首部短篇小说集《学说话》	《气绝》获 MIND 年度图书奖
2005 年	出版《黑暗之上》;获得谢菲尔德大学荣誉文学博士学位	《黑暗之上》入围英联邦作家奖和小说类柑橘文学奖
2006 年	受封大英帝国司令勋章	CBE (Commander of the British Empire)
2008 年	获得伦敦大学皇家霍洛威学院和贝德福学院的荣誉院士职位	/

（续表）

时间	事件	备注
2009 年	出版第十部小说《狼厅》;获得谢菲尔德哈勒姆大学荣誉文学博士学位	《狼厅》的出版成为曼特尔的创作生涯的转折点。
2010 年	出版《血染的记录:一本医院日记》;《狼厅》获得多个奖项	《狼厅》获布克奖和国家图书评论奖;入围柑橘文学奖(小说类);曼特尔获得沃尔特·斯科特奖和斯佩克萨弗斯国家图书奖"年度英国作家"
2011 年	获得埃克塞特大学和金斯顿大学的荣誉文学博士学位,并获得伦敦国王学院的院士称号	BBC 推出专题节目《希拉里·曼特尔:文化秀特别节目》,其中包括对曼特尔的采访
2012 年	出版《提堂》;获得剑桥大学、女王大学贝尔法斯特分校、伦敦大学和巴斯斯巴大学的荣誉文学博士学位	《提堂》获布克文学奖、斯佩克萨弗斯国家图书奖、"年度英国作家"荣誉、科斯塔图书奖、戴维·科恩奖
2014 年	受封大英帝国爵级司令勋章(DBE);出版第二部短篇小说集《暗杀玛格丽特·撒切尔》;肖像进入英国图书馆悬挂;获得德比大学、伦敦经济学院荣誉博士学位	DBE (Dame Commander of the British Empire)
2015 年	获牛津大学和牛津布鲁克斯大学荣誉文学博士学位;BBC 二台播出了六集的《狼厅》改编剧	/
2016 年	获英国国家学术院主席奖章和《凯尼恩评论》文学成就奖;获得英国精神分析学会的研究奖学金	/
2017 年	成为 BBC 莱斯特演讲人;获得埃克塞特大学的荣誉教授职位	/
2022 年	在英国埃克塞特医院因中风逝世	享年 70 岁

注释:本表主要参考资料来源:Eileen Pollard & Ginette Carpenter. Hilary Mantel ［M］. London: Bloomsbury Publishing Plc., 2018:XVII - XVX.

1. ...and a lot is done in the form of ellipsis even though the ellipsis may not be present on the page, it's still...it goes on in the reader's mind.

2. I don't know, you wait twenty years for a Booker prize, two come along at once!

3. I can't imagine how it might work. However, the universe is not limited by what I can imagine.

4. Fiction redirects us to mystery and chance, and doesn't assume that people know their own minds or hearts.

5. Being a novelist is no fun. But fun isn't high on my list.

6. I'm very keen on the idea that a historical novel should be written pointing forward. Remember that the people you are following didn't know the end of their own story. So they were going forward day by day, pushed and jostled by circumstances, doing the best they could, but walking in the dark, essentially.

7. I woke up to a strange future—childlessness, a premature menopause, and a marriage, already tottering, that would soon fall apart.

8. I saw how historians have rolled along not just prejudices but error, from one generation to the next. So I felt as if I were wiping the slate clean and trying to see Cromwell as if for the first time.

9. Sometimes people try to persuade me that it's made me a better writer in some way, or that it has meant that I could keep the world at bay. But I'd rather cope with the world than cope with pain, and the uncertainty that goes with it.

10. Facts are not truth, but the record of what's left on the record.

11. All the historical facts will hide in one place and then appear naturally, if I cannot find it, it will be my fault. Making up is not my style, I hope people to dig out the facts.

12. In my dreams of Europe, I had found the keys to the gates of an unknown city. For the constant and passionate imagination, no documents or passes are needed.

13. As soon as you arrive, you must set off again. That is my perception about writing—there is no point of stasis.

14. I have no critical training whatsoever so I am forced to be more brisk and breezy than scholarly.

15. There is no failed writing, only work pending.

16. The contradictions and the awkwardness—that's what gives historical fiction its value.

17. When you're just struggling to survive—and I did perceive it like that at the time, and I mean survive spiritually—then I think you have to jettison the less useful emotions, and anger and bitterness are not useful.

18. How experience is transmuted into history, and how memory goes to work and works it over. It's the impurity, the flawed nature of history, its transience—that's really what fascinates me.

19. There's a pull to the darkness, it's true. You choose to laugh in the face of it, I think. Your best weapon against the devil is ridicule. That's in many ways the weapon of the powerless, but it's a case of using what you have.

20. I aim to make the fiction flexible so that it bends itself around the facts as we have them. Otherwise I don't see the point. Nobody seems to understand that. Nobody seems to share my approach to historical fiction.

21. I have a sense of doing a lot of work when I'm asleep, of leaving a problem overnight, waking up with some image or stray word that is probably the solution.

22. I don't like over-refinement, or to dwell in the heads of vaporous ladies with fine sensibilities.

23. Every morning I write as soon as I open my eyes—two sheets of A4 in the notebook beside my bed. The rest depends on what else I'm doing, be it journalism or travelling.

24. I'd like to be less afraid of making mistakes. I'm hobbled by perfectionism.

A fear of getting things wrong slows me down.

25. I always work outside, if I can. It's important to grab the instant thought.

26. A writer must broker a compromise between then and now, and choose a plain style that can be adapted to different characters: not just to their ages and personalities and intelligence level, but to their place in life.

27. You have to think what you owe to history. But you also have to think what you owe to the novel form. Your readers expect a story. And they don't want it to be two-dimensional, barely dramatized.

28. All historical fiction is really contemporary fiction; you write out of your own time.

29. I am not perturbed. I am used to "seeing" things that aren't there. Or—to put it in a way more acceptable to me—I am used to seeing things that "aren't there".

参考文献

［1］艾伦·杜宁.多少算够——消费社会与地球的未来［M］.毕聿,译.吉林:吉林人民出版社,1997.

［2］艾伦·麦克法兰.现代世界的诞生［M］.管可秾,译.上海:上海人民出版社,2013.

［3］博德里拉.让·博德里拉文选［M］.旧金山:斯坦福大学出版社,1988.

［4］蔡雪芹.消费异化与伦理失衡:现代西方消费观释义［J］.绍兴文理学院学报(哲学社会科学版),2003(1):21-25.

［5］曹丹.'颠覆'与'抑制'中的自我塑造:《曼斯菲尔德庄园》中的新历史主义解读［J］.齐齐哈尔师范高等专科学校学报,2011,6:45-46.

［6］车凤成.文学伦理学批评中"诸伦理形态关系"辨析［J］.华北电力大学学报(社会科学版),2008(3):100.

［7］陈江进.罗斯"显见义务"论思想探析［J］.道德与文明,2009(3):76-79

［8］陈彦平.文学伦理学视野下的乔叶小说研究［D］.南宁:广西大学,2014.

［9］戴维·罗斯.正当与善［M］.林南,译.上海:上海译文出版社,2008.

［10］丁世忠.哈代小说伦理思想研究［M］.成都:巴蜀书社,2008.

［11］方环非,朱子怡.恩斯特·布洛赫对乌托邦范畴的重构［J］.宁波大学学报(人文科学版),2024,37(1):1-8.

［12］风笑天.社会学研究方法［M］.北京:中国人民大学出版社,2009.

［13］弗吉尼亚·吴尔夫.一间自己的房间［M］.贾辉丰,译.北京:商务印书馆,2019.

［14］弗朗西斯·马尔赫恩.当代马克思主义文学批评［M］.刘象愚,陈永国,马海良,译.北京:北京大学出版社,2022.

［15］甘绍平.功利主义的当代价值［J］.中国社会科学院研究生院学报,2010(2):30.

［16］高继海.历史小说的三种表现形式:论传统、现代、后现代历史小说［J］.浙江师范大学学报,2006(1):1-8.

［17］高晓玲."感受就是一种知识!":乔治·艾略特作品中"感受"的认知作用［J］.外国文学评论,2008(3):5-16.

［18］龚群.社会伦理十讲［M］.北京:中国人民大学出版社,2008.

[19] 顾尔伏. 人类心智的"论辩性"及其培育[J]. 华东师范大学学报(社会科学版),2016(1):
    38 - 44.

[20] 郭台辉. 共同体:一种想象出来的安全感:鲍曼对共同体主义的批评[J]. 现代哲学,2007
    (6):106.

[21] 汉斯·罗伯特·耀斯. 审美经验与文学解释学[M]. 顾建光,顾静宇,张乐天,译. 上海:上
    海译文出版社,1997.

[22] 黑尔. 道德语言[M]. 万俊人,译. 北京:商务印书馆,2005.

[23] 霍布斯. 利维坦[M]. 黎思复,黎廷弼,译. 北京:商务印书馆,2009.

[24] 卡西尔. 人论[M]. 甘阳,译. 上海:上海译文出版社,1985.

[25] 凯文·安德森,王杰,冯芙蓉. 保卫人道主义:乌托邦与马克思主义:凯文·安德森教授访
    谈[J/OL]. 社会科学家,2024,(02):3 - 8[2024 - 08 - 05]. http://kns. cnki. net/kcms/
    detail/45. 1008. C. 20240528. 1406. 002. html.

[26] 康敏. 伦理秩序的特性及实现形式[J]. 科教文汇,2019(24):184 - 186.

[27] 李冠亚. 异化消费的伦理审视[D]. 重庆:西南政法大学,2015.

[28] 李优雅. 张爱玲作品的空间叙事研究[D]. 重庆:西南大学,2023.

[29] 林珊. 文化禁臠:性别视角下的女性生存困境[J]. 福建广播电视大学学报,2014(02):
    84 - 88.

[30] 刘海杰. 本能与虚妄:论《夜色温柔》中伦理秩序的垮塌[J]. 前沿,2017(12):104 - 107.

[31] 刘茂生. 王尔德创作的伦理思想研究[M]. 武汉:华中师范大学出版社,2008.

[32] 刘小枫. 沉重的肉身:现代性伦理的叙事维语[M]. 华夏出版社,2004.

[33] 龙迪勇. 空间叙事学[M]. 北京:生活·读书·新知三联书店,2015.

[34] 卢玉玲. 英美文学翻译之考察与分析[M]. 北京:北京大学出版社,2015.

[35] 路德·宾克莱. 二十世纪伦理学[M]. 石家庄:河北人民出版社,1988.

[36] 吕同六. 20 世纪世界小说经典理论[M]. 北京:华夏出版社,1995.

[37] 罗国杰. 伦理学[M]. 北京:人民出版社,2014.

[38] 马尔库塞. 单面人[M]. 长沙:湖南人民出版社,1988.

[39] 马克思. 1844 年经济学:哲学手稿[M]. 刘丕坤,译. 北京:人民出版社,1979.

[40] 美国《巴黎评论》编辑部. 巴黎评论·女性作家访谈[M]. 肖海生,等,译. 北京:中国人民大
    学出版社,2021.

[41] 米克·巴尔. 叙述学:叙事理论导读[M]. 谭君强,译. 北京:中国社会科学出版社,1995.

[42] 米歇尔·福柯. 性经验史[M]. 佘碧平,译. 上海:上海人民出版社,2002:62 - 63.

[43] 聂珍钊. 伦理选择概念的两种涵义辨析[J]. 外国文学研究,2022(6):17 - 21.

[44] 聂珍钊. 文学伦理学批评:伦理选择与斯芬克斯因子[J]. 外国文学研究,2011,6:1 - 12.

[45] 聂珍钊. 文学伦理学批评:论文学的基本功能与核心价值[J]. 外国文学研究,2014(4):
    13 - 24.

[46] 聂珍钊. 文学伦理学批评:人性的概念的阐释与考辨[J]. 外国文学研究,2015(6):13.

[47] 聂珍钊. 文学伦理学批评:文学理论与术语[J]. 外国文学研究,2010(1):12 - 22.

[48] 聂珍钊. 文学伦理学批评导论[M]. 北京:北京大学出版社,2014.

[49] 聂珍钊. 英国文学的伦理学批评[M]. 武汉:华中师范大学出版社,2007.

[50] 齐格蒙特·鲍曼. 共同体[M]. 欧阳景根,译. 南京:江苏人民出版社,2003.

[51] 切斯特顿. 改变就是进步:切斯特顿随笔[M]. 刘志刚,译. 上海:东方出版中心,2010.

[52] 秦越存. 追寻美德之路:麦金泰尔对现代西方伦理危机的反思[M]. 北京:中央编译出版社,2008.

[53] 屈冬. 文学伦理学批评的批评理路研究[J]. 南昌师范学院学报,2024,45(1):96 - 100.

[54] [法]热拉尔·热奈特.《叙事的界限》,《叙述学研究》,王文融,译. 张寅德编选,北京:中国社会科学出版社 1989.

[55] [法]热拉尔·热奈特. 叙事话语新叙事话语[M]. 王文融,译. 北京:中国社会科学出版社,1990.

[56] 任晋. 黑尔的主要伦理思想及其对学校德育的启示[J]. 德育研究,2018(6):40.

[57] 尚必武. 交融中的创新:21世纪英国小说创作论[J]. 当代外国文学,2015(2):132.

[58] 施兰. 不情愿的诗人:赫尔曼·布洛赫传[M]. 流畅,译. 天津:天津人民出版社,2018.

[59] 施路赫特. 理性化与官僚化[M]. 顾忠华,译. 桂林:广西师范大学出版社,2014.

[60] 宋希仁. 当代外国伦理思想[M]. 北京:中国人民大学出版社,2015.

[61] 宋希仁. 西方伦理思想史[M]. 北京:中国人民大学出版社,2004.

[62] 宋伊靖. 颠覆与含纳:新历史主义视域下《别让我走》中的命运悲剧与权力书写[J]. 齐鲁师范学院学报,2023,38(2):125 - 133.

[63] 特蕾西·博尔曼. 托马斯·克伦威尔:亨利八世最忠诚的仆人鲜为人知的故事[M]. 郭玉红,译. 北京:社会科学文献出版社,2019.

[64] 万俊人. 现代性的伦理话语[M]. 哈尔滨:黑龙江人民出版社,2002.

[65] 汪淑娟. 消费主义的伦理困境及其超越[J]. 吉首大学学报(社会科学版),2020,41(6):145 - 151.

[66] 王爱萍. 鲁迅家庭伦理思想研究[M]. 长沙:湖南教育出版社,2018.

[67] 王芳. "颠覆"与"抑制":论《土生子》中别格的身份建构[D]. 保定:河北大学,2019.

[68] 王震. 消费异化的伦理困境研究[D]. 桂林:广西师范大学,2020.

[69] 王智敏,董艳.《亚当彼得》中的共同体形塑[J]. 长春大学学报,2019(7):75 - 79.

[70] 王灼. 碧鸡漫志[M]. 重庆:巴蜀书社,2019.

[71] 文蓉. "找家"的书:《霍华德庄园》中的共同体重塑[J]. 四川师范大学学报(社会科学版),2019(4):119 - 124.

[72] 吴笛. 追寻斯芬克斯因子的理想平衡:评聂珍钊《文学伦理学批评导论》[J]. 外国文学研究,2014,36(4):19 - 23.

[73] 吴映平. 黑尔的可普遍化原则[J]. 广西社会科学,2007(10):52.

[74] 吴争春. "在德不在鲜"辜鸿铭伦理思想研究[M]. 北京:人民日报出版社,2021.

[75] 伍茂国. 从叙事走向伦理:叙事伦理理论与实践[M]. 北京:新华出版社,2013.

[76] 希拉里·曼特尔. 镜与光[M]. 刘国枝,虞涛,译. 上海:上海译文出版社,2022.

［77］希拉里·曼特尔. 狼厅[M]. 刘国枝,译. 上海:上海译文出版社,2010.

［78］希拉里·曼特尔. 提堂[M]. 刘国枝,译. 上海:上海译文出版社,2014.

［79］希拉里·曼特尔. 一个更安全的地方[M]. 徐海铭,译. 上海:上海译文出版社,2016.

［80］谢有顺. 中国小说叙事伦理的现代转向[D]. 上海:复旦大学,2010.

［81］修树新,刘建军. 文学伦理学批评的现状和走向[J]. 外国文学研究,2008(4):167.

［82］雅斯贝尔斯. 什么是教育[M]. 邹进,译. 上海:上海三联书店,1991.

［83］亚里士多德. 尼各马可伦理学[M]. 廖申白,译. 北京:商务印书馆,2003.

［84］晏辉. 现代性与伦理多样性问题[J]. 求索,2020(4):133.

［85］杨金才. 当代英国小说研究的若干命题[J]. 当代外国文学,2008(3):64-65.

［86］杨小微. 在对话中达于理解:关于中学对话教育的理论反思与实践重建[J]. 课程·教材·教法,2007(10):19-24.

［87］杨玉昌. 人的自我救赎何以可能[A]. 张伟,张清江. 面向事情本身之思[C]. 广州:中山大学出版社,2020.

［88］杨正润. 文学的"颠覆"和"抑制":新历史主义的文学功能论和意识形态论述评. 外国文学评论,1994:28-39.

［89］殷企平. 从自我到非我:《丹尼尔·德隆达》中的心智培育之路[J]. 外国文学研究,2015(2):73-82.

［90］殷企平. 《好伙伴》与共同体形塑[J]. 浙江工商大学学报,2016(2):5-11.

［91］殷企平. 文化辩护书:19世纪英国文化批评[M]. 上海:上海外语教育出版社,2013.

［92］约翰·马图夏客. 亨利八世与都铎王朝[M]. 王杨,译. 北京:中国友谊出版社,2020.

［93］詹姆逊. 马克思主义与形式:20世纪文学辩证理论[M]. 李自修,译. 南昌:百花洲文艺出版社,1995.

［94］张岱年. 中国伦理思想研究[M]. 南京:江苏教育出版社,2005.

［95］张德旭. 西方文学伦理学批评:脉络与方法[J]. 东北大学学报(社会科学版),2016,18(2):209-214.

［96］张松存. 新历史主义视角下《狼厅》的人物分层研究"[J]. 浙江外国语学院学报,2017(4):70-75.

［97］张桃桃. 《狼厅》中边缘人物的新历史主义解读[D]. 沈阳:沈阳师范大学,2018.

［98］张兴桥. 消费异化与消费伦理[D]. 长春:吉林大学,2004.

［99］赵静蓉. 颠覆和抑制:论新历史主义的方法论意义[J]. 文艺评论,2002(1):13.

［100］赵一凡等. 西方文论关键词[M]. 北京:外语教学与研究出版社,2006.

［101］钟建. 西方哲学流派解读[M]. 乌鲁木齐:新疆生产建设兵团出版社,2013.

［102］周冠琼. 希拉里·曼特尔"克伦威尔三部曲"中的偏见书写[J]. 郑州航空工业管理学院学报(社会科学版),2020(11):89.

［103］周冠琼. 希拉里·曼特尔"克伦威尔三部曲"中的英格兰民族神话重述[J]. 复旦外国语言文学论丛,2022(2):103.

［104］朱刚. 二十世纪西方文论[M]. 北京:北京大学出版社,2006.

[105] 朱蓉婷."'历史小说女王'曼特尔的'都铎旋风',《镜与光》上海首发"[N].南方都市报, 2023(11):1.

[106] 朱振武.在心理美学的平面上:威廉·福克纳小说创作论[J],上海:学林出版社,2004.

[107] 邹建军."和"的正向与反向:谭恩美长篇小说中的伦理思想研究[M].武汉:华中师范大学出版社,2008.

[108] 邹渝.厘清伦理与道德的关系[J].道德与文明,2004(4):15-18.

[109] Agamben G. "What Is an Apparatus?" and other essays [M]. Stanford: Stanford University Press, 2009.

[110] Al-Harby N. A. Veiled Pearls: Women in Saudi Arabia in Contemporary Fiction [D]. University of Leicester, 2018.

[111] Arias R. An Interview with Hilary Mantel [J]. Atlantis, Revista de la Asociación Española de Estudios Anglo-Norteamericanos, 1998, 20(2):277-289.

[112] Arnold L. Holy Ghost Writers: Spectrality, Intertextuality and Religion in Wolf Hall and Fludd [A]. Pollard E. and Carpenter G. (eds.). Hilary Mantel: Contemporary Critical Perspectives [C]. London: Bloomsbury Publishing Plc, 2018.

[113] Arnold L. Reading Hilary Mantel: Haunted Decades [M]. London: Bloomsbury Publishing Plc, 2020.

[114] Arnold L. Spooks and Holy Ghosts: Spectral Politics and the Politics of Spectrality in Hilary Mantel's *Eight Months on Ghazzah Street* [J]. Critique: Studies in Contemporary Fiction, 2016, 57(3):294-309.

[115] Arnold L. Where the Ghosts of Meaning Are: Haunting and Spectrality in the Work of Hilary Mantel [D]. University of Leeds, 2016.

[116] Avant J. An Interview with Joyce Carol Oates [A]. Milazzo L(ed.). Conversations with Joyce Carol Oates [C]. Jackson: University Press of Mississippi, 1989.

[117] Ayer A. J. Logical Positivism [M]. New York: The Free Press, 1959.

[118] Baker T. R. "Beneath every history, another history": History, Memory, and Nation in Hilary Mantel's *Wolf Hall* and *Bring Up the Bodies* [D]. Calgary: University of Calgary, 2015.

[119] Beauvoir, Simone de. The Second Sex [M]. Translated by Constance Borde and Sheila Malovany-Chevallier. Vintage Books, 1949.

[120] Bennett V. Hilary Mantel's Provisionality [D]. Kent: University of Kent, 2017.

[121] Blake F. P. S. Section in Hilary Mantel's A Change of Climate [M]. Harper Perennial, 2005.

[122] Booth W. C. The Company We Keep: An Ethics of Fiction [M]. Berkeley: University of California Press, 1988.

[123] Bradbury M. The Modern British Novel [M]. Beijing: Foreign Language Teaching and Research Press, 2005.

[124] Bradbury M. The Modern British Novel [M]. London: Secker & Warburg, 1993.

[125] Brannigan J. The Novel as History [A]. Peter Boxall, Bryan Cheyette (ed.). The Oxford History of the Novel in English: British and Irish Fiction Since 1940 [C]. Oxford: Oxford University Press, 2016:255.

[126] Brogan K. Cultural Haunting: Ghosts and Ethnicity in Recent American Literature [M]. Charlottesville: University of Virginia Press: 1998.

[127] Brown M. Hilary Mantel wins Man Booker prize for a second time [J/OL]. The Guardian, 2012 - 10 - 06 [2015 - 11 - 22], http://theguardian.com/books/2012/oct/hilary-mantle-wins-booker-prize.

[128] Butler J. Gender Trouble: Feminism and the Subversion of Identity [M]. New York: Routledge, 1990.

[129] Byrne E. Mantel's Social Work Gothic: Trauma and State Care in *Every Day Is Mother's Day* and *Vacant Possession* [A]. Hilary Mantel [C]. Eileen Pollard & Ginette Carpenter (eds.). London: Bloomsbury Publishing Plc. 2018:13 - 26

[130] Carpenter G. If you explain too much, you explain away: Hilary Mantel's un-anchorings [A]. Hilary Mantel [C]. Eileen Pollard & Ginette Carpenter (eds.). London: Bloomsbury Publishing Plc., 2018:4 - 11.

[131] Chadwick T. "Documentary Evidence": Archival Agency in Hilary Mantel's A Place of Greater Safety [J]. Lit: Literature Interpretation Theory, 2020,31(2),165 - 181.

[132] Charvet J. Essays in Ethical Theory [J]. Philosophy, 1990(3):41 - 53.

[133] Davis C. État Présen: Hauntology, Spectres and Phantoms [J]. French Studies, 2005, 59(3):373 - 379.

[134] De Groot J. Remaking History: The Past in Contemporary Historical Fictions [M]. New York: Routledge, 2016.

[135] Disraeli B. Coningsby [M]. Oxford and New York: Oxford University Press, 1982.

[136] Eagleton M. The Anxious Lives of Clever Girls: The University Novels of Margaret Drabble, A. S. Byatt, and Hilary Mantel [J]. Tulsa Studies in Women's Literature, 2014:103 - 121.

[137] Eaton M. Teaching Historical Fiction: Hilary Mantel and the Protestant Reformation [J]. Teaching Narrative, 2018:103 - 121.

[138] Eileen Pollard & Ginette Carpenter. Hilary Mantel [M]. London: Bloomsbury Publishing Plc., 2018.

[139] Eliot G. Daniel Deronda [M]. Oxford: Clarendon Press, 1984.

[140] Eliot G. Scenes of Clerical Life [M]. New York: Penguin, 1973.

[141] Elmhirst S. The unquiet mind of Hilary Mantel [J]. New Statesman, 2012:3.

[142] Fauconnier, G., & Turner, M. The Way We Think: Conceptual Blending and the Mind's Hidden Complexities [M]. Basic Books, 2002.

[143] Fauconnier G. Mappings in Thought and Language [M]. Cambridge: Cambridge University Press, 1997.

[144] Forster. E. M. Abinger Harvest and England's Pleasant Land [M]. London: Andre Deutsch, 1996.

[145] Foucault, Michel. Discipline and Punish: The Birth of the Prison [M]. New York: Pantheon Books, 1977.

[146] Funk W. Becoming Ghost: Spectral Realism in Hilary Mantel's Fiction [A]. Hilary Mantel [C]. Eileen Pollard & Ginette Carpenter(eds.). London: Bloomsbury Publishing Plc., 2018:87 – 100.

[147] Funk W. Ghosts of Postmodernity: Spectral Epistemology and Haunting in Hilary Mantel's *Fludd* and *Beyond Black* [A]. In Twenty-First Century Fiction [C]. S. Adiseshiah et al. (eds.). London: Palgrave Macmillan, 2013:147 – 157.

[148] Gallagher C. The Industrial Reformation of English Fiction: Social Discourse and Narrative Form 1832 – 1867 [M]. Chicago and London: The University of Chicago Press, 1980.

[149] Galván F. On Ireland, Religion and History: A Conversation with Hilary Mantel [J]. The European English Messenger, 2001,10(2):31 – 38.

[150] Greenblatt, S. (1982). "The Forms of Power and the Power of Forms in the Renaissance."[J]. Genre, 15(1), pp. 1 – 36.

[151] Havely C. P. Fact or fiction? Wolf Hall and the historical novel: Cicely Palser Havely looks at the Booker prize-winning novel in relation to the contested genre of historical fiction [J]. The English Review, 2010,20(4):28 – 32.

[152] Hernandez S. G. Displacement, Belonging and Marginalisation in Michèle Roberts's *Daughters of the House* and Hilary Mantel's *The Giant, O'Brien* [J]. Revista Canaria de Estudios Ingleses, 2013,67:177 – 189.

[153] Hernandez S.G. Hilary Mantel's *Eight Months on Ghazzah Street*: The Displacement of British Expatriates in Saudi Arabia [J]. Atlantis, 2015,37(1):85 – 100.

[154] Hernández S.G. A Sense of Loss in Hilary Mantel's *A Change of Climate* [J]. *Revista Canaria de Estudios Ingleses*, 2017(74):109 – 124.

[155] Hämäläinen N. Wolf Hall and moral personhood [J]. Ethics and Bioethics (in Central Europe), 2019,9(3,4):197 – 207.

[156] Horner A. & Zlosnik S. Releasing Spirit from Matter: Comic Alchemy in Spark's *The Ballad of Pekham Rye*, Updike's *The Witches of Eastwick* and Mantel's *Fludd* [J]. Gothic Studies 2, 2000,2(1):146.

[157] Houghton W. E. The Victorian Frame of Mind: 1830 – 1870 [M]. New Haven and London: Yale University Press, 1957.

[158] Hume, D. A. Treatise of Human Nature [M]. Book III, Part I, Section I. London: John Noon, 1739:469.

[159] John J. & Jenkins A. Introduction [A]. Victorian Culture [C]. Hampshire and London: Macmillan Press LTD., 2000.

[160] Karin K. A moving target—Cognitive narratology and feminism [J]. Textual Practice, 2018,32(6):1–17.

[161] Kaufman P. I. Dis-Manteling More [J]. Moreana, 2010,47(179):164–193.

[162] Kenny D. The Human Pared Away: Hilary Mantel's Thomas Cromwell as an Archetype of Legal Pragmatism [J]. Law & Literature, 2022,34(1):109–139.

[163] Khan A. History Is at the Heart of the Novel [J/OL]. Novel: A Forum on Fiction, 2013–03–27[2019–02–20]. https://novel.trinity.duke.edu/news/2013/03/27/novel-interview-ghosh-history-is-at-the-heart-of-the-novel.

[164] Knox S. L. Giving Flesh to the "Wraiths of Violence": Super-realism in the Fiction of Hilary Mantel [J]. Australian Feminist Studies, 2010,25(65):313–323.

[165] Kusek R. "To Seize the Copyright in Myself." Giving Up the Ghost by Hilary Mantel as an Exercise in Autopathography [J]. Studia Litteraria Universitatis Iagellonicae Cracoviensis, 2014,9(3):177–190.

[166] Leavis F. R. New Bearings in English Poetry: A Study of the Contemporary Situation [M]. London: Chatto & Windus, 1938.

[167] Lefebvre H. The Production of Space [M]. Oxford: Blackwell Publishing, 1991.

[168] Lethbridge L. Decent, Respectable & Empty [J]. Commonweal, 2012,139(20):27–28.

[169] MacAndrew E. The Gothic Tradition in Fiction [M]. New York: Columbia University Press, 1979.

[170] MacCulloch D. Thomas Cromwell: A Revolutionary Life [M]. New York: Viking, 2018.

[171] Mantel H. An Experiment in Love [M]. New York: Viking, 1995.

[172] Mantel H. Anne Boleyn: Witch, Bitch, Temptress, Feminist [J/OL]. The Guardian, 2012–05–12, [2024–08–05], https://www.theguardian.com/books/2012/may/11/hilary-mantel-on-anne-boleyn.

[173] Mantel H. A Place of Greater Safety [M]. New York: Henry Holt and Company, 2006.

[174] Mantel H. Fludd [M]. London: Viking Press, 1989.

[175] Mantel H. Ghost Writing [J]. The Guardian, 28 July 2007, Review section, p4,2007.

[176] Mantel H. Giving up the Ghost [M]. New York: Henry Holt and Company, 2004.

[177] Mantel H. Light and Mirror [M]. London: Fourth Estate, 2020.

[178] Mantel H. The Giant, O'Brien [M]. London: Fourth Estate, 2013.

[179] Mantel H. Wolf Hall [M]. London: Fourth Estate, 2009.

[180] Moseley M. Margins of Fact and Fiction: The Booker Prize 2009 [J]. Sewanee Review, 2010,118(3):429–435.

[181] Mullan J. The Strange and Brilliant Fiction of Hilary Mantel [J/OL]. The Guardian, 2015 - 01 - 17 [2017 - 08 - 30]. https://www.theguardian.com/books/2015/jan/17/-sp-hilary-mantel-profile-adaptation-wolf-hall.

[182] Murphy R. Elizabeth Barton's Claim: Feminist Defiance in *Wolf Hall* [J]. Frontiers: A Journal of Women Studies, 2015,36(2):152 - 168.

[183] Nance K. Amid the din, Hilary Mantel keeps her head [J/OL]. Washington Post, 2012 - 11 - 5 [2012 - 11 - 5], http://highbeam.com/doc/sp2-31351944.html.

[184] Nicholson A.S. Kind King or Tyrannical Ruler? An Analysis of Hilary Mantel's Henry VIII in *Wolf Hall* and *Bring Up the Bodies* [D]. East Tennessee State University, 2020.

[185] Nie Zhenzhao. Ethical Literary Criticism: Its Fundaments and Terms [J]. Foreign Literature Studies, 2014,3:65 - 78.

[186] Nussbaum C. Love's Knowledge: Essays on Philosophy and Literature [M]. New York: Oxford University Press, 1990.

[187] Nussbaum C. Poetic Justice: The Literary Imagination and Public Life [M]. Boston: Beacon Press, 1995.

[188] O'Donnell A.A. A Tale of Two Thomases [J]. America, 2013,208(13):24 - 27.

[189] Pandey S.P. et al. Broken Minds and Shattered Bodies: Re-mapping the British Society in Hilary Mantel's *Every Day Is Mother's Day* and *Wolf Hall* [J]. Journal of Contemporary Issues in Business and Government, 2021,27(3).

[190] Peeren E. Spooky Mediums and the Redistribution of the Sensible: Sarah Waters's *Affinity* and Hilary Mantel's *Beyond Black*. In: The Spectral Metaphor: Living Ghosts and the Agency of Invisibility [M]. 2014:110 - 143.

[191] Pollard, E. & Carpenter G. What Cannot Be Fixed, Measured, Confined: The Mobile Texts of Hilary Mantel [A]. In Hilary Mantel [C]. Eileen Pollard & Ginette Carpenter (eds.). London: Bloomsbury Publishing Plc, 2018:1 - 3.

[192] Pollard E. & Carpenter G. Hilary Mantel Contemporary Critical Perspectives [M]. London: Bloomsbury Publishing Plc, 2020.

[193] Pollard E.J. Origin and Ellipsis in the Writing of Hilary Mantel: An Elliptical Dialogue with the Thinking of Jacques Derrida [M]. London: Routledge, 2019:39 - 65.

[194] Pollard E. What is done and what is declared: origin and ellipsis in the writing of Hilary Mantel [D]. Manchester Metropolitan University, 2013.

[195] Pollard E. 'When the Reservoir Comes': Drowned Villages, Community and Nostalgia in Contemporary British Fiction [J]. 2017(2):13 - 31.

[196] Remus R. The Blacksmith's Son from Putney: From Rags to Riches in Tudor England [J]. The Midwest Quarterly, 2021,63(1):83 - 89.

[197] Roders D. Hilary Mantel's Anne Boleyn: Locating a Body of Evidence [J]. Forum for

World Literature Studies, 2014,6(4):575 - 585.

[198] Ronen R. Space in Fiction [J]. Poetics Today, 1986,7(3):421 - 438.

[199] Rubin, M. Review: The Commish Surveys the Glory Days [J/OL]. Wall Street Journal, 2000 - 03 - 31 [2024 - 07 - 09], http://search. proquest. com/docview/398899605? accountid=15198.

[200] Rule C. No More History [J]. History Today, 2015,65(11):66 - 75.

[201] Russo S. The Afterlife of Anne Boleyn [M]. London: Palgrave Macmillan, 2020.

[202] Sanjay D. R. & Pandey P. & Wani A. W. Broken Minds and Shattered Bodies: Remapping the British Society in Hilary Mantel's Every Day Is Mother's Day and Wolf Hall [J]. Journal of Contemporary Issues in Business and Government, 2021,27(3):32 - 41.

[203] Simpson, M. Hilary Mantel, Art of Fiction No. 226 [J/OL]. The Paris Review, 2015 - 12 - 13 [2024 - 07 - 09], https://www. theparisreview. org/interviews/6360/hilarymantel-art-of-fiction-no-226-hilary-mantel.

[204] Singh A. Hilary Mantel Wins Man Booker Prize for a Second Time [J/OL]. The Telegraph, 2012 - 10 - 16 [2024 - 07 - 09], http://www. telegraph. co. uk/culture/books/booker-prize/9613496/Hilary-Mantel-wins-Man-Booker-Prize-for-a-record-second-time. html.

[205] Sjöberg L & Oates J. An Interview with Joyce Carol Oates [J]. Contemporary Literature, 1982(23):267 - 280.

[206] Snow P. The Devil and Hilary Mantel [J]. First Things: A Monthly Journal of Religion & Public Life, 2017(270):25 - 31.

[207] Stewart V. A word in your ear: Mediumship and subjectivity in Hilary Mantel's Beyond Black [J]. Critique: Studies in Contemporary Fiction, 2009,50(3):293 - 312.

[208] Stocker B. D. Is This Really the Authentic Language of Historical Fiction? [J]. New Writing, 2012,9(3):308 - 318.

[209] Strehle H. Historical Fiction and Wreckage: Hilary Mantel and Amitav Ghosh: Contemporary Historical Fiction [J]. Exceptionalism and Community, 2020 (3): 136 - 146.

[210] Strehle S. Contemporary Historical Fiction, Exceptionalism and Community After the Wreck [M]. New York: Springer International Publishing, 2020.

[211] Suneetha P. 'Homo homini lupus': A Note on Hilary Mantel's *Wolf Hall* [J]. IUP Journal of English Studies, 2010.

[212] Teo H. The Contemporary Anglophone Romance Genre [C]. Oxford Research Encyclopedia of Literature [A]. Oxford: Oxford University Press, 2016:1 - 27.

[213] Tettenborn A. Moral Thinking: Its Levels, Method and Point [M]. Oxford: Clarendon Press, 1981.

[214] Tremlett G. Catherine of Aragon: The Spanish Queen of Henry VIII [M]. London:

Faber & Faber, 2010.

[215] Vickers N. Illness and femininity in Hilary Mantel's Giving up the Ghost [J]. Textual Practice, 2019,33(6):917 - 939.

[216] Volbrecht R. M. Nursing Ethics: Communities in Dialogue [M]. New York: Upper Saddle River, 2002.

[217] Wegner P. E. Spatial Criticism: Critical Geography, Space, Place and Textuality [M]. Edinburgh: Edinburgh University Press, 2002.

[218] Whelehan I. The Feminist Bestseller: From Sex and the Single Girl to Sex and the City [M]. Hampshire: Palgrave Macmillan, 2005.

[219] White S. J. Romanticism and the Rural Community [M]. Hampshire: Palgrave Macmillan, 2013.

[220] White S. J. Romanticism and the Rural Community [M]. Hampshire: Palgrave Macmillan, 2013.

[221] Wiggins D. The Right and the Good and W. D. Ross's Criticism of Consequentialism [J]. Utilitas, 1998,10:280 - 294.

[222] Williams R. The English Novel: From Dickens to Lawrence [M]. London: Chatto and Windus, 1973.

[223] Wilson D. Brewer' Boy Made Good [J]. History Today, 2012,62(12):3 - 13.

[224] WOZNIAK A. A Shadow in the Glass: The Trauma of Influence in Contemporary British Women's Writing [D]. Durham: Durham University, 2015.

索 引

后 记

本书是浙江省高校重大人文社科攻关计划项目"曼特尔小说伦理思想研究"（编号：2021GH016）的最终成果。

自 2008 年起，我便开始研究希拉里·曼特尔及其作品，至今已有 17 年之久，致敬这位风格独特的女作家，感谢她精彩的创作。多年来，我认真阅读曼特尔的每一部小说，从不同视角分析作品，解读作者的创作思想，逐渐形成了自己独特的理解。其间，我先后发表了相关学术论文 20 余篇，并于 2016 年完成第一部专著《希拉里·曼特尔小说研究》。尽管我阅读过曼特尔不同题材的作品，但最感兴趣的还是她的历史小说，其中"克伦威尔"系列小说一直是我心中的最爱。2020 年 3 月，曼特尔"克伦威尔三部曲"的最后一部《镜与光》出版，标志着这一史诗级历史小说系列的圆满完结。曼特尔历时八年，终于将克伦威尔送上断头台，与历史轨迹相吻合。

在我看来，"三部曲"的主要魅力在于克伦威尔这一独特形象的塑造。在政治斗争中，克伦威尔面临着忠诚与背叛、权力与责任等多重道德困境，他究竟该如何抉择？他的人生结局究竟是历史的必然还是偶然？可以说，"三部曲"不仅仅是历史小说，更是对人性与伦理进行深度探讨的作品。因此，"伦理"这一视角再度激发了我对曼特尔的研究热情。经过不断地查阅、解读与分析，在之前的研究基础上，我进一步收集整理了国内外关于曼特尔小说的研究素材以及与文学伦理学、伦理思想、伦理研究相关的文献资料。这一过程为我系统研究"希拉里·曼特尔伦理思想"提供了更丰富的学术资料和更清晰的研究思路。在开展这项研究的几年时间里，我的生活与工作按部就班，没有太多波澜。但在这平淡之中，来自师长、朋友、同事、家人的支持与帮助无时无刻不在伴随着我。借此机会，我谨以最诚挚的心表达我的感激之情。

感谢我的导师郭国良教授，正是通过他的介绍和指导，我才有幸与曼特尔的作品结缘,并从此走上了外国文学研究的道路。可以说,没有郭老师的指引,就没有现在的《希拉里·曼特尔伦理思想研究》。

感谢我的访学导师殷企平教授。能成为殷教授的学生,是我的荣幸。他学识渊博,德高望重,温文尔雅,待人谦和,是我所认识的最认真负责、最耐心宽容的学者之一。一直以来,我在工作和学习上取得的进步,离不开他的关心与指导。

特别感谢刘晗博士对我的支持和帮助。创作过程中,刘晗博士为本书提供了大量的研究资料和宝贵的修改意见。感谢他无私的支持与耐心的协助,使本书的研究更加扎实和完善。

感谢我的文学论文小组的成员们:周余芷、唐晓辰、倪梦、季香君、姚佳颖等。感谢他们为本书的写作所做的大量资料收集和整理工作。他们为本书的写作提供的基础研究在许多方面都是关键性的,与他们的讨论交流带来的启发既深刻又全面。

感谢在写作过程中给予我无私帮助的朋友们。胡利君老师、董书含老师都曾经向我提出过宝贵的意见和建议。还有不少朋友在书籍资料方面施以援手,或在AI 技术应用方面予以指导。谨在此一并鸣谢。

本书作为浙江省社科规划课题"曼特尔小说中的伦理问题及伦理秩序建构"(项目编号:23NDJC287YB)的阶段性成果,得到了社科规划办的经费资助;本书的出版也得到了衢州学院学科建设经费资助,这些经费让我能从容地从事手头的研究工作,特在此致谢。

感谢我的家人们。先生对于我的写作给予了极大的支持和理解,女儿还为本书做了大量的英文资料收集和翻译工作。来自他们的宽容、理解、支持,温暖而无法替代。

本书所涉及的部分内容曾经在各类学术期刊刊发,这除了是对本人研究的肯定外,也提供了进一步交流的平台和机会。感谢刊载本研究前期成果的学术期刊。

严春妹

2025 年 2 月